AURELIA L. NIGHT

Fabula magicae

Der Ruf der Bücherwelt

im.press

Aurelia L. Night wurde in Gelsenkirchen geboren, wo sie auch aufwuchs. Nach einer Ausbildung als Schilder- und Lichtreklameherstellerin machte sie ihr Fachabitur in Gestaltung und arbeitet nun in einem kleinen Betrieb. Sie lebt mit ihrem Freund und zwei verrückten Katzen nahe der niederländischen Grenze. Wenn sie nicht selbst schreibt, durchlebt sie Abenteuer auf den Seiten anderer Bücher oder kämpft auf ihrer Xbox gegen Dämonen.

Für Oma.
Ich wünschte,
du hättest erleben können,
was für ein Mensch ich geworden bin.

Und für all jene,
die zwischen den Zeilen abtauchen und
die Realität vergessen.

Prolog

Alendia, vor neunzehn Jahren

Die Zeit zog sich dahin wie Honig. Sie tanzte auf dem Ball mit dem König, wie sie es tun musste, und versuchte sich an netten Gesprächen mit den Gästen, wie es ebenfalls zu ihrer Gewohnheit geworden war.

Aber sie wollte fliehen. Nichts hielt sie hier auf diesem Fest. Die Sehnsucht nach ihrem Sohn machte sie wahnsinnig und ruhelos. Doch noch war es nicht so weit. Noch musste sie hierbleiben und den Geiern gefallen, die alle nur gekommen waren, um ihren Sohn zu betrachten, den König Seban stolz vorgestellt hatte. Als sich Mariella an die Blicke dieser Leute erinnerte, wie sie sich alle auf ihren Sohn gestürzt hatten, als wäre er Beute und nicht der zukünftige König, überkam sie ein Schauder.

Ihr Blick glitt durch den Ballsaal, bis er auf ein graues Paar Augen traf, das sie direkt in ihren Bann zog. Die Zeit schien stillzustehen, während es nur diesen einen Moment gab – zwischen ihr und dem ihr vollkommen fremden Mann.

Sein Anblick glich dem eines Königs. Sein blondes Haar fiel wellig bis zu seinen Schultern und ein Bart zierte seine Wangen. Mariellas Herz blieb stehen. Es gab nur noch ihn für sie.

Der Mann hatte etwas Raues an sich, eine Wildheit spiegelte sich in seinen Augen, die nur zu einem Krieger passen konnte, obwohl er durch seine Haltung und seine Kleidung wie ein König aussah.

Ohne sich zu entschuldigen, lief sie zu ihm. Alles in ihr schrie nach ihm. Es war wie ein Rausch, der sich ihrer bemächtigte. Ihr Herz erholte sich und begann in ihrer Brust zu rasen. Ihr Atem ging stoßweise.

Das war es! Das, was sie in König Sebans und ihrer Beziehung so sehr vermisste, was sie niemals zulassen konnte, selbst wenn sie es wollte. Die Leidenschaft. Das Gefühl unterzugehen, wenn man nicht bei dem anderen war. Mariella sollte sich schlecht fühlen, dass sie so empfand – für einen fremden Mann. Aber sie konnte nicht. In ihr flogen die Schmetterlinge umher, ließen sie glücklich lächeln, wie sie es schon seit Jahren nicht mehr getan hatte. Sie fühlte sich eins mit sich. Als sei dieser Unfall niemals passiert, der ihr ganzes Leben auf den Kopf gestellt hatte. Der ihr jegliche Freude genommen und ihr gezeigt hatte, dass sie sich auf niemanden verlassen durfte.

Der Mann hatte sie nun ebenfalls entdeckt und kam auf sie zu. Er schien es genauso eilig zu haben wie sie.

Einen Moment blieben sie voreinander stehen. Nicht in der Lage etwas zu sagen, weil sie von ihren Gefühlen verschlungen wurden.

Er verbeugte sich tief vor ihr. »Darf ich um diesen Tanz bitten?«

Seine Stimme ließ ihren Körper erzittern. Sie hallte bis in ihr Innerstes nach. Sie konnte bloß nicken und ergriff die Hand des Kriegers.

Er führte sie auf die Tanzfläche und zog sie nah an sich. Sie wusste, dass er das eigentlich nicht durfte – keiner außer dem König durfte dies. Aber sie konnte sich ihm nicht widersetzen. Ihr Kopf war wie leer gefegt, nur noch sie beide existierten.

Jetzt gab es keinen König Seban und keinen Hofstaat mehr, den sie gekünstelt freundlich anlächeln musste. Nur der Fremde erfüllte ihre Gedanken.

»Ihr tanzt wundervoll«, raunte er in ihr Ohr.

Eine Gänsehaut fuhr über ihren Hals. Dort, wo sein Atem ihre Haut berührte, fühlte es sich an, als würden kleine Blitzstöße durch ihren Körper jagen.

»Danke.« Ihre Stimme zitterte. »Ihr auch.« Sie fühlte sich wie ein junges Mädchen. Frei von Verpflichtungen und Schuldgefühlen, die ihr das Glück raubten.

Er grinste. »Dann haben die Tanzstunden mit meiner Amme und meiner Tante ja doch Früchte getragen«, meinte er und grinste jungenhaft.

Mariella hielt den Atem an. In seinen Wangen wurden Grübchen sichtbar. »Das haben sie auf jeden Fall«, erwiderte sie atemlos und schenkte ihm ein zaghaftes Lächeln. Sie fühlte ihre Freude, die sie so vermisst hatte, das Lächeln, das bis in ihre Augen reichte. Fühlte ihr Herz, das nicht durchzogen von Hass und Ekel pumpte. Sie meinte, dieser Mann hätte alles Negative in ihr gelöscht.

Seine grauen Augen schienen sie zu verschlingen und anstatt sich abgestoßen zu fühlen, wollte sie ihm alles geben, was sie hatte. Sie fühlte keinen Ekel, als er sie so ansah. Nur Leidenschaft, die ihren ganzen Körper flutete und sie zum Brennen brachte. Die Leidenschaft, die sie für ihren König empfinden sollte, empfand sie für diesen Mann. Königin Mariella sollte sich ihrer Gefühle schämen. Aber das konnte sie nicht. In den Armen dieses Mannes empfand sie das erste Mal seit Jahren wieder Freiheit und Freude. Wie sollte sie sich schämen, wenn sie glücklich war? Wie sollte sie die Gefühle, die berauschend durch ihren Körper kreisten, hassen?

»Barthos, mein Freund!«, erscholl da die Stimme des Königs.

Ihr Tanzpartner zuckte zusammen, als sei er, ebenso wie Mariella, aus einem Traum gerissen worden. Er wandte sich dem König zu und erst jetzt wurde Mariella klar, mit wem sie getanzt hatte. Wer ihr Herz und ihre Welt zum Stehen gebracht hatte.

König Barthos. Herrscher von Eventyr. Der beste Freund ihres Mannes. Derjenige, der es nie geschafft hatte, zu einem offiziellen Anlass zu erscheinen, weil die Grenze von Eventyr erneut von Ogern angegriffen worden war und das Land seither versuchte einen Handel mit diesen Wesen zu schließen, der den Frieden bringen würde. Sie hatten die Oger zwar schon einmal besiegt, aber irgendwie hatten diese Riesen sich erholen können. Damals hatten der Held und die Kriegerprinzessin Eventyrs die Gegner mutig geschlagen, doch dann waren die beiden auf einmal verschwunden gewesen und nie mehr gesehen worden. Keiner wusste, was mit ihnen passiert war.

Wieder begann Mariellas Herz zu rasen, aber nicht wegen Barthos, sondern wegen der Erkenntnis, dass sie auf ewig Seban gehörte. Sie hatte es schon immer gewusst. Aber sie hatte die Hoffnung gehabt, dass sie irgendwann in Vergessenheit geraten und einer Mätresse Platz machen würde. Doch wie sollte sie mit dem Wissen leben, dass es *ihn* gab? Ihn, den einen, der ihre Welt zum Stillstand brachte. Sie konnten nicht einmal heimlich zusammen sein.

»Seban! Es ist so schön dich endlich wiederzusehen«, erwiderte Barthos und die beiden Männer fielen sich in die Arme.

Königin Mariella biss sich auf die Lippe. Sie fühlte sich unwohl und wollte sich gerade zum Gehen wenden, als eine warme Hand die ihre umfasste und festhielt.

»Würdet Ihr uns die Freude machen, Euch vorzustellen?«, fragte Barthos an Mariella gewandt. Dabei blitzten seine Augen. Er schien noch immer zu glauben, dass sie zu haben war. Dass ihr Herz frei war für ihn. Mariella wurde schlecht vor Trauer.

Seban begann laut und schallend zu lachen. »Mir braucht sich die Dame nicht vorzustellen, mein Freund. Das ist Mariella. Meine Frau und Königin, die Mutter meines Sohnes.«

Mariella konnte beobachten, wie Barthos die Information hinunterschluckte, als würde er etwas Widerliches essen. Doch er schüttelte sich und legte eine Maske der höflichen Neugier auf. »Deine Frau also? Sie ist eine zauberhafte Tänzerin«, bemerkte er und wandte sich wieder seinem Freund zu.

»Ja, das ist sie wahrhaftig.« Sebans Blick lag bewundernd auf seiner Frau.

Mariella unterdrückte die Tränen, die ihr die Luft raubten. Sie verbeugte sich. »Ich brauche frische Luft, meine Herren«, entschuldigte sie sich und floh beinahe aus dem Ballsaal.

Wie schnell doch all ihre Hoffnungen zerschlagen worden waren. Sie verfluchte Barthos. Wieso musste er König von Eventyr sein?

Sie ließ sich auf eine der Bänke im Garten nieder und betrachtete die Sterne. Sie fühlte sich von der Welt missachtet. Sie hatte ein Kind mit einem Mann, den sie nicht liebte. Und der Mann, der ihr Herz zum Stolpern gebracht hatte, der ihre Welt erschüttert hatte, war der König eines anderen Landes.

Sie hatte sich nur eines gewünscht, nachdem sie von dem ihr wichtigsten Menschen – ihrer Freundin und Schwester – verraten worden war. Sie hatte sich gewünscht, dass es auf dieser Welt den einen gab, der ihr Herz erobern, der ihr die Erde zu Füße legen würde. Nie hatte sie die Hoffnung gehabt, dass das Schicksal ihr diesen Mann tatsächlich schenken würde ... Doch nun war er hier. Und gleichzeitig so unerreichbar für sie.

Hinter sich hörte sie, wie eine Tür aufging. Neugierig sah sie sich um. Die kräftige Statur König Barthos' hob sich gegen das Licht ab. Er kam direkt auf sie zugelaufen und bevor sie etwas sagen konnte, umfasste er ihr Gesicht und eroberte ihren Mund. Nicht zärtlich und sanft, wie Seban es immer tat, sondern wild, besitzergreifend. Ihr Herz schmolz und sie gab sich diesem Mann hin. Und in dem Augenblick wusste sie: So musste sich die eine, die wahrhaftige Liebe anfühlen.

»Es ... es tut mir leid«, keuchte Barthos, als er sich von ihr löste. »Aber ich konnte nicht gehen, ohne zumindest den Geschmack Eurer Lippen auf meinen zu tragen.«

Mariella fühlte sich fiebrig und ihr Atem ging genauso stoßweise wie seiner. Ohne nachzudenken, presste sie ihre Lippen noch einmal auf seinen Mund und lehnte sich gegen den kräftigen Körper des Königs.

Sie fühlte, wie sich seine Hände an ihre Wangen legten, sie hielten. Und sie wusste, dass sie dieses Gefühl der Liebe, der Freiheit und der Lust für immer fühlen wollte. Nicht nur für einen Moment, sondern für immer und ewig. Sie wollte nicht wahrhaben, dass Barthos für sie unerreichbar war. Sie wollte sich ihm hingeben mit Haut und Haar.

Seine Zunge eroberte ihren Mund und sie konnte ein leises Stöhnen nicht unterdrücken. Ihr Körper fühlte sich aufgeladen an, als sei ein Blitz in ihn gefahren.

»Barthos ...?« Die Stimme König Sebans erstarb.

Mariella und der König Eventyrs fuhren auseinander. Die Königin konnte sehen, wie die Wut in den Augen ihres Gatten emporzüngelte. Wie der Hass sich in ihm aufbaute. Sie fühlte das schlechte Gewissen. Nicht weil sie Barthos geküsst hatte – das würde sie auf der Stelle noch einmal tun –, sondern weil Seban sie entdeckt hatte.

Normalerweise war Seban ein König des Friedens, er glaubte an die Kraft der Rede. Aber die Königin konnte sehen, dass dieses Verhalten nicht mit Worten wiedergutzumachen war. »Geh auf dein Zimmer, Mariella«, befahl er, als wäre sie ein Kind. Seine Stimme war eiskalt und duldete keinen Widerspruch.

»Seban …«, versuchte sie sich zu erklären. Doch sein zornerfüllter Blick genügte und sie verstummte.

»Wieso?«, fragte er seinen Freund und schien Mariella vergessen zu haben.

»Ich weiß es nicht. Sie bewegt etwas in mir, Seban, so sehr, wie es keine andere zuvor getan hat«, gab Barthos zu.

Die Königin sah zwischen den beiden hin und her. Hinter ihrem Rock hatte Barthos nach ihrer Hand gegriffen und drückte sie zuversichtlich. Sie warf ihm noch einen Blick zu und verließ die beiden Herrscher.

Mariella rannte auf ihr Zimmer. Ihr Körper bebte vor Angst und aufgrund des leidenschaftlichen Kusses. Sie spürte Barthos' Lippen noch immer auf ihren. Sie ging zum Bett ihres Sohnes und betrachtete ihn. Hob ihn hoch und schnupperte an ihm. Versuchte sich zu beruhigen und ihre Gedanken zu klären.

»Was habe ich nur getan?«, fragte sie ihren unschuldigen Jungen.

Doch er schlief in Seelenruhe und bekam nichts von der Angst seiner Mutter mit.

Mariellas Blick wanderte zu dem Schmuckkästchen, das offen dalag und den Blick auf die kostbarsten Schätze freigab, aber auch auf zwei einfache Steine, die an Lederbändern befestigt waren. Groll regte sich in ihr. *Sie* hatte Schuld an dem, was passiert war. Niemand sonst. Wegen *ihr* war der Hass in ihr so stark geworden. Wegen *ihr* hatte Mariella alles verloren.

***

Scheinbar Stunden später kam Seban in ihre Räumlichkeiten. »Ich werde keinen Krieg gegen Eventyr führen«, erklärte er. »Aber ich habe Barthos des Landes verwiesen und er wird nie wieder in die Nähe von Alendia kommen.«

Seine Stimme war eiskalt.

Sie hatte ihn verletzt. Mariella wusste, dass er daran geglaubt hatte, dass sich zwischen ihnen etwas verändern könnte, sobald ihr Sohn auf der Welt war. Die Königin hoffte, dass ihr König sie so sehr liebte, wie er selbst es scheinbar glaubte.

»Seban, lass mich frei. Mein Herz … Es gehört Barthos. Da war nur dieser eine Augenblick und doch … Es war alles für mich. Bitte, Seban, lass mich zu ihm gehen …«, flehte sie ihn an.

»Nein.«

Ihr Herz zersplitterte. Die Scherben bohrten sich in ihren Körper und zerrissen die Mauern, die ihre Kraft im Zaum gehalten hatten.

»Was …?« Ihre Stimme war nur noch ein Hauch. Sie hatte gedacht, dass Seban sie liebte. Sie hatte daran geglaubt, dass wenigstens einer in ihrer Beziehung glücklich war. Aber scheinbar hatte sie sich geirrt. Scheinbar war es ihm niemals um seine Gefühle gegangen, sondern bloß um den Besitz. Sie war eine hübsche Frau, das wusste Mariella. Sonst hätten nicht so viele Adelige vor ihrer Tür gestanden und sie bewundert.

Sie war eine Trophäe.

Seban hatte sie nicht der Liebe wegen geheiratet. Sondern nur wegen ihres Aussehens. Diese Erkenntnis sollte sie erschüttern, aber sie machte sie bloß wütend. Sie war von der machthungrigen Hand ihrer Mutter in die nächste geraten.

»Ich werde dich nicht gehen lassen. Dein Platz ist an meiner Seite. Du hast mir einen Sohn geschenkt und glaube mir, es werden weitere folgen. Entweder mit deinem Einverständnis oder ohne. Es ist mir egal«, fuhr König Seban seine Königin an.

Die Wut überrannte Mariella wie eine Feuersbrunst und ihre Macht erwachte mit einem Ruck. Sie erfüllte ihre Venen, berauschte sie und ließ den Hass gegenüber dem König ins Unermessliche wachsen.

»Drohst du mir?« Ihre Stimme glich dem Zischeln einer Schlange, als sie Seban diese Frage stellte.

Wind fuhr durch den Raum, löste die Spangen in ihren Haaren und ließ die Strähnen auf den Strömungen der Luft reiten. Energie fuhr durch ihren Körper, ließ sie bedrohlich und mächtig wirken.

»Das ist keine Drohung«, knurrte Seban, »sondern ein Versprechen.« Er versuchte die Demonstration ihrer Macht zu ignorieren und wandte sich von seiner Königin ab.

Hass erfüllte Mariella. Er war wie ein Feuer, das sich durch ihre Adern fraß und all die Macht anstachelte, die sie besaß. »Du, Seban, mein König, wirst niemals mein Antlitz vergessen. Du wirst dich mit deiner ganzen Liebe nach mir verzehren und durch sie für immer blind sein, blind für alle anderen Frauen, blind für die Liebe«, prophezeite sie ihm.

Seban drehte sich wieder zu ihr um und Mariella konnte beobachten, wie ein grüner Blitz auf ihn fuhr und seine Augen eintrüben ließ. Niemals würde er eine Mätresse haben können, weil er sich immer nur nach ihr verzehren würde. Für immer würde er nur noch sie sehen.

In ihrer Blindheit bemerkte die junge Königin das Dienstmädchen nicht, das sich ängstlich im Flur verborgen hielt und die Magierin durch einen kleinen Spalt zwischen Wand und Tür mit großen Augen betrachtete.

Die Energie zog an Mariella und sie wandte sich ihrem Sohn zu. »Verflucht sollst auch du sein!«, fuhr sie ihr eigenes Kind an, das ein Grund war, wieso Seban sie wie eine Gefangene hielt. »Du trägst die Züge deines Vaters in dir, du wirst blind sein für die Liebe, sobald du sie am meisten brauchst. Jede Nacht wirst du zu dem Monstrum werden, das du im Inneren bereits bist – deinem Vater gleich.«

Die Macht hob das unschuldige Kind aus seinem Bett und begann ihr Werk zu tun.

Mariella hasste den Anblick des Tieres, in das sich ihr Sohn verwandelt hatte – es verkörperte Mut und Hass in einem.

»Ewig wirst du an den Boden gekettet sein. Du wirst gefangen sein – wie ich es bin«, fügte die Königin in ihrem Hass hinzu und das Baby schrie auf.

Die Königin spürte, wie der Fluch an ihrer Energie zerrte. Doch ihr war es egal. Sie war blind vor Wut. »Auf ewig sollen Alendia und Eventyr in einem Krieg gefangen sein. Du, Seban, wirst von dem Hass zerfressen, den du gegenüber deinem besten Freund fühlen wirst. Du wirst ihn leiden lassen wollen für das, was er dir angetan hat.«

König Seban wurde erneut von einem grünen Blitz getroffen und sackte bewusstlos in sich zusammen.

Die Macht in Mariella verpuffte. Schwach sackte die Königin auf dem

Boden. Die Magie zog sich zurück, müde von der Anstrengung. Und langsam wurde sie sich bewusst, was sie getan hatte.

»Nein«, raunte sie.

Ihr Blick glitt hektisch zu dem Kinderbettchen. Mit zittrigen Beinen stolperte sie zu ihrem Sohn. Sie hob erschrocken die Hand an ihren Mund, als sie das Tier dort kauern sah. Die grünen Augen richteten sich auf sie.

Die Königin konnte nicht glauben, was sie getan hatte. Der Hass hatte sie überrannt und sie hatte es zugelassen. Hatte sich hinreißen lassen – erneut – und dabei ihren eigenen Sohn verflucht.

Vorsichtig näherte sich ihre Hand dem Wesen und ließ es daran schnuppern. Das Tier legte seinen Kopf gegen ihre Haut. Die Augen schimmerten nass und der Königin zerfetzte es das Herz, als sie sah, wie zutraulich ihr Sohn ihr gegenüber noch immer war.

Seban hatte diesen Fluch verdient. Aber nicht ihr eigen Fleisch und Blut. Nicht das Licht ihrer dunklen Tage.

»Es tut mir leid, mein Kind«, hauchte sie verzweifelt.

Sie schloss die Augen und versuchte ihre Macht zu finden. Nur dieses einzige Mal wollte sie etwas Gutes mit dieser Magie bewirken. Ihr Kind brauchte ein Schlupfloch. Sie tastete nach dem Gefühl, welches sie berauschte, und fand es. Sie hatte sich verausgabt. Sie war schwach und sie konnte den Fluch nicht zurücknehmen. Er hatte sich schon in jede Zelle ihres Prinzen gebrannt, doch sie konnte ihm helfen.

»Ein Kuss deiner wahren Liebe wird die Flügel heilen«, murmelte sie leise und grüner Rauch entstieg ihrer Hand, der sich um ihren Sohn wickelte. »Und das Bekenntnis der Liebe wird dich heilen, wird den Fluch brechen, den ich dir beschert habe. Solltest du die Deine finden und sie dich ebenso unabhängig lieben wie du sie, wird dein Fluch gebrochen.«

Die Magie floss aus der Königin und mit ihr das Leben.

Kapitel 1

Trauer erstickte mich. Ich versuchte die Tränen hinunterzuschlucken, die sich hervorkämpfen wollten. So lange waren wir noch nie voneinander getrennt gewesen. Es fühlte sich noch immer so unwirklich an, während ich auf dem Weg zur Beerdigung hinter meinen Eltern im Auto saß.

Seit Opas Tod hatten sie sich verändert, sie waren beide noch mehr in sich gekehrt. Ich bewunderte meine Mutter dafür, dass sie zumindest im Moment die Finger nicht um den Hals einer Wodkaflasche gelegt hatte. Mein Vater sah einfach nur erschöpft und blass aus.

Es brach mir das Herz, die beiden so zu sehen, aber was sollte ich tun? Ich selbst konnte nicht glauben, dass er wirklich fort sein sollte – für immer. Ein Kloß bildete sich bei den Worten in meinem Hals und ich bohrte meine Finger in die Oberschenkel, um mich von dem Schmerz in meinem Inneren abzulenken.

Es wirkte. Zumindest so lange, bis ich mich wieder unter Kontrolle hatte. Es konnte einfach nicht wahr sein, sagte ich mir wieder und wieder. In den letzten Tagen war der Satz zu einem Mantra geworden, der mich davor bewahrte auszuflippen. Aber was geschah, wenn mir meine Lüge weggenommen würde?

Ich wusste, dass das passieren würde. Spätestens wenn ich den Sarg sah ... Ich verdrängte den Gedanken. *Es kann einfach nicht wahr sein. Es ist ein Fehler. Er kann nicht tot sein.*

Wieso ausgerechnet er? Diese Frage stellte ich mir seit Tagen.

Alle meine Mitschüler hatten ihre Großeltern noch. Aber er, der mir in meinen sechzehn Lebensjahren mehr Elternteil gewesen war als meine eigenen Erzeuger, hatte schon gehen müssen. *Wieso?*

Mein Vater bog in die Straße ein, an der der Friedhof lag. Kalter Schweiß benetzte meinen Körper und eine Gänsehaut breitete sich auf meiner Haut aus, obwohl mir nicht kalt war. Ich begann zu zittern und der Wunsch umzudrehen war so stark, dass mir schlecht wurde.

»Ich will das nicht machen«, wisperte meine Mutter leise. In der Stille des Wagens wirkte es so, als ob sie es herausgeschrien hätte.

»Keiner von uns will es«, sagte mein Vater und seufzte leise. »Aber das sind wir ihm schuldig«, raunte er.

Ich presste die Kiefer aufeinander und starrte aus dem Fenster. In den Autoscheiben spiegelte sich mein Gesicht. Meine grauen Augen schimmerten feucht. Meine schwarzen Haare, die ich von meinem Opa geerbt hatte, fielen mir lockig ums Gesicht und rahmten es ein. Mein Spiegelbild sah aus wie eine Fremde. Noch nie hatte ich so abgezehrt und müde gewirkt wie in den letzten Tagen. Ich konnte nicht verstehen, wie sie so über Opa sprechen konnten. So, als wäre sein Tod endgültig. Ich konnte es noch immer nicht glauben – wollte es nicht akzeptieren. Denn das zu akzeptieren hieß, dass ich lernen musste, ohne meinen Großvater zu leben. Und das wollte ich nicht. Auch wenn es egoistisch klang, ich wollte einfach nicht, dass er weg war. Einfach so, ohne ein Wort des Abschieds.

Noch vor einer Woche hatte ich auf dem Schulhof gestanden und gewartet, aber er war nicht gekommen. Das hatte es noch nie gegeben und tief in meinem Inneren hatte ich gewusst, dass etwas nicht stimmte. Dennoch war ich nach Hause gegangen. Dort hatten meine Eltern schon auf mich gewartet.

Er war einfach eingeschlafen. Sein Herz hatte plötzlich im Schlaf aufgehört zu schlagen. Ich wusste nicht einmal mehr, was ich zuletzt zu ihm gesagt hatte. Und dieses Unwissen schien mich zu zerfleischen. Das konnte es nicht gewesen sein. Mein Großvater war nicht tot.

Mein Vater bog auf den Parkplatz und schaltete den Wagen ab. Keiner von uns rührte sich. Keiner wollte den ersten Schritt tun. Stillschweigend saßen wir in dem verstummten Auto. Die Stille erdrückte mich und ich wollte fliehen, gleichzeitig wollte ich aber nicht hinausgehen und mich mit der Wahrheit konfrontieren. Denn sobald ich auf den Friedhof ging, würde ich akzeptieren müssen, dass er nicht mehr da war.

Räuspernd schnallte mein Vater sich ab, atmete noch einmal tief durch und murmelte: »Dann wollen wir mal …« Er öffnete die Tür. Mit steifen Gliedern folgte ich ihm.

In mir fühlte sich alles leer an. Die große Leere hatte einfach alles in sich aufgesogen und – abgesehen von dem Unglauben und Schmerz – nichts mehr übrig gelassen.

Gemeinsam stakten wir über den Friedhof zu der kleinen Kapelle, in der der Abschiedsgottesdienst stattfinden sollte.

Das kleine Gotteshaus war schlicht, aber modern eingerichtet. Einige Stuhlreihen waren aufgestellt worden, doch wir setzten uns nicht. Gemeinsam blieben wir am Eingang stehen. Mein Vater rechts und meine Mutter links von mir. Wir bildeten das Abbild einer heilen Familie, die wir nicht waren. Und nie mehr sein würden. Ein wichtiger Teil war uns entrissen worden.

Ich ignorierte den Sarg, der aufgebahrt vorn stand. Hielt meinen Blick stur aus der Kapelle gerichtet und wartete auf die anderen Gäste, die um meinen Opa trauern wollten, der nicht tot war.

Der Friedhof lag ruhig da, nur ein paar einzelne Menschen liefen durch die kleinen Gassen zwischen den Gräbern, um ihre Liebsten zu besuchen.

Mit Widerwillen sah ich zum ersten Mal den Sarg an, den mein Vater ausgesucht hatte. Er war recht schlicht in rotbraunem Holz gehalten. Leichte Verzierungen von Blumenranken schlangen sich um den Kasten, in dem mein Großvater schlief. Ich verdrängte, dass er niemals mehr aufwachen würde.

Ich krallte meine Fingernägel in meine Handballen, versuchte mich wieder abzulenken. In dem Moment kamen die ersten Gäste. Sie alle waren wie wir in Schwarz gekleidet. Die meisten hatten einen Regenschirm dabei, obwohl es noch nicht regnete. Doch die Wolken hingen bedrohlich am Himmel und ich hoffte, dass es noch regnen würde. Dass der Himmel Erbarmen zeigen würde und mittrauerte – um einen Menschen, der so viel Gutes getan hatte.

»Mein Beileid«, murmelte eine ältere Dame. »Ich mochte Erik. Er war ein Träumer. Hat nie aufgegeben daran zu glauben, dass jede Geschichte einen wahren Kern hat.«

Ich presste meine Kiefer aufeinander. Ich wollte nicht vor all den Menschen in Tränen ausbrechen. Wollte mir nicht vor ihnen die Blöße geben.

Dutzende Hände schüttelte ich. Und jedes Mal hörte ich, wie toll mein Opa gewesen war, als ob ich das selbst nicht wusste. Meine Hand tat weh, als wir uns in die vorderste Reihe setzten. Mein Blick war genau auf den Sarg gerichtet. Ich begann zu zittern. Am liebsten wäre ich zusammengebrochen, stattdessen spielte ich die Starke. Hielt die Hand meines Vaters, der schon rote Augen hatte von den vergossenen Tränen. Ich fühlte mich neben ihm so kalt. Er konnte offen mit seinen Gefühlen umgehen. Ließ sich nicht durch die anderen Menschen einschüchtern, so, wie ich es tat.

Mein Blick schweifte zu meiner Mutter. Sie hatte ihre Hände krampfhaft in ihrem Schoß gefaltet und schien, genauso wie ich, mit sich zu ringen, wie sie sich verhalten sollte. Immerhin war es nicht *ihr* Vater gewesen, obwohl er sie wie eine Tochter behandelt hatte. Doch sie musste für ihren Mann da sein – eigentlich. Aber ich bezweifelte, dass sie es konnte. Dass irgendwer von uns für irgendwen da sein konnte.

Der Pastor kam in die Kirche, während leise Musik im Hintergrund gespielt wurde, die ich nicht einordnen konnte. Als der Mann vorn stand, verstummte die Melodie und er räusperte sich.

Ich konnte ihm nicht zuhören. Opa Erik war so viel mehr gewesen, als das, was der Pastor da erzählte.

In meiner Kindheit war er mein Geschichtenerzähler gewesen. Ich erinnerte mich genau daran, wie ich auf seinen Knien gesessen und ihn angebettelt hatte, mir noch eine und noch eine Geschichte zu erzählen. Irgendwann waren sie ihm ausgegangen und er hatte mir Bücher gezeigt, eine Leidenschaft, die wir bis zum Schluss geteilt hatten.

»Weißt du, Mia, in jedem Buch steckt eine wahre Geschichte. Auf jeder Seite spielt sich das wahre Leben ab.« Das hatte er mir immer und immer wieder eingetrichtert, bis die Erkenntnis mir ins Blut übergegangen war. Ich konnte nicht ohne Bücher – genauso wenig, wie ich ohne meinen Großvater konnte. Und genauso wenig konnte ich glauben, dass er fort war. Komplett und für immer. So viele Helden waren in meinen Büchern tot geglaubt gewesen und hatten

dann doch überlebt, und egal, wie aussichtslos die Situation gewesen war … Sie waren doch siegreich aus der Geschichte hervorgegangen.

Ich schluckte hart.

Mein Vater drückte meine Hand noch einmal, ehe er sie losließ und aufstand – gefolgt von fünf seiner Freunde. Gemeinsam gingen sie zu dem Sarg, hoben ihn hoch und führten die Masse an Menschen an. Mit steifen Gliedern folgte ich ihnen.

Wir liefen zu Opas Grab, das neben dem meiner Oma unter einer Trauerweide lag. Ich hatte meine Oma nicht gekannt, sie war früh an Krebs gestorben. Doch ich wusste, dass er sie geliebt hatte, mit allem, was er besessen hatte. Ich sehnte mich nach der Hand meines Vaters. Meine Mutter schluchzte den ganzen Weg schon und sie wurde immer zittriger. Sie stützte sich auf mich, zog mich noch weiter runter und zwang mich, mich in die erste Reihe zu stellen, als der Sarg in das Loch abgesenkt wurde.

Erst jetzt gab mein Verstand nach. Erst jetzt wich der Unglauben der bitteren Wahrheit.

Opa Erik war tot. Und er würde nie mehr zurückkehren.

Nie mehr würde er mir eine Geschichte erzählen. Nie mehr würde ich seiner Stimme lauschen und nie mehr würde er einfach mit mir auf der Parkbank sitzen und mir zuhören. Nie mehr würde das passieren. Weil er nicht mehr da war. Er war einfach weg.

Tränen rannen mir jetzt ungehindert die Wangen hinunter, plötzlich interessierten mich die Menschen um mich herum einen Dreck. Der Schmerz schien mich zu zerfressen und jetzt war ich es, die sich an meine Mutter klammerte. Ich brauchte ihren Halt, aber statt mich in den Arm zu nehmen, zog sie mich noch weiter herunter, sodass ich mich losreißen musste, um nicht auf die Knie zu gehen.

Meine Mutter hängte sich direkt an den nächsten angebotenen Arm und schluchzte hemmungslos weiter.

Papa stand direkt am Grab, schaute hinab und ich konnte beobachten, wie eine Träne in das offene Loch tropfte, während der Pastor irgendwas davon redete, dass Asche zu Asche wurde.

Ich hörte ihm nicht zu. In meinen Ohren rauschte es. Ich konnte nicht weiter zuhören, wollte nicht zuhören. Ich wollte rennen, weit weg, und doch wollte ich bleiben. Ich wollte zusammenbrechen und weinen. Aber gleichzeitig konnte ich nicht. Ich wollte es nicht vor all diesen Menschen tun.

Meine Fingernägel bohrten sich in meine Handballen und ich versuchte mich durch den Schmerz zur Ordnung zu rufen, aber mein Mittel half nicht mehr. Ich spürte noch immer den innerlichen Schmerz, der mich zerriss. Der mir klarmachte, dass ich jemanden verloren hatte, der mir unglaublich wichtig war. Dass jetzt jemand in meinem Leben fehlte, der zuvor eine unglaublich große und vor allem wichtige Rolle darin gespielt hatte.

Ich war unvollständig. Meine Familie war unvollständig. Schlimmer als jemals zuvor. Und ich hatte das Gefühl, obwohl ich umringt von all diesen Menschen war, die ebenfalls trauerten, dass ich allein war. Niemand verstand mich, so wie es Opa Erik getan hatte.

Meine Mutter stolperte nach vorn zum Grab, nahm eine Sonnenblume, die wir beim Gärtner gekauft hatten, und warf sie hinein. Leise stieß sie einen wimmernden Ton aus. Mein Vater ging zu ihr, zog sie beiseite und machte den anderen Leuten Platz, die es meiner Mutter nachtaten. Immer mehr Sonnenblumen füllten das Grab meines Opas und der Friedhof wurde leerer.

Eine Gänsehaut überzog meinen Körper, als meine Eltern mich erwartungsvoll ansahen. Aber ich konnte nicht. Ich war wie versteinert. Ich konnte nicht weitergehen. Konnte keine Blume in das Grab meines Opas werfen und ihn damit verabschieden. Ich biss mir auf die Lippe. Bohrte meine Fingernägel noch tiefer in meine Handballen, sodass ich warmes Blut spürte, das meine Finger hinablief. Aber noch immer war ich wie erstarrt.

Langsam kam mein Vater auf mich zu, nahm meine Hand, zwang meine Finger, sich um seine zu schließen, und führte mich zum Grab. Zu diesem tiefen Loch, das meinen Großvater gefressen hatte.

Meine Mutter drückte mir eine Sonnenblume in die andere Hand und legte ihren Arm um meine Schulter. Das war das erste Mal, dass sie mir beistand, seitdem Opa tot war. Dass sie versuchte mir Kraft zu geben. Doch statt mich kraftvoll zu fühlen, fühlte ich mich unglaublich schwach.

Meine Beine gaben unter mir nach. Schluchzer fuhren durch meinen Körper und ich ließ meiner Trauer freien Lauf, als ich schrie. Meine Lungen blähten sich auf und ich schrie weiter, schrie meinen Schmerz und meinen Verlust hinaus, während Tränen über meine Wangen rannen.

»Mia«, sagte mein Vater leise, »du musst dich jetzt verabschieden.«

***

Stunden waren vergangen – zumindest fühlte ich mich so. Meine Kehle war rau und ich war wie ausgetrocknet. Und noch immer hockte ich mit meinem Vater im Gras. Tränen liefen mittlerweile stumm über meine Wangen. Meine Mutter war irgendwann wortlos aufgestanden und gegangen. Ich hatte ihr Zittern bemerkt und konnte mir vorstellen, dass ihr Körper nach der Erlösung – dem Vergessen – schrie. Nach ihrem persönlichen Heilmittel, dass sie taub und stumm machte.

»Ich möchte es aber nicht«, sagte ich leise. »Ich möchte nicht, dass er nicht mehr da ist.«

Mein Vater drückte mich an seine Brust. »Ich weiß. Ich will das auch nicht. Aber es war seine Zeit. Er ist wieder bei Oma, die er abgöttisch geliebt hat. Ist das nichts Schönes? Sollten wir uns nicht für ihn freuen?«

Ich konnte mir nicht vorstellen, dass uns nach dem Tod noch irgendwas erwartete – abgesehen von undurchdringlicher Schwärze.

Papa stand auf und reichte mir seine Hand. »Du musst das nicht allein machen.«

Ich schaute zu ihm hoch und zum ersten Mal erkannte ich die Wesenszüge meines Opas in ihm. Er sah nicht aus wie Opa Erik. Wir beide hatten einzig das schwarze Haar von ihm geerbt. Die grauen Augen hatten wir von Oma. Das hatte Opa immer wieder erwähnt.

Ich nahm Papas Hand und gemeinsam stützten wir uns, während wir zum Rand des Grabes gingen. Meine Hand umklammerte immer noch die Sonnenblume, die etwas mitgenommen aussah.

Als ich auf den Sarg hinuntersah, wurde mir schlecht. Mein Magen zog sich zusammen. Meine Knie wurden weich. Ich schüttelte den Kopf. »Ich kann das nicht«, sagte ich und rannte los.

Kapitel 2

Ich schluckte schwer. Meine Familie war kaputt. Vollkommen. Und keiner von uns wollte oder konnte etwas daran ändern. Ich wusste auch gar nicht, wie. Ich wusste es wirklich nicht. Egal, wie ich es drehte oder wendete, diejenigen, die etwas ändern sollten, waren meine Eltern. Niemand sonst konnte aus dem Teufelskreis ausbrechen. Ich war ein unfreiwilliger Mitläufer.

In meinem Zimmer sah es chaotisch aus. Meine Eltern hatten mein Interesse am Lesen zwar nicht unterstützt, dafür mein Großvater umso mehr. Daher stapelten sich Unmengen an Büchern auf dem Boden, lagen verstreut im Raum. Manche würden es Unordnung nennen. Ich nannte es liebevoll »mein Bücherchaos«.

Meine Schultasche pfefferte ich auf meinen Drehstuhl und schmiss mich aufs Bett. Ich war froh, dass Freitag war und ich nicht direkt anfangen musste meine Hausaufgaben zu erledigen. Die Uhr an meiner Wand zeigte, dass ich noch zwei Stunden hatte, ehe wir zum Amtsgericht mussten.

Nachdenklich kaute ich auf meiner Lippe und starrte auf den Haufen Bücher, der an meinem Fußende lag. Seit Opas Tod hatte ich keines davon angefasst. Und etwas in mir sträubte sich noch immer zu lesen. Es war unser Ding gewesen. Konnte ich das wirklich machen, ohne ihn? Konnte ich mich in fremde Welten träume, ohne dass es sich wie Verrat anfühlte?

***

»Mia?«

Erschrocken richtete ich mich in meinem Bett auf. Ich musste eingeschlafen sein. Ein Buch lag in meiner Hand und das schlechte Gewissen brach über mich herein. Ich schüttelte mich und blickte zu meinem Vater, während ich mir die Augen rieb, um die Müdigkeit zu vertreiben.

»Ja?«, fragte ich.

»Wir müssen los.«

Kurz versteifte ich mich. Rief mich aber zur Ordnung. Ich wollte wissen, was mit Opas Besitz geschah und nur deswegen raffte ich mich auf. Schnell band ich meine Haare zu einem Pferdeschwanz zusammen und lief hinter meinem Vater her, der schon vorgelaufen war.

»Mama kommt nicht mit?«, erkundigte ich mich, während ich mich anschnallte.

»Nein«, sagte er kopfschüttelnd und startete den Wagen. »Ihr geht es nicht gut. Sie wird gegebenenfalls benachrichtigt, wenn sie etwas erben sollte.«

Ich unterdrückte ein Schnaufen. Opa hatte Mama am Anfang geliebt wie eine eigene Tochter, bis sie so abgerutscht war, ohne dass irgendjemand verstanden hatte, wieso. Ich hatte sie mal nach dem Grund gefragt. Aber als Antwort hatte sie mich nur eisern angeschwiegen, als hätte ich die Frage nie gestellt. Opa hatte auch versucht mit ihr zu reden, aber danach hatte er sie nur noch bemitleidet.

Im Internet hatte ich mich im Hinblick auf das Stichwort »Suchtverhalten« schlaugemacht, na ja zumindest laienhaft, und in einem Punkt waren sich alle einig: Ein Süchtiger konnte erst aufhören, wenn er es wirklich wollte, und das geschah meistens erst, wenn er alles verloren hatte, was er liebte.

Mama hatte alles – noch. Sie hatte mich und sie hatte meinen Vater. Nur mein Großvater fehlte. Die Zeit, die sie besoffen verschenkt hatte, konnte sie nie wiedergutmachen, vor allem bei Opa nicht. Ich wünschte mir, dass sie endlich aufwachte. Dass sie für mich da sein konnte oder auch für meinen Vater, aber ich wusste tief in mir drin, dass mein Hoffen sinnlos war.

***

Das Amtsgericht war ein beeindruckendes Gebäude. In unserer Stadt gab es viele alte Bauten und das gehörte eindeutig dazu. Die Steine waren noch mit Mühe eigenhändig aufeinandergesetzt worden. Ich wollte gar nicht wissen, wie viel Schweiß und vor allem Blut der Aufbau gefordert hatte.

Mein Vater und ich gingen nebeneinander her ins Gericht. Empfangen wurden wir von einer großen sechseckigen Halle. In der Mitte thronte ein großer Plastikwegweiser, der die beeindruckende Stimmung zerstörte, die man aufgebaut hatte. Ich stellte mir vor, dass dies früher ein Haus voller Leben gewesen war. Wie Dienstboten hindurchhuschten, um ihrem Herrn zu dienen. Wie beeindruckende Teppiche an den kahlen Wänden hingen und Kerzen in Ständern aufgereiht waren.

Ich sah, wie nervös mein Vater war. Sein Blick glitt die ganze Zeit unruhig hin und her. Seine Finger waren ständig in Bewegung und versuchten sich eine Beschäftigung zu suchen.

Er wusste schon, wo wir entlang mussten, und führte uns durch schmale Gänge, in denen überall helle Holztüren eingesetzt worden waren und hässliche blaue Plastikschilder angaben, wer dahinter saß.

Ich verstand nicht, wie man so ein prunkvolles Gebäude so hatte verhunzen können.

»Wir sind nur im Büro des Notars«, sagte mein Vater auf einmal. »Weil wir so wenige sind.«

»Okay«, erwiderte ich etwas verunsichert. Was wollte er damit sagen?

Er blieb vor einer Tür stehen. In dem Plastikgehäuse stand: *Herr Dr. Schmidt – Notar.*

Mein Vater holte noch einmal tief Luft und ich nahm aus einem Gefühl heraus seine Hand. Er umschloss meine mit seinen großen Fingern und sah dankbar zu mir runter. Ich ging meinem Vater gerade mal bis zur Brust, seine Augen, die gerade traurig glänzten, waren genauso grau wie meine. Sie mussten Opa Erik immer wieder an Oma Helena erinnert haben.

Papa drückte meine Hand und klopfte dann an die Tür. Nach kurzem Warten ertönte ein »Herein!« und wir betraten das Büro.

Der erste Eindruck war unpersönlich. Das Büro enthielt keine einzige persönliche Note, an der ich hätte erkennen können, wie der Mann war, der da hinter dem Schreibtisch saß. »Hallo zusammen. Setzen Sie sich doch bitte!«, begrüßte er uns.

Papa und ich ließen uns auf den gepolsterten Stühlen nieder, die vor dem Schreibtisch standen, und sahen den Notar abwartend an.

»Mein Beileid«, sagte der Notar und legte dabei seine Papiere zurecht.

»Das Testament ihres Familienmitglieds ist nicht sehr umfangreich, deswegen dachte ich, es sei schöner, es in einem kleinen Raum zu verlesen.« Er zückte ein geschlossenes Kuvert aus seinen Papieren und öffnete es. »Wollen wir beginnen?«

Mein Vater nickte.

Der Notar tat es ihm nach, räusperte sich und begann vorzulesen:

Meine liebe Familie, wenn ihr das lest, bin ich nicht mehr unter euch. Und ich weiß, dass ihr alle noch so viel zu klären habt, dass es der schlimmste Zeitpunkt ist, an dem ich euch verlassen konnte. Und das tut mir leid. Nicht, dass ich gestorben bin, sondern nur, dass ich euch nicht besser helfen konnte. Aber darum geht es jetzt nicht. Mia, mein kleiner Schatz, ich weiß, wie sehr du Bücher liebst, in deren Geschichten du ständig abtauchst. Aber ich weiß auch, dass du noch nicht den Platz hast, all die Bücher, die ich während der letzten Jahre angesammelt habe, zu verstauen. Deswegen bekommst du nur eines. Mein liebstes. Das Buch, das mir geholfen hat zu leben. Nach dem Tod deiner Großmutter hatte ich oft das Bedürfnis zurückzukehren. Aber ich blieb. Wegen deines Vaters, wegen der Zukunft, die ich noch nicht kannte. Ich hoffe, dass dieses Buch es dir ermöglicht nach vorn zu schauen - wie es das bei mir geschafft hat. Den Rest der Bücher spende ich an die städtische Bibliothek - die können mal besseren Lesestoff vertragen. Bernd, mein Sohn. Für dich habe ich einen Brief. Einen persönlichen Brief. Ich möchte, dass du ihn liest, wenn du dazu bereit bist dein Leben zu ändern. Denn so, wie es jetzt ist, kann es nicht bleiben. Weder für dich noch für Lydia oder Mia. Ich will, dass es euch allen gut geht und das tut es momentan nicht, was mir das Herz bricht. Ihr habt nur dieses eine Leben und das solltet ihr genießen, mit jedem Atemzug, den ihr habt.

Während der ganzen Zeit hatte ich Opas Stimme im Kopf, die mir all das erzählte. Tränen liefen meine Wangen hinunter und ich versuchte verzweifelt das Schluchzen hinunterzuschlucken. Meine Finger hatten sich wiedermal in meine Handballen gekrallt. Papa erging es neben mir nicht besser. Seine Augen waren ebenfalls feucht und seine Finger lagen verkrampft auf seinen Oberschenkeln.

Der Notar räusperte sich. »Es tut mir leid, dass das so aufwühlend für sie war.« Er beugte sich unter den Tisch und holte etwas hervor. Mir überreichte er ein in ein Tuch eingehülltes Paket und meinem Vater einen schmalen Umschlag.

Mit zittrigen Händen nahm ich das Paket entgegen und prüfte das Gewicht in meiner Hand. Es war schwer und ich fühlte die Umrisse eines Buches. Aber ich packte es nicht aus. Das wollte ich zu Hause machen. In Ruhe. In meiner gewohnten Umgebung.

***

Es war mittlerweile Nacht und nur die Lampe neben dem Bett erhellte mein Bücherchaos, während ich auf das Paket vor mir starrte. Seit Stunden schon konnte ich mich nicht dazu überwinden das Buch auszupacken. Ich wollte diese Geschichte kennenlernen, die meinem Opa geholfen hatte. Gleichzeitig hatte ich Angst. Solch große Angst, dass sie mich beherrschte und daran hinderte nachzusehen, was ich geerbt hatte.

Ich kaute auf meiner Unterlippe und fasste Mut. Bebend hob ich das Tuch an und schob es zur Seite. Eine Lederecke kam zum Vorschein. Ich verhielt mich, als läge auf dem Bett vor mir *Das Monsterbuch der Monster*, das mich gleich fressen wollte, anstatt eines einfachen in Leder gebundenen Buches. Ich holte noch einmal tief Luft und nahm das Buch in die Hand.

Es war schwer. Als würden viele Seiten eine Menge Wörter zu berichten haben. Vorsichtig strich ich über die eine Ecke und schob das Tuch weiter beiseite. Zum Vorschein kam braunes Leder, fein gearbeitet. Und eine goldene Schrift, die in das Leder geprägt worden war. Ich hielt den Atem an. Auch ohne mehr zu wissen, konnte ich sehen, dass dieses Buch unglaublich alt war. Mittlerweile fuhr ich andächtig über den Deckel und befreite das Kunstwerk komplett von seiner Ummantelung. Meine Finger strichen über den Titel.

»*Mediocris*«, raunte ich leise und versuchte die Worte zu schmecken. Ich drehte und wendete das Buch in meinen Händen. Es war so unscheinbar, dass es bei einem Diebstahl bestimmt übersehen worden wäre. Aber für mich war es jetzt schon ein besonderer Schatz.

Ich schluckte wieder und legte das Buch vor mir auf der Decke ab. Vorsichtig öffnete ich den Deckel. Mir fiel ein Brief auf den Schoß, den ich anhob und fast erschrocken wieder fallen gelassen hätte. In der Schrift meines Großvaters stand »Mia« auf das Kuvert geschrieben.

Tränen sammelten sich in meinen Augen, aber ich schloss sie und versuchte meine Sicht wieder zu klären, doch ein paar Tropfen kämpften sich hervor und fielen auf meine nackten Oberschenkel. Ich zog die Nase hoch und konzentrierte mich wieder auf den Brief in meinen Händen.

Mit fahrigen Bewegungen öffnete ich ihn.

Du fragst dich sicher, wie mir ein Buch helfen konnte. Ich habe nicht oft von deiner Großmutter gesprochen. Nicht, weil ich sie nicht liebte. Im Gegenteil: Von ihr zu erzählen, in dem Wissen, dass du dich an keine einzige atemberaubende Facette dieser beeindruckenden Frau erinnern kannst, der du so ähnlich bist, hätte mir das Herz gebrochen. Ich hoffe, das verstehst du. Dieses Buch hat mir so viel beigebracht. Ich war einmal wie du - mit einer Familie, die nicht schätzen konnte, was sie hatte. Doch mir fiel dieses Buch in die Hand und ich wusste, dass es meine Rettung war. Mit seiner Hoffnung und seiner Sicht der Dinge hat es mich gelehrt, dass das Leben weitergeht. Dort habe ich deine Großmutter kennengelernt und als sie starb, wusste ich, dass ich irgendwann wieder glücklich werden konnte. Mit Narben auf dem Herzen, aber einem Lachen in den Augen. Du bist mir das Teuerste auf der

Erde und ich will und wünsche mir, dass du wieder lachen kannst. Lass dich von der Geschichte entführen.

Domum me adduc!

Ich konnte nichts daran ändern. Die Tränen liefen in Strömen über mein Gesicht und machten mein Sichtfeld unscharf. »Domum me adduc«, wiederholte ich leise.

Ich wusste nicht, was die Worte bedeuteten, doch es fühlte sich an, als würden sie eine Tür in meinem Inneren öffnen, die lange verschlossen geblieben war. Den Brief presste ich an mich wie ein Kuscheltier. Ich hatte von diesem Buch noch kein einziges Wort gelesen und doch war es jetzt schon das Buch, das mich am meisten berührte. Einfach weil es *sein* Lieblingsbuch gewesen war und er es mir anvertraut hatte. Weil dieses Buch so viel für ihn getan hatte, in dem es einfach da gewesen war und ihm die Geschichte erzählt hatte, die in ihm geschrieben stand.

Bedächtig legte ich den Brief auf den Nachttisch und widmete mich dem Wälzer vor mir. Es brannte mir unter den Nägeln die Geschichte zu erleben, von der mein Großvater meinte, dass sie ihn zurück ins Leben geholt hatte. Ich konnte das Gefühl schon fast Vorfreude nennen und schlug die erste Seite auf.

Kapitel 3

Ein Stromstoß fuhr in meinen Finger und jagte durch mich hindurch. Auf einmal spürte ich einen Sog. Ich konnte nichts dagegen tun. Dabei wollte ich mich wehren, wollte mich zurückziehen, aber es funktionierte nicht. Die Macht, die es ausübte, war zu groß. Es fühlte sich an, als ob Hände nach mir griffen und an mir zogen, bis ich nachgab. Und fiel.

Mein Körper war gefangen in der Schwerkraft und wurde immer weiter nach unten gezogen. Wie ein Stein flog ich etwas entgegen, das ich nicht erkennen konnte. Ich schrie, sodass meine Lungen brannten. Unter mir glitzerte es. Angst schnürte mir die Lungen zu, ich verstummte und plötzlich merkte ich nur noch den Schmerz, als mein Körper auf einer Fläche aufschlug.

Eiskaltes Wasser umschloss mich wie eine eisige Umarmung. Mein Körper stand unter Schock. Ich konnte mich nicht bewegen. Meine Glieder waren eingefroren. Meine Lungen verlangten nach Luft, aber hier gab es keine. Ich wusste nicht, was mit mir geschah. Ich wusste nicht, wo ich war und wie ich hierhergekommen war. Das Einzige, was ich wusste, war, dass ich zurück in mein Bett wollte.

Aus Angst wurde Panik und meine Glieder erwachten wieder zum Leben. Unter Schmerzen ruderte ich scheinbar sinnlos mit den Armen. Es gab kein Licht. Alles war in eine undurchdringliche Schwärze gehüllt, die mich verwirrte, ängstigte und lockte zugleich.

Dann entdeckte ich ein sanftes weißes Leuchten, das die Tiefen erhellte, die sich mir offenbarten. Endlich hatte ich ein Ziel. Meine Arme und Beine steuerten auf das Leuchten zu. Ich erkannte, dass es der Mond war, der auf mich hinabschien. Erleichterung durchfuhr mich, als ich die Wasseroberfläche ausmachen konnte. Meine Hand durchbrach sie. Kurz schloss ich die Augen, versuchte die Angst zu ignorieren, die sich wie ein Stacheldrahtzaun um mein Herz gewickelt hatte. *Alles wird gut, das ist bloß ein Traum und wenn ich gleich auftauche, ist alles wie immer.*

Mein Kopf gelangte an die Oberfläche und ich holte tief Luft. Meine Lungen blähten sich erfreut auf und sogen den benötigten Sauerstoff ein.

Plötzlich spürte ich, wie etwas Eiskaltes meinen Knöchel umfasste. Erschrocken weiteten sich meine Augen. Ich suchte nach einem Halt, doch gab es nichts, woran ich mich festklammern konnte. Mit einem Ruck wurde ich wieder nach unten gezogen. Wasser gelangte in meine Nase und floss in meine Lungen. Ich wollte husten, erstickte das Bedürfnis aber im Keim. *Ich muss Ruhe bewahren!* Ich rief mir in Erinnerung, was Opa mir am Anfang gesagt hatte, als er mir das Schwimmen beibrachte: *»Die meisten Menschen ertrinken bloß, weil sie sich der Panik hingeben.«*

Ich versuchte mich zu beruhigen. Versuchte zu analysieren, was hier gerade mit mir geschah. Das konnte nur ein Traum sein! Wie sollte ich von meinem Bett ins Wasser gefallen sein? Ich wurde tiefer gezogen. Mein Körper verlangte immer mehr nach Luft. Vielleicht war es bloß ein Traum. Niemand konnte in seinen Träumen sterben. Ich versuchte meine Muskeln zu entspannen und abzuwarten.

Aber meine Kraft verließ mich weiter und es fühlte sich nicht nach einem Traum an.

Ich kratzte meine letzten Energiereserven zusammen und begann mich gegen den Griff des eiskalten Etwas zu wehren. Statt aber nachzulassen, fühlte sich mein Fuß an, als wäre er in einer Presse gelandet. Schmerzen drohten mir die Sicht zu rauben, obwohl es in der unergründlichen Schwärze keinen Unterschied gemacht hätte. Einzig das fahle Licht des Mondes schien noch herunter. Verblasste aber mehr, umso weiter ich hinuntergezogen wurde. Ich konnte die Luft nicht mehr anhalten. Alles in mir schien zu platzen und ich tat das, was ich reflexartig tun musste: Ich atmete. Tief sog ich das Wasser in meine Lungen. Mein Körper wehrte sich dagegen.

Ich hatte keine Luft mehr, die ich anhalten konnte, keine Kraft mehr. Das Mondlicht wurde dunkler, schien mir immer mehr zu entgleiten – wie mein Leben.

Ein Schatten erschien vor dem Mond und das war das Letzte, was ich sah, ehe sich mein Körper entspannte und alles schwarz wurde …

***

Ich spürte ein Blubbern in meiner Lunge. Ich fühlte, wie sich etwas einen Weg hinaufbahnte. Mehr aus Reflex drehte ich mich auf die Seite und erbrach das Wasser.

Mein Körper krampfte sich immer wieder zusammen, bis auch der letzte Rest Flüssigkeit meinen Körper verlassen hatte.

Erschöpft schloss ich die Augen und versuchte ruhig zu atmen. Doch mit einem Mal wurde mir etwas klar. Das konnte kein verdammter Traum sein. Ich war wirklich ins Wasser gefallen. Und ich hatte keine Ahnung, wo ich mich befand.

Mit versteiften Muskeln richtete ich mich vorsichtig auf. Ich erinnerte mich an einen Schatten, der vor dem Mond erschienen war.

Hat er mich gerettet?

Aufmerksam sah ich mich um. Doch ich konnte nichts und niemanden entdecken.

Die Kälte fraß sich durch meine nasse Kleidung, hinunter bis zu meinen Knochen. Bebend umschlang ich meinen Körper und stand auf. Argwöhnisch sah ich auf den See hinunter, der scheinbar friedlich dalag.

Was war nur geschehen? Wo war ich? Für einen Traum fühlte es sich zu echt an. Und wäre es ein Traum, wäre dann nicht ein Prinz in schillernder Rüstung hier gewesen, um mit meiner Rettung zu prahlen?

Ich fing an mit den Zähnen zu klappern. Ich musste einen Platz für die Nacht finden – oder ein Telefon. Mit meinen Blicken suchte ich den Himmel nach einer Strom- oder Telefonleitung ab. Aber Fehlanzeige. Schwer schluckte ich und drehte mich um die eigene Achse. Überall war Dunkelheit, ein paar Bäume schimmerten sanft. Doch ich entdeckte kein Licht, das mir eventuell den Weg in eine Stadt oder in ein Dorf zeigen konnte. Was sollte ich nur tun?

»Wo zum Geier bin ich?«, fragte ich leise.

Ein Kreischen, das dem eines Adlers glich, ließ mich zusammenzucken und ich schaute in den Himmel, doch dort konnte ich nichts entdecken. Da, wieder ein Kreischen! Ich drehte mich um und entdeckte ein Wesen, das im Dunkeln der Bäume stand. Mein Körper gefror bei dem Anblick. Es war eine Mischung aus Adler und Löwe. Noch nie hatte ich so etwas gesehen! Angst schlug seine Krallen in mich und ließ meinen Körper noch mehr erbeben. Mein Herz raste. Ungläubig trat ich einen Schritt zurück. *Das kann nicht wahr sein!* Niemals würde es solch ein Wesen in meiner Welt geben.

Es sah mich geduldig an. Als würde es auf mich warten. Es griff mich nicht an, sondern stand einfach nur da. Unsicher betrachtete ich das Tier. Was wollte es von mir? Erst jetzt fiel mir auf, dass es ebenso nass war wie ich. Ich runzelte die Stirn.

»Hast du mich gerettet?«, fragte ich, ehe ich darüber nachdenken konnte.

Es war ein Tier! Wieso sollte es mit einem Menschen reden oder ihn gar retten? Davon abgesehen konnte dieses Tier nicht existieren. Die Menschen in meiner Welt hätten ein solches Wesen bestimmt schon in irgendwelche Zoos oder Anlagen gesteckt, um Tests mit ihm durchzuführen. Ich kniff mich und zuckte vor Schmerz zusammen.

Doch noch immer war ich hier. Das war kein Traum. Aber wäre es wahr, würde das heißen, dass es in meiner Welt Magie und Wunder gab.

Verunsichert starrte ich zu dem Wesen. Irgendwas musste ins Seewasser geraten sein, das mir Wahnvorstellungen verschaffte. Vielleicht schlafwandelte ich? Dass ich mich daran erinnerte, dass ich ins Buch gesaugt worden war, versuchte ich beiseitezuschieben. Es ergab keinen Sinn.

Noch einmal kreischte das Wesen und trippelte ungeduldig auf der Stelle. Es drehte sich weg und sah über die Schulter zurück, als würde es wollen, dass ich ihm folgte.

Ich biss mir auf die Lippe. Was konnte es schaden? Wenn es eine Halluzination war, führte sie mich vielleicht zu einem Telefon, damit ich meine Eltern anrufen konnte.

Ich konnte selbst nicht glauben, dass ich das wirklich tat. Aber ich folgte dem seltsamen Tier und schüttelte über mich selbst den Kopf. Vielleicht lag dieses Schlafwandeln oder Halluzinieren an dem Schlafmangel und der Trauer. Ich nickte bekräftigend. *So muss es sein!*

Schritt für Schritt folgte ich dem Tier und versuchte nicht bei jedem Geräusch angstvoll zu kreischen und panisch davonzurennen. Mein Körper zitterte. Meine Finger und Zehen fühlte ich schon nicht mehr, als endlich eine kleine Hütte in Sicht kam.

Das Wesen stand davor und musterte mich.

Ich schüttelte den Kopf und versuchte die Halluzination loszuwerden. Ich kniff meine Augen zusammen, um dieses Prachtstück nicht mehr sehen zu müssen.

Als ich sie wieder öffnete, stand der geflügelte Löwe noch immer vor mir und betrachtete mich aus besorgten roten Augen, die ich noch nie bei einem Tier gesehen hatte. Es starrte mich an, als würde wirklich ein Funken Intelligenz und Verständnis in ihm stecken.

Komischerweise hatte ich keine Angst. Und das verwirrte mich. Die Situation verursachte eine gewisse Unruhe in mir – täte sie es nicht, wäre ich wohl ziemlich abgestumpft. Ich wusste, dass das nicht normal sein konnte, in einen See zu fallen und sich nicht daran zu erinnern, wie das passiert war. Aber dieses Wesen ... Es jagte mir keine Angst ein.

Langsam stakste ich auf das Tier zu und hielt meine Hand hoch.

»Wer bist du?«, fragte ich leise und hoffte, dass es mir eine Antwort geben würde – gleichzeitig hoffte ich aber auf das Gegenteil, denn wenn das Tier jetzt noch anfangen würde zu reden, hätte ich wahrscheinlich gänzlich den Verstand verloren.

Der Adlerkopf beugte sich zu mir und drückte den Schnabel gegen meine erhobene Hand. Die Wärme des Körpers jagte einen Schauer durch mich hindurch, als hätte ich einen Elektroweidezaun angefasst. Verwirrt blinzelte ich. Ich wusste nicht, was ich davon halten sollte. Das Tier fühlte sich zu echt für eine Halluzination an.

Panik überrollte mich und Tränen flossen über meine Wangen. Die Angst griff nun doch nach mir. Ich konnte nichts dagegen tun. Meine Beine gaben unter mir nach. Die Knie landeten hart auf der Wiese und ich schlug die

Hand vor meinen Mund, während die Tränen immer weiterliefen. Schluchzer ließen meinen Körper erbeben. Mein Blick zuckte über die Landschaft.

Meine Nerven waren strapaziert und ich wusste einfach nicht, was ich tun sollte. Wie ich mich verhalten sollte. Es gab keine logische Erklärung für das, was mir gerade passierte, und doch suchte mein Hirn auf eine verzweifelte Weise danach.

Der geflügelte Löwe stieß mich sanft mit seinem Schnabel und zwang mich aufzustehen. Meine Beine fühlten sich an wie Wackelpudding, als sie mein Gewicht tragen sollten. Ich wollte nicht in diese Hütte. Ich wollte nicht, dass dies hier real wurde. Ich wollte zurück in mein Bett. Zu meiner Familie.

Doch das Tier schubste mich weiter und ich stolperte in die Hütte. Es blieb draußen und legte sich in den Eingang.

Ich starrte es mit großen Augen an.

»Du bist echt. Oder?«, fragte ich zittrig.

Es nickte ... *Es nickt?* Es verstand mich! Ich fuhr mir verzweifelt durch meine nassen Haare und drehte mich im Kreis. Ich versuchte alles zu verdrängen und meine Situation irgendwie logisch zu betrachten.

Ich bin in ein Buch gefallen. Sofort schüttelte ich mich. Dieser Gedanke war einfach zu absurd, um wahr zu sein. Tief holte ich Luft und versuchte zu überlegen, wie das passiert sein konnte. Wie dieser Schlamassel auf irgendeiner Ebene Sinn ergeben konnte. Ich konnte nicht in ein Buch gefallen sein. Das ging nicht! Das war unmöglich. Mit Logik kam ich hier also nicht weit.

»Man kann nicht in ein Buch fallen, oder?«, fragte ich den Löwen vor mir – was mich an meiner geistigen Gesundheit zweifeln ließ.

Er prustete belustigt und schüttelte den Kopf.

Selbst er war der Meinung, dass das nicht ging. Ich stockte. Ich zog die Meinung eines fiktiven Wesens zurate.

»Ich werde gleich aufwachen, oder?«, erkundigte ich mich erneut bei dem Tier.

Seine Augen zeigten, wie verwirrt das Wesen über mein Verhalten war. Aber ich konnte es selbst nicht erklären. Was war nur mit mir los? Wieso sollte ich mir so was einbilden? War ich vielleicht ins Koma gefallen und träumte das jetzt?

Ich ging gedanklich wieder auf Wanderschaft. Die Schwäche war wie weggeblasen. Mein Hirn lief auf Hochtouren und versuchte nach einer logischen Erklärung für meine Situation zu suchen.

Ein leises Gurren zog meine Aufmerksamkeit wieder auf das komische Wesen. Es deutete tiefer in die Hütte und ich sah mich zum ersten Mal in dem Raum um. Wie auch von außen war alles mit Holz verkleidet. Ich konnte durch die Dunkelheit nicht viel sehen, aber ich entdeckte ein paar Schemen, die nach einer altmodischen Küche aussahen. Ich versuchte die Panik, Verwirrung und alles andere auszublenden und mich auf das Hier und Jetzt zu konzentrieren – was auch immer dieses Hier und Jetzt auch sein mochte.

Ich achtete darauf, welche Geräusche das Tier hinter mir von sich gab, aber es schien beruhigt zu sein, dass ich nicht mehr herumstakste wie eine Irre.

Vor mir entdeckte ich ein Bett und wie von selbst steuerte ich darauf zu. Vielleicht ergab das alles Sinn, wenn ich eine Nacht darüber schlief? Oder aber ich wachte wieder in meinem eigenen Bett auf?

Ich ballte die Hände zu Fäusten. Wo war ich hier nur hineingeraten? Was war das für ein Buch, das Opa mir vermacht hatte?

Ich schlang die Arme um mich und versuchte die Tränen zu unterdrücken, aber es ging nicht. Sie überrollten mich und ich sackte auf dem Bett zusammen, kugelte mich ein und ließ die Angst gewinnen. Ließ sie mich vereinnahmen und mich von ihr beherrschen.

Kapitel 4

Mein Hals kratzte. Von dem Gefühl wurde ich wach. Blind griff ich nach der Flasche Wasser, die immer auf meinem Nachttisch bereitstand, aber meine Hand langte ins Leere. Ich schlug die Augen auf und erstarrte, als ich die fremde Umgebung registrierte. Ich verbarg mein Gesicht in dem weichen Kissen.

»Nein, nein, nein«, murmelte ich und drehte mich zum Eingang. Die Tür war auf und nur ein kleiner Streifen an Helligkeit kündigte bereits den Tag an.

Der Löwenadler saß noch immer vor der Schwelle und musterte mich. Er gurrte freudig.

Mal davon abgesehen, dass ich ein absoluter Morgenmuffel war, konnte ich der Situation absolut nichts Erfreuliches abgewinnen. Ich war noch immer hier. Und ich hatte nicht einen Hauch von Ahnung, wo dieses Hier war.

»Gibt es hier ein Telefon?«, fragte ich das Tier, wobei ich nicht mit einer Reaktion rechnete.

Er musterte mich fragend. Seine Augen zuckten nervös und er wandte seinen Kopf zum Wald. Hörte er etwa jemanden?

Das Tier stand auf.

»Wohin willst du?«, fragte ich. Dass Panik in meiner Stimme mitschwang, konnte ich nicht verhindern. Das Wesen schien mein einziger Schutz zu sein – wieso sollte es mich sonst aus dem See gerettet haben?

Der Löwenadler sah noch einmal zu mir und ich bildete mir ein, dass seine Augen nicht mehr rot, sondern grün waren. Doch ich schob den Gedanken beiseite. Das Tier wandte sich einfach von mir ab und ging auf den Wald zu.

»Hey!«, schrie ich ihm nach. »Du kannst mich doch nicht hier allein lassen!«

Doch. Konnte es.

Ich fuhr mir durch die verknoteten Haare und versuchte nicht der Panik zu verfallen, die sich in meinem Inneren festgesetzt hatte. Mir musste etwas einfallen. Mein Blick wanderte durch die Hütte. Sie bestand aus einem Zimmer. Das Bett, auf dem ich geschlafen hatte, war schmal und komplett aus Holz gefertigt. Ein Wunder, dass mich das Gestell die ganze Nacht über ausgehalten hatte. Ich war nicht wirklich schwer, aber das Bett wirkte sehr mitgenommen und nicht gerade stabil. Ich sah weiter zu der Küche und eilte zu den Schränken. Doch es gab nicht einmal einen Wasserhahn, aus dem ich etwas trinken konnte. Meine Lippen klebten trocken aufeinander.

»Scheiße!«, schrie ich und schloss die Schranktüren heftiger als beabsichtigt. Der Schrank wackelte und ich ließ mich auf den Boden plumpsen.

Im Moment fühlte ich mich jämmerlich und absolut aufgeschmissen. Ich holte tief Luft. *Nicht den Kopf in den Sand stecken. Ich finde schon einen Weg, um nach Hause zurückzukommen.*

Mein Herzschlag beruhigte sich langsam. Auf der Veranda erklangen plötzlich Schritte und ich versteifte mich.

Ich klammerte mich an den Schrank und linste zur Tür. Dort stand ein Junge, er konnte nicht viel älter sein als ich. Er war groß gewachsen, seine dunkelblonden Haare fielen ihm so gerade eben ins Gesicht. Sie hatten die perfekte Länge, um mit den Händen hindurchfahren zu können. Sein Gesicht konnte ich aus dem Winkel nicht sehen. Mein Herz klopfte hektisch in der Brust und ich fuhr mit meiner Musterung fort. Seine Kleidung glich der, die in meinen Fantasyromanen so oft beschrieben wurde. Ein schlichtes Hemd, darüber eine Lederweste, ein Gürtel, an dem ein Schwert hing ... *Moment!*

Ich riss die Augen auf und fluchte innerlich. Der Kerl hatte ein Schwert an seiner Hüfte baumeln. Mir wurde schlagartig kalt und eine Gänsehaut überzog meinen ganzen Körper.

Er sah in den Raum und runzelte die Stirn, als er das zerwühlte Bett sah. Seine Hand wanderte zu dem Schwertknauf. Ich schluckte hart und ließ mich zurücksinken. Dabei stieß ich gegen Töpfe, die ich aus dem Schrank geräumt hatte. Klirrend fielen sie auseinander.

»Shit!«, fluchte ich und rappelte mich hastig auf.

Auf einmal stand ich dem jungen Mann von Angesicht zu Angesicht gegenüber – zwischen uns nur der Schrank und sein Schwert. Er hatte es erhoben und auf mich gerichtet. »Wer bist du?«, fragte er.

Er spricht meine Sprache! Seine tiefe Stimme ließ einen Schauer über meinen Rücken rieseln, die grünen Augen musterten mich eingehend und schienen bis auf den Grund meiner Seele zu blicken. Er machte mich sprachlos. Hektisch suchte ich nach den passenden Worten. Ich schalt mich selbst für diese Reaktion. »Ähm ...«, brachte ich hervor.

Er runzelte die Stirn. »Ähm?«, hakte er nach.

»Ich ... ich bin Mia«, stellte ich mich vor. Schweiß benetzte meinen Körper und ich klammerte meine Finger um eine Pfanne, die ich aus dem Gewühl gezogen hatte. Seit *Rapunzel – neu verföhnt* hatte sich mein Verhältnis zu dem Küchenutensil erheblich verbessert und ich hoffte, dass ich damit nur halb so gut umgehen konnte wie das langhaarige Mädchen im Turm.

Er ließ sein Schwert ein Stück weit sinken, doch er behielt mich weiter in seinem zweifelnden Blick.

»Wo kommst du her?«

Seine Frage überrumpelte mich. »Ein ... ein Löwenadler hat mich hergebracht«, stieß ich schließlich hervor.

Er zog die Stirn kraus. »Wieso?«

Ein irres Kichern kam über meine Lippen und ich hielt erschrocken inne. »Wenn ich das wüsste, wäre ich schon weiter. Ich weiß nicht mal, wie ich in dem verfluchten See gelandet oder wo ich bin«, gab ich zu.

Ich fühlte mich, als hätte ich Sabbelwasser getrunken, dabei war es eine dumme Eigenschaft von mir einfach drafloszureden, wenn ich nervös war.

»Du bist im See gewesen? Und lebst noch?«

»Ja. Wegen dem Löwenadler. Er hat mich auch hergebracht, nachdem er mich aus dem See gerettet hatte.«

Nun ließ der Fremde das Schwert vollends sinken und steckte es zurück in seine Scheide.

Ich seufzte erleichtert und löste den verkrampften Griff um die Pfanne ein wenig. Doch ich wusste, dass dieser Kerl mir, wenn er wollte, auch ohne sein Schwert wehtun konnte.

»Der Löwenadler zeigt sich nicht häufig.«

Was sollte ich darauf nun erwidern?

Seine grünen Augen lagen aufmerksam auf mir. Er war groß, wenn ich mich neben ihn stellen würde, würde ich ihm wahrscheinlich nur bis zur Schulter gehen. Erst jetzt fiel mir auf, dass sein dunkelblondes Haar sich leicht lockte. Ein Bartschatten lag auf seinem markanten Kiefer. Wäre ich nicht total überrannt von der Situation gewesen, würde ich ihn als gut aussehend empfinden. Aber in meiner jetzigen Situation hatte ich dafür keine Augen.

»Wer bist du?«, fragte ich atemlos.

»Ich bin Liam. Und was machst du in meinem Haus?«

Ich wollte etwas erwidern, aber es blieb mir im Hals stecken. »*Dein* Haus?«, fragte ich dann.

Seine Frage war berechtigt. Was zum Geier tat ich hier? Wieso war ich noch immer nicht zu Hause, in meinem Bett, zwischen meinem Bücherchaos?

»Ja. Mein Haus.« Er deutete auf das Bett. »Du hast wohl auch in meinem Bett geschlafen.«

»Dein Bett«, murmelte ich, als sei ich geistig verwirrt, und sah mich noch einmal bei Tageslicht in der Hütte um. »Gestern Nacht war hier niemand, als der Löwenadler mich herbrachte.«

Über Liams Lippen kam ein Seufzen. »Scheinbar wollte der Löwenadler damit mitteilen, dass ich mich jetzt um dich zu kümmern habe.«

Seine Stimme klang irritierenderweise emotionslos, als wäre es vollkommen normal, von einem solchen Wesen einen Auftrag zu bekommen.

»Wieso sollte er mich hier bei dir lassen? Wieso ...? Wo bin ich?«, fragte ich hastig.

»Wo du bist?«, wiederholte mein Gastgeber die Frage und zwang mich, meine Aufmerksamkeit wieder ihm zuzuwenden.

»Ja. Wo bin ich?«

»In Mediocris. Genauer gesagt im Immergrünen Wald, der sich in Alendia befindet.«

Ich machte den Mund auf, wollte etwas sagen, schloss ihn aber wieder. Noch niemals hatte ich von Alendia gehört. Oder vom Immergrünen Wald. Ich fuhr mir durch meine noch leicht feuchten Haare. So lange konnte ich nicht geschlafen haben. Aber ich war noch immer hier. Mitten in einem Wald. In ... Alendia.

»Hast du ein Telefon?«, fragte ich, obwohl ich wusste, dass diese Frage sinnlos war. Denn ich konnte in dem ganzen Haus nichts Elektronisches entdecken. Nicht einmal Lampen an den Decken.

»Ob ich ein *was* habe?«

Seufzend lehnte ich mich gegen den Schrank. Ich hatte es geahnt. »Ein Telefon«, meinte ich. »Ein Gerät, mit dem man andere Menschen ... ach ... vergiss es!« Unwirsch lief ich in dem Raum auf und ab. Wie hatte das alles nur passieren können? Ich brauchte Antworten. Dringend!

»In Ordnung. Hast du Hunger?«

Ich runzelte die Stirn. Liam schien mit einem Mal wie ausgetauscht zu sein.

»Solltest du mich nicht eher aus deinem Heim jagen?«, fragte ich beunruhigt.

»Willst du, dass ich dich hinausjage?«, fragte er mit einer hochgezogenen Augenbraue.

»Ja! Nein!« In meinem Kopf begann alles zu schwirren und ich stützte mich an der Wand ab. »Wie weit ist es nach Deutschland?«, fragte ich leise.

»Deutschland?«, wiederholte er verwirrt.

»Germany?«, versuchte ich es auf Englisch.

Doch sein Blick verriet mir, dass ihm das absolut gar nichts sagte. »Habe ich noch nie gehört«, bestätigte er meine Vermutung.

In meinem Bauch kugelte ein Stein von der Größe eines Felsen herum. Ich war verloren. Verloren in einem fremden Land. Ich musste wieder nach Hause.

Eine Hand legte sich auf meine Schulter. Erschrocken zuckte ich zusammen. Ich hatte nicht gemerkt, dass Liam zu mir gekommen war. »Komm, iss etwas mit mir.« Seine Stimme war überraschenderweise ruhig und ich fügte mich seinem Wunsch.

Was blieb mir sonst auch anderes übrig? Wie eine Wahnsinnige durch den Wald rennen, in der Hoffnung, wieder nach Hause zu kommen? Oder in den See springen – in dem irgendetwas lauerte, das nur darauf wartete mich zu fressen?

Liam drückte mich auf einen Hocker und ging selbst in die Küche. Er fachte den Ofen an und hängte einen Topf, der auf einem der Schränke stand, darüber. »Das ist Suppe von gestern.«

Er richtete sich wieder auf und legte das Schwert ab. Ich konnte mich nicht auf ihn konzentrieren. Ich wusste nicht einmal, ob er noch eine Gefahr für mich darstellte! Ich schlang die Arme um meinen Körper.

»Was ist Deutschland?«, fragte er und riss mich aus meinen Gedanken.

»Ein Land. Scheinbar sehr weit von hier entfernt«, murmelte ich. Meine Stimme klang niedergeschlagen und irgendwie weit weg. Noch immer konnte ich es nicht fassen. Ich ging im Geiste meine Möglichkeiten durch, aber das einzig Logische erschien mir, dass ich in dem Buch gelandet war. Was überhaupt nicht logisch klang. Es war schlicht nicht möglich! Wie sollte ich in einem Buch gelandet sein?

Ich fühlte Liams Blick auf mir. Und ich starrte auf den Tisch und versuchte irgendwie einen Lösungsansatz zu finden.

»Du kommst also aus diesem ... Deutschland?«, bohrte Liam nach.

Mein Blick richtete sich auf ihn und ich nickte. »Ja, eigentlich schon.«

»Wie bist du hier gelandet?«

Ich lachte schallend. »Ich habe keine Ahnung«, antwortete ich und erstickte das Lachen so schnell, wie es hervorgekommen war. »Wenn ich das nur wüsste. Ich muss wieder nach Hause«, erklärte ich und sprang auf. Ich bewegte mich nervös durch den Raum.

»Du musst erst mal etwas essen. Setz dich, Mia.«

Ich sah wieder zu dem jungen, mir komplett fremden Mann. Meine Güte! Was war nur mit mir los? Er könnte ein Serienkiller oder ein Vergewaltiger sein! Ich sollte von hier verschwinden, so schnell ich konnte. Doch ... ich hatte keine Angst in seiner Nähe. Ich glaubte nicht daran, dass Liam mir etwas tun wollte. Das war abgedreht. Er war mir fremd! Genauso wie dieser Löwen-Adler-Mischling. Und doch ... hatte ich keine Angst. Im Gegenteil. Ich fühlte mich überraschend wohl und geborgen in seiner Nähe.

Ich setzte mich wieder an den Tisch und betrachtete mein Gegenüber. »Wir ... wir sind also in Alendia, das sich in Mediocris befindet?«, versuchte ich irgendwie normal zu klingen. Mediocris hatte auch auf dem Buch gestanden. Ich musste in ihm gelandet sein.

Liam zog eine Augenbraue hoch und musterte mich skeptisch. »Ja, noch immer.«

Ich ignorierte seine Bemerkung und nickte langsam. »Gut. Und du weißt nicht zufällig, wie ich nach Hause komme, oder?«, erkundigte ich mich und hing hoffnungsvoll an seinen Lippen.

»Nach Deutschland?«, hakte er nach.

Ich nickte wieder. »Genau.«

»Nein.«

Meine Hoffnung wurde mit einem einfachen, kurzen Wort zerschlagen und ich sackte in mich zusammen.

»Verdammt«, fluchte ich.

»Aber ich kenne jemanden, der dir vielleicht weiterhelfen kann.«

Sofort richtete ich mich wieder auf.

»Wen?«

»Die Seherin.«

Ich runzelte die Stirn. »Die Seherin?« *Kann es noch surrealer werden?*

»Genau.«

»So etwas gibt es?«

»Natürlich«, meinte Liam mit gerunzelter Stirn. »Du kommst wirklich von sehr weit her, oder?«

»Kann man so sagen«, stimmte ich zu.

»Ist es dort normal, dass Frauen halb nackt herumlaufen?«

»Halb was?« Ich sah an mir herunter. An meinem Fuß hing eine Wollsocke, die andere musste ich wohl im See verloren haben. Als mich die Erinnerung daran heimsuchte, stellten sich meine Härchen auf den Armen auf. Mein Top hatte auch schon mal bessere Tage gesehen und war mir eine Nummer zu klein. Es reichte mir gerade mal bis zum Bauchnabel. Ansonsten trug ich nur noch eine Boxershorts mit einem Snoopy drauf.

Ich schluckte. Das musste einen perfekten ersten Eindruck machen ...

»Vielleicht sollte ich mich umziehen«, stimmte ich Liam zu.

Seine Augen blitzten amüsiert. »Hast du denn etwas dabei?«

Ich biss mir auf die Lippe und erwiderte seinen Blick. »Nein ...«, gab ich zu und hasste es. Ich hasste es, dass ich unvorbereitet in einer Welt gelandet war, die mich so rüde in Empfang genommen hatte und von der ich nicht einmal gewusst hatte, dass sie existierte.

»Jetzt iss erst mal«, befahl er und holte zwei Schüsseln hervor, die er mit der Suppe von gestern befüllte. Er trug sie zum Tisch und stellte eine vor mir ab.

»Danke«, murmelte ich und griff nach einem Löffel.

Liam lächelte mir aufmunternd zu und schob sich Suppe in den Mund.

Ich tat es ihm nach und überrascht riss ich die Augen auf. Sie schmeckte. Normalerweise würde ich mich nicht als Suppenfan bezeichnen, aber die war wirklich lecker. »Das ... das schmeckt super. Danke«, meinte ich.

Er nickte und schweigend aßen wir weiter.

Als wir fertig waren, deutete Liam zu der Kommode. »Nimm dir etwas raus. Die Sachen werden dir zu groß sein, aber besser als das da.«

»Danke«, wiederholte ich mich.

Ich wusste nicht, wie ich Liam jemals wirklich dafür danken sollte, dass er eine Wildfremde bei sich aufnahm, die irre auf ihn wirken musste, und nun mit ihr zur Seherin gehen wollte, damit sie nach Hause zurückfand.

In der Kommode lagen ganz normale Baumwollhemden, deren Stoff ein wenig kratzte. Kurz wägte ich die Auswahl ab, entschied mich dann aber doch für das Hemd und eine Lederhose, die etwas kleiner aussahen als der Rest.

»Gibst du mir auch ein frisches Hemd raus?«, fragte Liam direkt hinter mir.

Ich zuckte erschrocken zusammen. Kurz schloss ich die Augen, um mich zu beruhigen, und wandte mich dann ihm zu. Mir blieb die Luft weg. Liam stand halb nackt vor mir. Er hatte sein Hemd ausgezogen und seine Brust – seine nackte Brust! – war genau auf meiner Augenhöhe. Er war gut gebaut. Und er hatte keine Hühnerbrust, wie manche der Jungen bei uns in der Klasse. Liam gefiel mir.

»Mia?«, fragte er mich erneut und riss mich damit aus meiner Starre.

»Wa-? Ach ja ... Ähm, ja.« Hastig hielt ich ihm die Anziehsachen hin und brachte etwas Abstand zwischen mich und seinen Körper.

»Es ist gut, wenn du mehr am Leib hast als bisher.« Er lachte rau. »Die Seherin ist zwar fast blind, aber die Banditen und Räuber nicht.«

»Banditen? Räuber?« Meine Stimme klang schrill in meinen Ohren.

Er runzelte die Stirn. »So was habt ihr in diesem Deutschland auch nicht?«, erkundigte er sich.

Ich schüttelte den Kopf und sah mich nach einer Rückzugsmöglichkeit um. Doch ich fand keine. Mir wurde ganz heiß bei dem Gedanken daran, dass ich mich mit ihm im Raum umziehen musste.

»Ähm, nein. Ich kann ...«, stammelte ich und hielt meine Anziehsachen hilflos hoch.

Liams Augen richteten sich auf mich. Dann blickte er durch den Raum und schien zu verstehen. Ein Lächeln lag auf seinen Lippen. »Ich schaue nicht, versprochen.«

Unsicher nickte ich und wartete darauf, dass er sich umdrehte, was er auch tat. Vorsichtshalber drehte ich mich auch um und begann mich aus den klammen Sachen zu schälen.

So schnell hatte ich mich noch nie umgezogen. Das Top hatte ich unter dem Hemd anbehalten. Es anzuziehen, hatte auch keinerlei Probleme dargestellt. Doch jetzt starrte ich hilflos auf die Schnüre, die mich bei der Hose erwarteten.

»Kann ich mich wieder umdrehen?«, fragte Liam.

»Ähm ... ja«, sagte ich vollkommen in meine Überlegungen vertieft.

»Soll ich dir vielleicht helfen?«

Ich hörte das Schmunzeln in seiner Stimme und ignorierte ihn. Ich war sechzehn Jahre alt. Mich anzuziehen sollte eigentlich kein Problem sein. *Eigentlich!*

»Du weißt, wie eine Hose zugeht, oder?«, hakte Liam nach.

»Verdammt, ja«, murrte ich und knotete die Schnüre einfach zusammen und betete, dass es hielt und ich nicht plötzlich mit heruntergelassener Hose im Wald stand. Das Hemd hatte ich mir in die Hose gesteckt, weil es mir ansonsten bis zu den Knien gereicht hätte. Ich schaute an mir hinunter und nickte. So konnte ich mich in dieser Welt sehen lassen.

Während wir mit dem Rücken zueinanderstanden, hatte sich Liam ebenfalls umgezogen und ein kleiner Stich der Ernüchterung durchfuhr mich, als ich sah, dass seine Brust nicht mehr frei lag.

»Wenn wir uns beeilen, sind wir heute Abend bei der Seherin. Ich packe noch eben etwas für unterwegs ein. Dann können wir los.«

Ich nickte und war unfähig mich zu bewegen. Noch immer stand ich steif neben dem Bett, in dessen Richtung ich geflüchtet war.

Mein Großvater hatte immer erzählt, dass in jeder Geschichte etwas Wahres steckte. Aber ich hatte nie gedacht, dass es so wahr sein könnte, obwohl ich es natürlich gehofft hatte. Selbst jetzt fiel es mir unendlich schwer zu glauben, dass ich in diesem Buch gelandet war, das er mir vermacht hatte. Ich kaute auf meiner Lippe und versuchte in Erwägung zu ziehen, dass dies alles wirklich passierte. Dass ich tatsächlich in diesem Buch steckte und die Geschichte erlebte. Aber konnte das wirklich sein?

Ich schaute aus dem Fenster und betrachtete den Wald. *Alendia.* Noch nie hatte ich von einem Land gehört, das so hieß. Vor allem verstand Liam Deutsch. Also konnte es nicht sein, dass ich tatsächlich hier war? In einer Fantasiewelt? Aber was hatte meinen Großvater dazu veranlasst mich hierherzuschicken?

Wie sehr ich ihn gerade vermisste! Seine Zuversicht oder auch die Aufgeschlossenheit gegenüber Fremdem hätte mir gerade unglaublich geholfen. Ich überlegte, wie es gewesen wäre, wären mein Opa und ich gemeinsam in dem Buch gelandet. Ein kleines, von Trauer durchzogenes Lächeln spielte um meine Lippen, Tränen sammelten sich in meinen Augen. Es wäre so anders gewesen, wäre er bei mir. Wir hätten all dies gemeinsam erkunden können – die Wunder, die diese Welt bereithielt, entdecken können.

Ich erinnerte mich an einen Tag, den wir miteinander im Park verbracht hatten. Die Vögel hatten gezwitschert. Das Gras hatte unter meinem Körper geraschelt, während ich in den Himmel gesehen und die vorbeiziehenden Wolken beobachtet hatte.

Mein Opa hatte neben mir gelegen und mir aus einem Buch vorgelesen. Hatte mich mit seiner Stimme an einen neuen Ort gebracht und mich alles um mich herum vergessen lassen. Es war eine schöne Erinnerung und zu dem Zeitpunkt hatte ich nicht damit gerechnet, dass es eines unserer letzten Treffen gewesen war.

Ich schloss die Augen und ließ die Tränen laufen. Ließ alles, was sich in mir angestaut hatte, fließen. Nicht nur der Schmerz aufgrund des Verlustes trieb mir das Wasser in die Augen, sondern auch die Angst und die Ungewissheit, die mich hier quälten. Ich konnte mir in nichts sicher sein. Ich war eine Fremde in dieser Welt. Ich konnte – durfte – auf nichts vertrauen. Außer auf meine Intuition. Und ich wusste nicht, ob ich mir selbst vertrauen konnte. Konnte ich in dieser Welt die richtigen Entscheidungen treffen?

Die Selbstzweifel gruben tiefe Bahnen in mir und ließen mich zitternd zurück. Noch immer weinte ich.

»Mia?« Besorgt musterte Liam mich und kam zu mir. »Was ist passiert?«, forderte er mich auf zu erzählen.

Aber ich konnte nicht. Wie sollte ich ihm das alles erklären? Dass er in meiner Welt eine Figur war. Fiktiv. Nicht echt. Oder war eigentlich *ich* nicht echt? Meine Gedanken kreisten rasend schnell durch meinen Kopf. Aber wieso wollte mein Großvater, dass ich hierherkam? Ich konnte Liam nicht die Wahrheit sagen, wenn er mich nicht für verrückt halten sollte. Ich war ein Häufchen Elend. Das wegen Selbstzweifeln und Trauer zerfiel.

Mein Großvater war alles für mich gewesen. Und jetzt hatte ich nicht einmal mehr die Bücher, die mich sonst aufmunterten. Ich war allein. Komplett. Dieses Mal hatte ich wirklich absolut niemanden, dem ich vertrauen konnte.

Ich schluchzte und spürte, wie Liam seine Arme um mich legte. Er zog mich an seine Brust. Drückte mich an seinen warmen Körper und hielt mich einfach. Das tat so gut!

Freiwillig hätte ich das niemals zugegeben. Aber genau das hatte ich gebraucht. Genau danach, was Liam mir gab, hatte sich meine Seele gesehnt. Zuwendung. Wärme. Verständnis.

Wieso konnte gerade er mir das geben, obwohl er mich nicht kannte? Ich war eine Fremde für ihn. Er hatte mir gegenüber keine Pflicht, die er erfüllen musste. Wieso stützte er mich? Wieso half er mir? Wieso war er für mich da?

»Sh ... Alles ist gut«, wisperte Liam in mein Haar und ich weinte und weinte.

Jede Unsicherheit, jeder Schmerz – alles lief einfach aus mir heraus und durchtränkte Liams Hemd.

»Willst du darüber reden?«, fragte er, als ich nicht mehr im Sekundentakt schluchzte.

Ich schaute in sein Gesicht, erwartete einen genervten Gesichtsausdruck, doch stattdessen las ich Sorge und Verständnis in seinem Blick und wollte direkt wieder losheulen. Wer zum Geier war er? Und wieso war er so nett zu mir?

»Ich ... ich kann nicht«, gab ich leise zu. Wie sollte ich ihm das alles auch erklären? Wie sollte ich ihm meine Welt erklären, ohne seine als falsch abzustempeln? Konnte diese – seine – Welt überhaupt echt sein?

Liams Hand strich beruhigend meinen Rücken rauf und runter. »Ist in Ordnung. Aber wenn du jemanden zum Reden brauchst ...« Er zuckte mit den Schultern und schenkte mir ein schiefes Grinsen, das mein Herz aufgeregt hüpfen ließ.

Ich nickte langsam und hatte das Gefühl vor Dankbarkeit zu zerfließen. Ein kleines Lächeln legte sich auf meine Lippen. »Danke.«

Er begab sich in Richtung Ausgang und schob sich einen Beutel über die Schulter. Kurz bevor er das Haus verließ, drehte er sich um und betrachtete mich. »Weißt du, jeder hat seine Geheimnisse«, sagte er. »Du genauso wie ich. Wie wäre es, wenn du mir einfach erzählst, was du mir erzählen kannst und ich nach dem Rest nicht frage? Dafür verlange ich dasselbe Verständnis von dir.«

Überrascht sah ich zu ihm auf. Sein Blick lag immer noch neugierig auf mir. Ich biss mir auf die Lippe und dachte über seinen Vorschlag nach. Wenn er von mir dasselbe verlangte, hieß es, dass er etwas vor mir verborgen hielt.

Ich suchte seinen Blick. Seine grünen Augen nahmen mich ein und zogen mich in einen Bann, gegen den ich mich nicht wehren konnte. Sie lagen sanft und einfach nur neugierig auf mir. Und auf einmal sah ich, dass er mir nichts antun würde. Ich konnte ihm vertrauen. Ich wusste nicht, woher diese Sicherheit kam. Zum Teufel, ich kannte ihn nicht einmal! Aber ich wusste es einfach.

»Okay«, stimmte ich zu und ging zu ihm. »Ich ... ich weiß nicht, wie ich hergekommen bin. Der Hybrid ...«

»Löwenadler«, unterbrach mich Liam und schloss die Tür hinter uns.

Verwirrt stockte ich.

»Dieser Hybrid ... das Tier, es heißt einfach Löwenadler.«

»Oh. Der Löwenadler hat mich aus dem See gefischt und mich hierhergebracht. Ich wusste nicht, wohin ...«

»Ist in Ordnung. Sollen wir jetzt zu der Seherin gehen, damit wir einen Weg finden, wie du nach Hause kannst?«

»Das wäre fantastisch.«

»Du hattest Glück, dass dich das Tier aus dem See fischen konnte.«

Ich runzelte die Stirn. »Wieso?«

»Die Nixen lassen ungern los, was sie einmal gefangen haben.«

»Was?« Ich verstand kein Wort, von dem, was er sagte.

»Die Nixen, die im See leben, lassen ungern wieder etwas gehen.«

»Willst du damit sagen, hier existieren ... Nixen?«, fragte ich überfordert.

Schmunzelnd sah er zu mir. »Natürlich.«

»Natürlich«, wiederholte ich ungläubig. »Und wieso lassen sie etwas Gefangenes ungern wieder los?«

»Wegen deiner Körperwärme.«

»Hä?«

»Mich würde dieses Deutschland wirklich brennend interessieren. Jeder kennt das Schicksal der Nixen und ihre Beweggründe«, meinte er nachdenklich, seufzte dann aber und begann zu erklären: »Nixen leben in den Tiefen von Seen. Man sagt, dass sie einmal von einer Hexe verflucht worden waren, weil sie den Mann der Hexe verführt hatten. Danach konnten sie nie mehr ins Sonnenlicht zurück – zumindest nicht lange, ohne von den Strahlen verbrannt zu werden. Die Sonne gelangt kaum dorthin. Das heißt, ihr Reich ist kalt. So kalt, dass sie alles tun würden, um nur einen kurzen Moment Wärme spüren zu können. Und da sind Menschen die perfekte Beute. Sie haben eine natürliche Körperwärme, die zwar schnell nachlässt, aber jede Sekunde ist besser, als keinen einzigen Augenblick Wärme spüren zu können.«

Wir gingen nebeneinander durch den Wald, während Liam erklärte. Ich konnte nicht verhindern, dass mein Blick suchend durch die Bäume huschte, um einen Blick auf den Löwenadler zu erhaschen.

»Wow …«, meinte ich und wandte mich Liam zu. »Irgendwie tun mir die Nixen … na ja, irgendwie tun sie mir leid. Es muss schrecklich sein, immer nur von Dunkelheit und Kälte umgeben zu sein.«

»Ja, das muss es und ich bin froh, dass ich nicht an ihrer Stelle bin.«

»Glaube ich. Was … Wie ist Alendia sonst so?«, erkundigte ich mich und konnte nicht verhindern, dass ein wenig Faszination in meiner Stimme mitschwang. Ich musste wieder nach Hause, das wusste ich. Aber das Land zog mich in seinen Bann. Egal, ob es gesund für mich war oder nicht.

»Alendia ist vom Krieg gebeutelt. Der König ist blind vor Trauer. Du kannst froh sein, dass du abseits von all dem aufgetaucht bist. Es gibt nicht viel Schönes mehr in dem Land. Aber der Immergrüne Wald wird immer unangetastet vom Krieg bleiben. Dafür werden die Wesen, die in ihm leben, sorgen.«

»Krieg?«, hakte ich weiter nach.

Er schnaufte. »Ja, wie kann es sein, dass Deutschland noch nichts davon mitbekommen hat?«

Ich zuckte mit den Schultern und behielt die Antwort für mich.

»In Ordnung, das ist also eines deiner Geheimnisse«, erkannte er und schmunzelte. Doch seine Stimmung wurde schnell wieder ernst. »Wir sind im Krieg. Es gab eine Zeit, da war unser Land Alendia in Frieden mit unserem Nachbarn Eventyr.«

Bei dem Namen des anderen Landes hüpfte mein Herz aufgeregt. Es fühlte sich vertraut an, obwohl es das nicht dürfte – oder? Ich verdrängte das Gefühl und lauschte Liam weiter.

»Als der Sohn unseres Königs Seban geboren worden war, richtete unser Herrscher ein riesiges Bankett aus. Jeder sollte seinen Jungen betrachten können. Und wie es sich gehörte, lud der Herrscher auch König Barthos ein. Bisher waren die beiden Freunde gewesen. Doch als König Barthos die Frau an der Seite seines Freundes sah, verliebte er sich in sie. Und sie sich in ihn. König Seban wollte seine Königin aber nicht freigeben. Immerhin war sie sein Besitz und hatte ihm gerade erst seinen ersten Sohn geboren, auf den noch viele folgen sollten. So fing die Königin an ihn und ihr eigenes Kind zu hassen. Sie verfluchte die beiden. Der Sohn wurde fortan in jeder Nacht zum Monster und König Seban abhängig von ihr. Doch der Fluch hatte der Königin alles abverlangt und sie war gestorben. Barthos gab Seban die Schuld daran und Seban ihm. Seitdem ist dieses Land im Krieg und keiner der Könige sieht es ein aufzugeben. Keiner von ihnen will den Frieden. Die einzige Chance, wieder klar denken zu können, wäre die Frau gewesen, die nun tot ist.«

Auf meinem Körper hatte sich eine Gänsehaut gebildet. Ich war gebannt von dieser Geschichte.

»Was ist mit dem Sohn?«, fragte ich.

Liam zuckte nur mit den Schultern. »Das weiß keiner. Er ist irgendwann einfach fortgegangen und niemand hat je wieder etwas von ihm gehört.«

»Wie soll dann jemals Frieden herrschen«, fragte ich, »wenn doch die Frau, die tot ist, die einzige Rettung gewesen wäre?«

»Ich suche das Mittel.«

Ich wurde hellhörig. »Das Mittel?«

Liam wandte sich mir zu. »Das Mittel, mit dem ich die Toten wieder zum Leben erwecken kann.«

Meine Welt stand einen Augenblick still und ich blieb wie angewurzelt stehen. »Es gibt ein Mittel, mit dem man die Toten wiedererwecken kann?« Meine Stimme war bloß ein Wispern im Wind.

Aber Liam verstand mich. »Ja.«

Ich wusste nicht, was ich sagen, denken oder machen sollte. Diese Tatsache erschreckte mich und ließ mein Herz stolpern. Dieses *Mittel* eröffnete mir so viele Möglichkeiten. Und plötzlich glaubte ich zu wissen, was mein Großvater von mir verlangte.

Ich sollte ihn von den Toten zurückholen. Deswegen hatte er mir das Buch vermacht. Er muss gewusst haben, dass es so ein Mittel gab. Und ich sollte es finden. Aber wie sollte ich das Liam sagen? Ich verstand, wieso *er* das Mittel so dringend haben musste. Alendia und Eventyr brauchten den Frieden.

»Kommst du?«, forderte Liam mich auf.

Ich schüttelte mich und folgte ihm. Ich musste das Mittel haben, aber wenn die Seherin meine einzige Möglichkeit war den Weg nach Hause zu finden, konnte es nicht schaden, wenn ich ihr trotzdem einen Besuch abstattete.

Mein Blick glitt zu Liam. Es musste einfach genug von dem Mittel geben, um meinen Großvater zu retten *und* die Königin von den Toten zurückzuholen.

Kapitel 5

Der Weg, den wir entlangliefen, war mir am Vortag unendlich weit vorgekommen, dabei konnte ich schon nach kurzer Zeit den See sehen, in dem ich gestern fast ertrunken wäre.

»Das ist der See der Tränen«, erklärte Liam.

See der Tränen. Ich konnte mir vorstellen, wieso er so hieß. Und mir taten die Nixen noch immer leid, aber ich war froh, dass ich nicht ihre Wärmequelle geworden war.

»Es ist unglaublich schön hier«, bemerkte ich und überbrückte die letzten Meter zum Ufer.

»Das ist meine Heimat. Wunderschön und gleichzeitig doch so grausam. Und ab und an hält sie eine Überraschung für einen bereit«, erklärte Liam und sah mich dabei musternd an.

Meine Wangen wurden rot und ich drehte mich von ihm weg. Seine Überraschung war heute wohl ich gewesen. Ich bewunderte ihn dafür, dass er so gelassen mit der Situation umging. Ich an seiner Stelle wäre wohl durchgedreht, wenn eine Fremde in meinem Bett gelegen hätte.

Wir liefen am Ufer entlang und ich genoss die Sonne, die meine Haut wärmte. Wieder dachte ich an die Nixen. Ich schaute auf den See und hatte die kleine Hoffnung, dass ich noch einmal eine von ihnen sehen konnte. Ohne die Angst, dass sie mich in ihr Reich hinunterziehen wollte. Neugierig wandte ich mich zu Liam.

»Meinst du, dass Nixen ab und an trotzdem an die Oberfläche schwimmen, in dem Versuch sich zu wärmen?«

Liam schmunzelte. »Hast du gestern nicht genug von ihnen bekommen?«

»Na ja, ich würde außerhalb ihrer Reichweite bleiben«, erklärte ich und wartete ungeduldig auf seine Antwort, während mein Blick über die Wasseroberfläche glitt.

»Ich weiß es nicht. Nur selten wurden welche an der Wasseroberfläche gesehen. Wenn ihre Geschichte wirklich stimmt – und dem ist sich keiner mehr so sicher, weil diese Legende schon Jahrhunderte besteht –, so können sie für einen kurzen Augenblick in die Sonne. Ich weiß aber nicht, ob sie sich dieser Gefahr freiwillig aussetzen.«

»Hm.« Ein trauriges Gefühl beschlich mich. »Schade.«

»Vielleicht hast du ja Glück«, sagte Liam positiv gestimmt.

Ich schürzte die Lippen. »Wir werden sehen.«

Er zwinkerte mir zu, umfasste meinen Arm und drängte mich näher an das Wasser heran, sodass das Nass um meine Stiefel glitt. »Vielleicht kommen sie eher, wenn sie Beute wittern.«

Ich prustete und klammerte mich an ihm fest. »Solange du mich nicht reinschmeißt.«

Komischerweise tat es unglaublich gut, mit Liam hier zu sein. Ich wusste nicht, was dieses Hier war – oder gar, wo. Aber Liam schaffte es, dass ich mich wohlfühlte. Wohler als bei mir daheim. Diese Erkenntnis überraschte und erschreckte mich gleichermaßen. Ich kannte das alles nicht. Und trotzdem fühlte ich mich, als sei ich hier zu Hause.

»Das würde ich niemals tun.«

Überrascht sah ich bei seinem Tonfall zu ihm auf. Verbarg meinen Blick schnell wieder vor ihm. In meinem Bauch begann es zu kribbeln. Ich unterdrückte das Gefühl, wusste nicht, was es war, und wollte es auch gar nicht wissen. Ich kannte diesen jungen Mann nicht. Ich sollte ihn auch eigentlich nicht näher kennenlernen. Vor allem lebten wir in verschiedenen Welten! Ich gehörte nicht hierher und würde irgendwann wieder gehen müssen.

Mein Blick suchte den See ab, während wir weitergingen. Die Hoffnung, dass ich doch noch eine Nixe zu sehen bekam, hatte sich in mir ausgebreitet und ich konnte beobachten, dass es Liam genauso ging. Obwohl ich nicht wusste, ob er seinetwegen oder meinetwegen den See mit Blicken absuchte.

Wir hatten den See fast hinter uns gelassen, als Liam den Arm hob. »Da«, raunte er und drehte mich zum See.

Sie hatte ihren Kopf aus dem Wasser gesteckt und ihr Blick lag auf uns.

Eine Gänsehaut breitete sich auf meinem Körper aus, während ich die Nixe betrachtete. Ihre schwarzen Haare lagen in sanften Wellen um ihr Gesicht und flossen ins Wasser. Ihre Augen glänzten golden, rote Schuppen breiteten sich von ihren Augen über ihr Gesicht aus und sahen aus wie eine Maske, die sie sich übergezogen hatte. Aus ihren Augenbrauen wuchsen zwei rote Fühler und in ihren Wangen saßen die Kiemen. Statt Ohren standen Flossen seitlich von ihrem Kopf ab und zuckten nervös.

Ich war vollkommen überwältigt von dem Anblick. Sie war so nah. Und das Bedürfnis noch näher hinzugehen, um sie besser betrachten zu können, überfiel mich. Doch ich hielt mich mit Mühe zurück.

»Sie ist wunderschön«, hauchte Liam.

Ich wollte nichts sagen. Wollte den Anblick nur noch einen kurzen Moment genießen. Diese Nixe war grausam. Aber nicht aus ihrer Sicht. Sie sehnte sich nach Wärme. Und ich verstand sie. Die Dinge, nach denen wir uns am meisten verzehrten, waren die Dinge, für die wir alles machen und geben würden, ohne Rücksicht auf Verluste.

Ich beugte den Kopf vor ihr. Ich hatte einen Ausweg. Sie nicht. Und ich bewunderte sie für diese Stärke, die sie tagtäglich zeigen musste, um überleben zu können.

Als ich wieder hochsah, umspielte ein Lächeln die Lippen der Schönheit und sie neigte ebenfalls den Kopf vor mir. Um danach zu verschwinden.

»Das war absolut fantastisch!«, brachte ich atemlos hervor. »Es war magisch! Ich weiß gar nicht, was ich denken oder fühlen soll!« Ich starrte fassungslos zu Liam, der mich mit einem Grinsen auf den Lippen beobachtete.

»Kann es sein, dass du aufgeregt bist?«, fragte er. Ich hörte das Lachen in seiner Stimme.

»Kann sein!«, gab ich zu. »Was gibt es noch für Wesen, denen wir begegnen könnten? Sind sie alle so ... schön?«

Ich konnte mir vorstellen, dass ich gerade wie eine Irre aussehen musste. Ich raufte mir meine schwarzen Haare.

»Was es noch für Wesen gibt? Mia ... wo ...?«

Ich legte ihm einen Finger an die Lippen. »Erinnerst du dich? Mein Geheimnis.«

Er verzog verstimmt den Mund. »Na gut. Ich weiß gar nicht, wie ich dir das alles erklären soll. Es gibt Elfen – vor denen sollte man sich aber fernhalten. Feen …«, er kicherte kurz. »Früher habe ich versucht die Feen am Schloss zu fangen und in ein Glas zu stecken, damit sie in meinem Zimmer leuchten können.«

»Feen leuchten?«, fragte ich vollkommen baff.

»Natürlich. In den meisten Fällen sind sie gut. Es gibt ein paar Unterarten, die sich lieber zurückziehen oder aber Schabernack mit den Menschen treiben. Aber im Großen und Ganzen tun sie Menschen nur in den seltensten Fällen etwas.«

Diese Welt begeisterte mich. Jeder Schritt zog mich tiefer in ihren Bann. »Was gibt es noch?«, fragte ich aufgeregt und fühlte mich wie ein kleines Kind, das etwas Neues erfahren hatte.

Liam belächelte mich, aber das war mir egal. Er erzählte mir noch mehr von den Feen und Dryaden und anderen Wesen, die nur bei Nacht herauskamen und vor denen wir uns definitiv fernhalten sollten. Und von Ogern, die so groß waren wie eine Mühle und uns mit ihren bloßen Füßen zerstampfen konnten – und die mit Eventyr ebenfalls im Krieg lagen. Von Zentauren, die die Sterne im Auge behielten und bei wichtigen Nachrichten oder Bekundungen ins Schloss kamen, um diese mitzuteilen, von denen man aber sonst nie etwas sah. Und von noch so vielen Wesen mehr.

***

Der Fußmarsch hatte meinen Körper erschöpft. Ich war am Ende und mein Kopf fuhr Karussell. Die Begeisterung für diese Welt hatte kein bisschen nachgelassen. Ich war in einem wahr gewordenen Traum gelandet! Und ich wusste, dass mein Großvater so was Ähnliches erlebt haben musste, sonst hätte er mir diesen Schatz nicht vermacht. Aber ich wollte es mit ihm zusammen erleben. Ich wollte mit ihm Feen und Nixen beobachten und Zentauren suchen. Aber das ging nicht – noch nicht. Bald, sagte ich mir und verdrängte die Tränen, als ich an ihn zurückdachte und damit den Schmerz des Verlustes wieder hervorholte.

»Gleich sollten wir an der Hütte der Seherin ankommen«, meinte Liam. »Bitte, lass mich erst mit ihr sprechen, ja?«

»Klar …«, stimmte ich verunsichert zu und folgte schüchtern.

Die Hütte war vollkommen mit dem Wald verschmolzen. Ich erkannte sie zunächst gar nicht. Erst als mein Fuß auf Holz trat, bemerkte ich, dass wir bereits vor der Tür standen. Der Wald hatte sich schützend um das Haus gelegt. Die Äste einer Trauerweide wiegten sich vor der Tür im Wind. Moos und Efeu hatten sich wie ein Mantel auf dem Haus ausgebreitet und verbargen es vor neugierigen Blicken.

Liam hob die Hand und klopfte ein paar Mal gegen das Holz. Von drinnen hörte ich ein Geräusch, als würde ein Gehstock auf den Boden treffen. Ich knetete meine Finger vor Nervosität. Während des ganzen Marsches hatte ich mir überlegt, wie ich Liam überreden konnte, dass er mich mitnahm, damit ich ebenfalls nach dem Mittel suchen konnte. Mittlerweile war ich mir nämlich sicher, dass mich mein Großvater hierhergeschickt hatte, um dieses Wundermittel zu finden. Er wusste ebenfalls, dass seine Familie nicht ohne ihn existieren konnte. Dass sie zerbrechen würde an der Last, die sie mit sich trug.

Die Tür öffnete sich knarzend und eine Frau stand im Lichtschein, der von innen kam. Sie ging mir gerade mal bis zur Brust, doch sie schien Liam zu erkennen und drehte sich wieder um. Sie verschwand in den Untiefen der Hütte und Liam bedeutete mir ihm zu folgen.

Nervös schluckte ich, tat aber wie mir geheißen. Noch einmal sah ich über die Schulter in den Wald hinein und ich fühlte mich, als würde ich etwas Verbotenes tun, als ich die Tür hinter mir schloss.

»Seherin, wir sind heute zu Euch gekommen, um Euch um Hilfe zu bitten. Wir brauchen Euren Rat.«

Ich runzelte bei Liams Tonfall die Stirn. Auf einmal klang er gestelzt, unterwürfig und nicht mehr wie er selbst. Die Frau lachte gackernd, sie schien ebenfalls bemerkt zu haben, dass Liam so nicht immer sprach. Liam stand vor mir, sodass ich die Seherin nicht im Blickfeld hatte. Obwohl sie den Stock brauchte, um zu gehen, klang es nicht so, als ob sie gebrechlich wäre.

»Mein lieber Junge, das weiß ich wohl. Verstecke dich nicht, Mia. Komm, zeig dich!«

Überrascht versteifte ich mich und sah unsicher zu Liam, der sich mir zugewandt hatte. Er nickte und ich ging vorsichtig ins Licht, der Seherin entgegen. Das Positive war, dass ich sie so nun auch betrachten konnte. Sie war komplett in weiße Kleider gehüllt, die locker an ihrem Körper hinabfielen. Ihre Augen waren von einem dunklen Schatten befallen, der sich um die weiße Pupille zog und ihre Iriden gräulich erschienen ließ. Ihre Haut war faltig und sie erinnerte mich an Lisas Oma, die mir ein wenig unheimlich war und meist zu viel aufdringliches Parfüm trug.

»Vergleiche mich nicht mit solch einem alten Menschen!«, warnte mich die Seherin.

Meine Augen wurden groß. *Hat sie …?*

»Ja, habe ich«, antwortete die Seherin auf meine unausgesprochene Frage. »Du siehst aus wie deine Großmutter, Kind. Die hohen Wangenknochen, die grauen Augen, selbst der störrische Zug um deinen Mund. Ich meine Helena vor mir zu sehen. Nur das schwarze Haar, das ist typisch Erik …«, murmelte sie und betrachtete mich.

Ich bildete mir ein, dass ein liebevoller Ausdruck auf ihrem Gesicht erschien, während ich nervös mein Gewicht vom linken aufs rechte Bein verlagerte. *Woher kennt sie meine Großeltern?*

»Und ich weiß auch, was *du* denkst, Junge. Das solltest du mittlerweile wissen.« Sie warf ihm einen bösen Blick zu. »Ich bin noch immer nicht verrückt. Aber ich kann euch tatsächlich helfen.«

»Wie?«, fragte ich.

»Um zurückkehren zu können, musst du dich selbst finden.«

»Bitte?«

Die Alte gackerte wieder. Unsicher schaute ich zu Liam, der die Frau aber ebenso verwirrt musterte wie ich. »Du bist der Schlüssel, damit er *das Mittel* finden kann. Und er ist dein Schlüssel zu dir selbst. Erst dann kannst du dich entscheiden, wo du hingehörst.«

Anstatt meine Fragen zu klären, warf sie nur noch mehr auf. Obwohl ich wusste, dass ich einen Weg nach Hause brauchte, hatte ich gehofft, dass sie so etwas sagen würde. Damit ich selbst an das Mittel kommen konnte. Aber es jetzt von ihr zu hören, überraschte mich und jagte mir eine höllische Angst ein. »Aber ich muss nach Hause zurück!«, warf ich ein. »Meine Eltern werden sich Sorgen um mich machen.«

Die Seherin schüttelte den Kopf. »Dein Vater hat alles geregelt, wenigstens daran hatte Erik gedacht.«

»Mein Vater ...?« Ich stand mehr denn je auf dem Schlauch.

»Was meinst du damit, dass ich das Mittel nur mit ihr finden kann?«, mischte sich Liam in das Gespräch ein.

»So, wie ich es sagte. Ohne sie wirst du das Mittel nicht finden und das Land nicht retten können.«

Ein schwerer Stein legte sich auf mein Herz, als ich merkte, welch eine Verantwortung die Seherin auf meine und auch auf Liams Schultern legte. »Und wie soll ich ihm dabei helfen?«

»Indem du du selbst bist.«

Verwirrt sah ich zu Liam. Das ergab überhaupt keinen Sinn.

»Und ich soll wahrscheinlich ihr Schlüssel sein, indem ich ich selbst bin?«, erkundigte er sich.

Die Seherin grinste ihn an und zeigte dabei ihre schiefen Zähne. »Ja, indem du *wirklich* du bist.«

Sie betonte das Wort, sodass ich mich automatisch fragte, ob er bisher nicht er selbst gewesen war.

Liam schnaubte und drehte sich weg. »Du weißt genau, dass ich das Mittel brauche, Seherin.«

Mir fiel auf, dass er sie nicht mehr hoheitsvoll ansprach, wie er es noch am Anfang getan hatte, sondern so mit ihr redete, als würden sie sich schon lange kennen.

»Natürlich weiß ich das. Und ich weiß, dass du es nur mit Mias Hilfe schaffen wirst. So, wie sie deine Hilfe braucht, um nach Hause zurückzukehren. Daher solltet ihr lernen ehrlich zueinander zu sein.« Ihr Blick streifte mich. »In jeder Hinsicht.«

Ich kniff die Lippen zusammen und beobachtete Liams Reaktion. Er schüttelte den Kopf, als könnte er nicht glauben, dass diese Frau ihn zwang sich mit mir abzugeben. Es tat weh, aber ich musste zugeben, dass ich in dieser Welt, in einer Umgebung, in der ich mich nicht auskannte, keine echte Hilfe war.

»Du solltest nicht so an dir zweifeln. Selbst wenn du nur als Mensch für Liam da sein kannst, ist das schon eine Hilfe. Ich weiß, dass ihr einander brauchen werdet.« Bei ihrem letzten Satz sah sie zu Liam. »Ich *weiß* es.«

Er spannte die Kiefer an. »Wie stellst du dir das vor?«, fuhr er die Seherin an.

»Pass auf, wie du mit mir redest, Jungchen!«, warnte sie ihn.

»Tut mir leid«, gab er klein bei und betrachtete mich. »Ich weiß nur wirklich nicht, wie *sie* mir eine Hilfe sein soll.«

Autsch! Das saß.

»Wo sind deine Manieren? Sie ist ein hilfloses Mädchen, das du beschützen musst! Das ist deine Aufgabe!«, trichterte sie ihm noch einmal ein.

Ich fühlte mich auf einmal unwohl und fehl am Platz. Ich wusste, dass Liam anderes vorgehabt hatte, und irgendwie verstand ich ihn auch, aber seine Reaktion auf meine Anwesenheit schmerzte.

Seine grünen Augen sahen zu mir und auf einmal schien ihm bewusst zu werden, was er gesagt hatte. »Es tut mir leid, Mia.«

Er wandte sich ab und stürmte aus der Tür. Fragend schaute ich ihm hinterher. Ich wollte ihm folgen, doch die Seherin hob die Hand und hielt mich zurück.

»Leiste einer alten Frau ein wenig Gesellschaft«, murmelte sie und deutete auf einen Stuhl.

Unsicher sah ich noch einmal zu der Tür, die hinter Liam zugefallen war, und nickte dann.

»Ich mache uns jetzt einen schönen Tee«, verkündete die Alte und humpelte in die Küche. »Erzähl von deiner Großmutter, während ich das Wasser aufsetze. Zwischen den Welten zu schauen ist anstrengend und ich konnte das mit deinem Vater nur sehen, weil du hier bist.«

»Ähm …«, meinte ich überfordert. »Sie ist tot.«

Scheppernd fiel die Tasse zu Boden, die die Seherin gerade noch in der Hand gehalten hatte. Sie drehte sich zu mir um. Ihr Gesicht war vor Schmerz verzerrt und ein Zittern legte sich auf ihren Körper.

»Was?«, fragte sie leise.

Ich sprang auf und half ihr sich auf den zweiten Stuhl zu setzen. »Ich kannte meine Großmutter nicht. Ihr scheinbar schon?«, erkundigte ich mich. Aber wie sollte das gehen? Wie konnte diese Seherin meine Großmutter kennen? Und meinen Großvater?

Ich sammelte die Scherben auf und behielt die Seherin im Auge. Über ihr faltiges Gesicht liefen Tränen. Sie hatte eine Hand ungläubig vor den Mund geschlagen. Doch schien sie nicht hier zu sein, sondern an einem ganz anderen Ort.

»Erzähl es mir, bitte«, flehte ich leise. Ich wollte verstehen. Verstehen, was hier geschah. Warum ich hier sein konnte. Wie ich hierhergekommen war.

Die Seherin wandte sich zu mir. »Das kann ich nicht. Das darf ich nicht«, korrigierte sie sich. »Du solltest wissen, dass beide Welten dein Zuhause sind. Liam und du, ihr braucht euch. Lass nicht zu, dass euch irgendetwas trennt. Verstanden?«

Ich nickte überfordert.

»Versprich es mir!«, forderte sie mich auf.

»Ich … ich verspreche es«, haspelte ich.

Die Seherin nickte. »Gut. Er wird die Nacht über fort sein.«

»Was, wieso?«

»Das darf ich dir auch nicht erzählen. Es gibt viel, das Liam vor dir geheim hält. Genauso, wie du ihm einiges verschweigst. Ich meinte es ernst, als ich sagte, dass ihr unbedingt ehrlich zueinander sein müsst.«

Schuldbewusst sah ich auf den Boden und biss mir auf die Innenseite meiner Wange. »Aber klingt das nicht verrückt? ›Liam, ich bin durch ein Buch gefallen.‹«

Ein Schmunzeln legte sich auf ihr tränennasses Gesicht. »Doch das klingt es, aber die Wahrheit ist selten einfach und normal, vor allem in einem Land wie diesem hier.« Sie zwinkerte mir aufmunternd zu.

Anstatt mich sicherer zu fühlen, wühlte mich die Seherin nur noch mehr auf. Ich hatte gewusst, dass Liam mir etwas verschwieg. Aber wir waren einander nicht mehr als Fremde. Wieso sollte er mir gegenüber ehrlich sein? Ich hatte das Gefühl, dass mich alles irgendwie erdrückte. Die Seherin kannte meine Großeltern und wollte mir nicht sagen, woher. Opa hatte erwähnt, dass er schon einmal hier gewesen war. Ich sah nachdenklich zu der alten Frau vor mir. War er wegen ihr hier gewesen?

»Lass mich den Tee aufgießen.« Die Seherin klatschte in die Hände und stützte sich wieder auf ihren Stock, um an die Arbeitsfläche zu gehen.

Ich wusste nicht, was ich von all dem halten sollte. Ich wusste so vieles nicht und musste Menschen vertrauen, die ich nicht kannte.

Aber ich hatte eine Hoffnung. Eine Hoffnung, die zwischen all dem Chaos und der Dunkelheit hervorblitzte und mir all das erleichterte. Wenn ich Liam begleiten musste, um das Mittel zu bekommen, konnte ich meinen Großvater zurückholen. Das Mittel würde ihm helfen. Ich glaubte daran, dass ich ihn damit zurückbekommen konnte.

Ich spürte, dass die Seherin mich beobachtete, aber ich ignorierte den besorgten Zug um ihre Lippen. Sie wusste, dass ich Liam aus Eigennutz folgen würde und nicht nur, um ihm zu helfen. Aber das war mir egal. Er war für mich ein Fremder, weiter nichts. Auch wenn er nett zu mir war. Ich brauchte meinen Großvater mehr als Liam.

»Ich muss das machen«, versuchte ich mich zu erklären.

»Ich weiß. Das heißt aber nicht, dass ich es gutheißen werde.«

Kapitel 6

Am nächsten Morgen warf mich Liam früh aus dem Strohlager, das die Seherin – Melina – für mich bereitet hatte. Ich sah mich vor unserem Aufbruch noch einmal nach ihr um, konnte sie aber nicht entdecken.

»Sie ist wahrscheinlich schon im Wald.«

»Oh. Schade, ich hätte mich gern noch von ihr verabschiedet«, bemerkte ich.

Liam warf mir einen seltsamen Blick zu, den ich nicht einordnen konnte. »Tut mir leid.«

Ich zuckte mit den Schultern. »Schon gut.«

Den gestrigen Abend hatte ich mit Melina verbracht. Liam war, wie die Seherin gesagt hatte, nicht mehr zurückgekommen.

Wir gingen eine Weile schweigend nebeneinander her. Der Wald strahlte grün, satter als der zu Hause. Ich staunte über die Natur, obwohl ich kein Mensch war, der sich viel im Freien aufhielt. Ich war eher jemand, der gern in einem abgedunkelten Raum las – ohne irgendwelche Insekten oder Krabbelviecher um mich herum.

»Weißt du, ich habe nicht darum gebeten bei dir zu bleiben«, platzte es irgendwann aus mir heraus, weil ich die Stille nicht mehr aushielt.

Sein Blick streifte mich und ich hörte ihn seufzen. Ich konnte beobachten, wie seine Körperspannung nachließ und er auf den Boden starrte. »Ich weiß. Es verkompliziert nur einiges. Ich muss jetzt darauf achten, dass ich Wege nehme, die du ebenfalls gehen kannst. Muss mich auch um dich kümmern. Du kommst aus irgendeinem Land, in dem es nicht einmal Räuber oder Banditen gibt. Das heißt, du wirst auch keinerlei Ahnung haben, wie man sich selbst schützt – oder sehe ich das falsch? All das fällt nun in meinen Verantwortungsbereich. Du wurdest zu meinem Problem gemacht, obwohl ich eigentlich schon genug eigene habe.«

Ich biss mir auf die Lippe und schaute zu Boden. Dank seiner Aussage fühlte ich mich nun wirklich schlecht. »Ich wollte dir nicht zur Last fallen, Liam.«

Seine Hand umschloss meine und ein wärmendes Gefühl breitete sich in meinem Bauch aus. »Ist schon in Ordnung. Ich muss mich bloß erst daran gewöhnen. Wir müssen zum Nebelgebirge gelangen und das sind allein schon zwei Wochen Fußmarsch. Und dabei werden wir durch Elfengebiet ziehen und ich weiß, dass wir düsteren Gestalten begegnen werden.«

Ich schluckte. Er hatte recht. Ich war für ihn ein Klotz am Bein, nichts weiter. »Dann zeig mir, wie ich dir helfen kann, damit ich *keine* Last bin«, sagte ich und meinte es ernst, obwohl ich von meinen Worten überrascht war.

Liam scheinbar auch, wenn ich danach urteilte, wie er mich ansah. Er lachte. »Du willst lernen, wie du mir keine Belastung bist?«

Ich nickte.

»Ich überlege mir etwas.«

»Danke.«

Er grinste bloß und gemeinsam gingen wir weiter.

***

Abends hielten wir auf einer kleinen Lichtung. Die Sonne färbte sich langsam orange und ich merkte, wie Liam nervös wurde. Sein Blick richtete sich immer wieder gen Himmel und ich hatte das Gefühl, er warte auf etwas.

Er machte ein kleines Feuer und hielt einen Vogel, den er gejagt hatte, darüber. »Ich werde Wache halten und dabei ums Lager laufen. Schlaf einfach, Mia.«

Dieser Kerl verwirrte mich. »Wieso kannst du nicht hier im Lager Wache halten?«

»Ich will sehen, wo wir morgen am besten entlanggehen können«, erklärte er sich.

»Vielleicht sollte ich … mitkommen?«, erkundigte ich mich unsicher.

»Nein, du solltest schlafen.«

Nachdenklich schürzte ich die Lippen. Wäre ich nicht vollkommen k. o.

gewesen, hätte ich ihm widersprochen. Aber meine Beine fühlten sich an, als steckten sie in Betonklötzen. »Denk dran, dass du auch Schlaf brauchst, okay?«

Er schenkte mir ein Lächeln, das seine Augen nicht erreichte. »Mache ich«, sagte er und stand auf.

Ich selbst achtete auf das Feuer und darauf, dass der Vogel nicht verbrannte.

Vorsichtshalber ließ ich etwas von dem wenigen Fleisch für Liam übrig und kuschelte mich irgendwann in den Umhang, den Melina mir gestern Abend mit den Worten »Achte gut auf ihn!« gegeben hatte.

Meine Gedanken schweiften ab. Ich vermisste meinen Großvater. Und meine Mutter. Meinen Vater. Mein Herz zog sich schmerzhaft zusammen, als ich an sie dachte. Ich vertraute der Seherin, dass ich erst eine Aufgabe zu erledigen hatte, bevor ich zurückkonnte. Ich fragte mich, was mein Großvater in Papas Brief geschrieben hatte. Hatte er ihm erzählt, dass er mich in das Buch schicken würde? Hatte er ihm von meiner Aufgabe berichtet?

Meine Augen begannen zu brennen und die Sehnsucht schien mich von innen heraus zu zerfressen. Wenn Liam da war und wir durch den Wald liefen, konnte ich alles ausblenden. Konnte vergessen, dass ich nicht hierhergehörte, dass ich ein Fremder in einem atemberaubenden Land war, das mich mit jeder einzelnen Facette verzauberte. Doch jetzt? Ohne Liam holte mich die Einsamkeit ein und ich klammerte mich an den Umhang. Versuchte zu schlafen, um die Leere auszusperren.

Morgen wird alles anders aussehen. Morgen ist ein neuer Tag. Einer, der uns näher an mein, an unser Ziel bringen wird.

***

Die Nacht auf dem ausgekühlten Waldboden hatte noch weniger gutgetan als die auf dem Strohlager. Dass mich Liam zu einer unchristlichen Zeit geweckt hatte, zu der gerade eben ein Streifen Sonne zu sehen war, machte meine Laune auch nicht besser.

Mein Körper schmerzte. Und ich fühlte mich unausgeruht. Ich sehnte mich nach einer Pause, aber so lange waren Liam und ich noch gar nicht unterwegs, also hielt ich mich zurück, obwohl jeder Schritt eine Qual für mich war.

Seufzend versuchte ich meinen Frust loszuwerden und streckte mich. Mein Rücken protestierte dabei knackend und schlagartig fühlte ich mich wie hundert und nicht wie ein Teenager.

»Liam?«, fragte ich. Ich konnte meiner Stimme anhören, dass ich unsicher und fertig klang.

»Hm?«, kam es zurück. Er lief ein paar Schritte vor mir und hatte die Gegend die ganze Zeit im Blick, als würde er jeden Moment eine Gefahr erwarten.

»Wann machen wir eine Pause? Meine Beine und Füße bringen mich noch um.«

Er runzelte die Stirn und sah sich noch einmal um. »Noch ein wenig weiter. Hier will ich nicht rasten.«

Ich zog die Augenbrauen zusammen. »Wieso?«

»Weil wir hier im Elfengebiet sind.«

Ich kniff die Lippen zusammen und folgte ihm. Nach dem, was er mir vorgestern über die Elfen erzählt hatte, war mein Bedürfnis, diese Wesen zu treffen, sehr gering. Quasi nicht vorhanden.

Die Elfen waren ein kriegerisches Volk, das sich gern mit Magie umgab. Ich erinnerte mich an die Geschichten über Elfen, die ich bisher gelesen hatte, aber die meisten davon waren irgendwie Baumschmuser gewesen. Die hier hingegen liebten – wenn ich Liam Glauben schenken sollte – das Blutvergießen und für die vielen magischen Rituale brauchten sie Blut. Am liebsten nahmen sie welches, in dem durch einen Fluch oder durch andere Zauberei schon Magie steckte. Die Angst ließ meine Beine zittern und ich sah mich unwohl im Wald um. Meine Hände ballten sich zu Fäusten, als ich mich zur Ordnung rief. Ich musste stärker werden. Dazu gehörte auch, dass ich weniger Angst vor etwas haben durfte, das nicht da war – zumindest noch nicht. Trotzdem beschleunigte ich meine Schritte, um neben Liam gehen zu können.

»Wo in Alendia bist du eigentlich groß geworden?«

»In der Hauptstadt. Mein Vater wurde oft im Schloss gebraucht.«

Ich runzelte die Stirn. »Das klingt so, als hättest du nicht gern dort gelebt?«

»Nein. Zu voll. Viel zu viele Menschen. Die Hütte im Wald ist genau das, was ich mir immer gewünscht habe.« Er lachte leise.

»Ja, deine Hütte ist schön.«

»Wo bist *du* groß geworden?«

Ich biss mir auf die Lippe und überlegte. »Es ist nicht leicht zu beschreiben«, erklärte ich und fand selbst, dass sich das nach vollkommenem Unsinn anhörte. »Es unterscheidet sich sehr von hier. Es ist eine große Stadt, in der sich die Leute untereinander nicht wirklich kennen. Sie gehen morgens arbeiten und kehren abends heim.«

»Hat es dir denn dort gefallen?«

Über seine Frage musste ich nachdenken. »Es gibt einige Vorzüge, die ihr hier nicht genießt.« Ich dachte an meine Familie zurück, an meine Mutter, die in unserer Welt nicht zurechtkam, und meinen Vater, der sich lieber in seiner Arbeit vergrub, anstatt Probleme offen anzugehen. »Aber auch viel Negatives. Ich war gern dort, aber ich kannte ja auch nichts anderes«, gab ich ehrlich zu.

Überrascht musterte mich Liam. »Also weißt du noch gar nicht, ob du zurückwillst?«

»Ich muss irgendwann zurück.« Zumindest glaubte ich das.

»Was ist, wenn du hier mehr zu Hause bist, als du es dort jemals sein wirst?«, hakte Liam weiter nach.

Ich erinnerte mich an Melinas Worte. Was war, wenn ich mich tatsächlich hier wohler fühlte, als zu Hause? Aber ich musste zurück. Das Mittel würde kaum wirken, wenn ich hier war und mein Großvater dort. Aber würde das Mittel überhaupt in meiner alten Welt wirken? Kurz raubte mir der Gedanken die Luft, also schob ich ihn beiseite. Ich musste daran glauben, dass es funktionierte. Dass ich meinen Opa wiedererwecken konnte. Ich spielte mit meinen Fingern.

»Wir werden es sehen«, antwortete ich ausweichend und betrachtete den Waldboden vor meinen Füßen, um nicht über eine Wurzel zu stolpern.

Er nickte bekräftigend. »Stimmt.«

Ich warf ihm ein unsicheres Lächeln zu. Es war komisch, dass unsere Gespräche uns immer wieder zu Themen führten, die wir einander nicht offenbaren konnten – oder wollten.

Eine Weile liefen wir schweigend nebeneinanderher, als Liam sich plötzlich versteifte und mich zwang stehen zu bleiben. Überrascht sah ich zu ihm auf. Er lauschte und hatte seinen Finger auf die Lippen gelegt. Suchend glitt sein Blick durch den Wald. Ich tat es ihm nach, konnte aber nichts Auffälliges sehen. Aber ich hatte das Geräusch auch nicht vernommen, welches ihn so verschreckt hatte.

»Alles okay?«, fragte ich und kassierte dafür einen bösen Blick. Ich verdrehte die Augen. Dann hörte ich es auch. Schritte – viele Schritte. »Oh, oh«, hauchte ich und schaute wieder zu Liam auf.

»Verflucht«, murmelte er, nahm mich bei der Hand und zog mich weiter.

Mein Herz donnerte in meiner Brust. Angst ließ es schlagen wie bei einem Marathon und mich immer schneller rennen, obwohl ich fast keine Luft mehr übrig hatte. Mein Körper war angespannt und ich wollte nach hinten sehen. Denn die Schritte waren immer lauter geworden. Aber ich verbot mir den Blick über die Schulter. Nicht nur, weil ich gelernt hatte, dass mich das langsamer machte, ich wollte auch nicht sehen, was uns verfolgte. Ich weigerte mich. Meine Beine wurden schwerer und ich hatte Mühe sie anzuheben. Meine Kondition war einfach im Eimer. Noch nie hatte ich um mein Leben laufen oder auch nur so eine lange Wanderung unternehmen müssen – und jetzt tat ich beides auf einmal.

Ich stolperte über einen Ast und fiel. Liam versuchte noch mich aufzufangen, aber ich riss uns beide um. Wir rollten weiter und stürzten einen Hang hinunter. Ich verlor Liams Hand und riss meine Arme hoch, versuchte meinen Kopf vor Ästen und Wurzeln und keine Ahnung was noch zu schützen.

Immer weiter rollte ich bergab, stieß mich an Wurzeln, die sich mir schmerzhaft in die Seite hineinbohrten, oder in meinen Rücken schlugen, bis ich auf einmal flog. Ich biss die Zähne zusammen, um nicht zu schreien, und landete mit einem Platschen im Wasser – schon wieder.

Das kalte Nass drang in meine Nase, aber ich konnte mich dieses Mal direkt orientieren und schwamm nach oben.

Mein Kopf durchbrach die Wasseroberfläche und ich rang nach Luft. Mein Blick suchte nach Liam und ich fand ihn. Er hatte mich ebenfalls entdeckt und kam mir entgegengeschwommen.

»Wir müssen hier sofort raus!«, schrie ich und musterte Liam besorgt, der das Blut, das ihm am Gesicht hinunterlief, zu ignorieren schien.

»Der Fluss hat uns gerettet, Mia«, sagte er und schaute den Hang hinauf. Ich folgte seinem Blick, doch abgesehen von ein paar Schemen zwischen den Bäumen konnte ich nichts entdecken und war heilfroh darüber. »Wir sollten erst mal hierbleiben«, meinte er.

»Aber dein Kopf!«, beharrte ich.

»Was ist damit?«

»Du blutest.« Sorge erfüllte mich und ich hatte das Bedürfnis ihn direkt aus dem Wasser zu zerren, um mir die Verletzung anzusehen.

Aber Liam winkte bloß ab. »Sieht schlimmer aus, als es ist.«

»Das glaube ich nicht.«

Er grinste mich vielsagend an. »Machst du dir etwa Sorgen um mich?«

»Was? Natürlich mache ich mir Sorgen um dich! Wenn ich dich nicht mehr habe, wer ist dann mein Schlüssel, um nach Hause zu kommen?«, warf ich ihm vor und griff nach seinem Kinn, um ihn zu zwingen, mir die Wunde zu zeigen.

Er beugte sich zu mir hinunter und ich schob vorsichtig seine Haare weg. »Das ist wirklich nicht nötig.«

»Du bist stur wie ein Esel«, murmelte ich und schöpfte etwas Wasser in die Hand, um das Blut abzuspülen.

Er zog die Luft ein. »Das brennt.«

»Natürlich brennt das.« Ich besah mir die Wunde. Liam hatte recht gehabt, sie sah schlimmer aus, als sie war. Ich ließ von seinem Kopf ab und starrte den Hang hinauf, den wir gerade hinuntergepurzelt waren.

»Liam, will ich wissen, was uns verfolgt hat?«, fragte ich und suchte in seinen Augen nach der Antwort.

»Elfen«, antwortete er kurz angebunden.

»Und wieso ist das Wasser dann unsere Rettung gewesen?«, hakte ich weiter nach.

»Das Wasser bildet die Grenze vom Elfen- zum Menschenreich. Zudem sind Elfen nicht gern nass. Es schadet ihnen und macht sie träge. Lass uns trotzdem noch etwas hier bleiben und flussaufwärts laufen.«

Ich verzog schon das Gesicht bei der Vorstellung, mit nassen Sachen durch den Wald zu latschen, aber jetzt durch den Fluss zu gehen und dabei immer wieder gegen den Strom ankämpfen zu müssen? Seufzend folgte ich Liam und vermisste die Straßenbahnen und Busse in meiner Welt. Es war so einfach bei uns in kürzester Zeit von A nach B zu kommen.

Doch während wir durch den Fluss wateten, musste ich feststellen, dass es auch gute Seiten hatte, dass es hier eben keine Straßen und Schienen gab.

Die Natur war unangetastet und wunderschön. Kaninchen und Rehe versteckten sich im Unterholz, als sie uns – okay, mich, im Gegensatz zu mir bewegte sich Liam, als wäre er ein verdammter Fisch und im Wasser geboren – platschend und schnaufend näher kommen hörten.

»Gleich können wir raus«, sagte Liam nach einer Weile.

Ich bildete mir ein, in seiner Stimme ein leichtes Zittern zu hören. Ihm schien genauso kalt zu sein wie mir. Kurz schloss ich die Augen und stieß ein *Danke* in den Himmel. Ich war am Ende. Es wurde bereits Abend und immer öfter stolperte ich über Unebenheiten im Schlamm. Dazu fing mein Magen protestierend an zu knurren und meine Zähne zitterten unkontrolliert.

»Wie weit sind wir denn heute gekommen?«, fragte ich und hoffte, dass wir überdurchschnittlich schnell gewesen waren, obwohl ich es mir nicht vorstellen konnte.

Liam warf einen Blick nach hinten und musterte mich. »Leider nicht so weit, wie ich gehofft hatte.«

Verdammt! »Schade«, murmelte ich missmutig.

Liam watete aufs Ufer zu und zog sich an Wurzeln hinauf. Zweifelnd beobachtete ich ihn. Das würde ich niemals im Leben schaffen.

»Kommst du?« Er sah mich abwartend an und ich beeilte mich ans Ufer zu kommen.

Vor den Wurzeln blieb ich stehen und versuchte mich an ihnen hochzuziehen, wie Liam es gerade getan hatte. Bei ihm hatte es so einfach ausgesehen, aber ich rutschte mit meinen nassen, aufgequollenen Händen ab. Ich landete wieder im Wasser und tauchte kurz unter. Fluchend tauchte ich auf und sah, wie Liam sich das Grinsen verkneifen musste.

»Willst du die Nacht doch im Fluss verbringen?«

Ich warf ihm einen bösen Blick zu. »Natürlich, es ist so angenehm warm und kuschelig hier drin«, giftete ich.

Liams Grinsen wurde noch breiter, aber er kam wieder ein Stück hinunter und reichte mir seine Hand. »Ich habe gehört, dass es ein Feuer geben soll, an dem man sich aufwärmen kann. Wenn du aus dem Fluss kommst.«

Ich verengte meine Augen zu Schlitzen, nahm seine Hand aber an. Doch bevor er mich hochziehen konnte, zog ich ihn hinunter. Zuerst konnte er sich noch halten. Doch ich verstärkte den Zug und er riss seine Augen auf, als er bemerkte, wie er sein Gleichgewicht verlor und platschend vor mir ins Wasser fiel.

Dieses Mal grinste ich, als Liam wieder auftauchte. Er hustete und musterte mich aus bösen funkelnden Augen. »Was sollte das?«, fauchte er.

Ich fühlte mich aber nicht eingeschüchtert und fing an zu lachen. »Ich wollte, dass du diesen Fluss ebenso noch ein Weilchen genießen kannst.«

Meine Hand klatschte auf die Wasseroberfläche und ich schob das ganze Wasser auf Liam zu. Ich lachte dabei glücklich und das tat mir unglaublich gut. Ich vergaß für einen Moment meine schmerzenden Glieder und auch, dass ich aus einem vollkommen anderem Grund hier war, als Spaß zu haben. Das Lachen befreite mich und baute mich wieder auf.

Liam pustete sich das Wasser aus dem Gesicht und aus seinen Augen war die Wut gewichen und der Schalk blitzte in ihnen. »Na warte!«, rief er und stapfte auf mich zu. »Das bekommst du zurück!«

Lachend floh ich vor meinem Verfolger und wir boten uns noch eine ausgelassene Wasserschlacht, ehe wir erschöpft und keuchend ans Ufer kletterten. Dieses Mal zog ich Liam nicht zurück ins Wasser und ließ mir von ihm helfen.

***

Die Sonne stand schon tief, als wir einen passenden Lagerplatz gefunden und Holz gesammelt hatten. Liam suchte die Gegend nach etwas ab, das wir essen konnten. Aber wir hatten mit unserem Lärm im Fluss wohl jedes Tier in einem Umfeld von einem Kilometer verscheucht, sodass Liam nichts finden konnte.

»Wir sollten aus den nassen Sachen raus«, sagte Liam, als wir uns für eine Stelle entschieden hatten, an der wir rasten konnten.

Ich zog die Augenbrauen hoch. »Alle anderen Sachen werden auch nass sein«, erinnerte ich ihn und deutete auf den nassen Beutel, der neben dem Holz lag.

Liam verzog das Gesicht, als hätte er das vergessen. »Vielleicht sollte ich mich umschauen, ob ich noch ein Wildhaus finde«, dachte er laut nach.

»Ein Wildhaus?«, fragte ich verwundert.

»Das Haus, in dem wir neulich waren, war ein Wildhaus. Dort übernachten Jäger und finden einen Unterschlupf wie auch etwas zu essen.«

»Sagtest du nicht, es wäre *dein* Haus gewesen?«

Er zuckte mit den Schultern und lächelte mich entschuldigend an. »Da habe ich wohl gelogen.«

Ich verdrehte die Augen und ließ mich auf die kalte Erde plumpsen. »Ich kann keinen Schritt mehr laufen und es ist fast dunkel«, erinnerte ich ihn. »Mach lieber das Feuer an. Das wird uns schon wärmen.« Zumindest hoffte ich das. Auf eine Erkältung konnte ich gern verzichten, vor allem, wenn wir noch weiterreisen mussten. Ich wollte mir gar nicht vorstellen, was passierte, wenn ich hier krank werden würde.

Liam stapelte das Holz aufeinander und legte einen Steinkreis um die Stelle, ehe er zwei Steinen aneinanderschlug, um Funken zu bekommen.

Als das Feuer vor sich hin knisterte, setzten wir uns einander gegenüber um die züngelnden Flämmchen. Die Kälte hatte sich durch den Stoff gefressen und auf die Haut gelegt. Langsam war sie bis in meine Knochen vorgedrungen. Meine Zähne begannen zu klappern. Hätte ich Liam nicht mehr in den Fluss gezogen, würden wir jetzt schon erwärmt am Feuer sitzen und hätten eventuell noch ein Kaninchen schießen können.

Ich zog die Beine an meinen Körper und legte den Kopf auf die Knie. Mein Blick huschte durch die Flammen zu Liam. Dieser saß gelassen am Feuer, als würde ihn die Nässe auf seinen Sachen nichts ausmachen.

Das Zittern ließ meinen ganzen Körper erbeben und ich wusste, dass ich heute Nacht nicht schlafen konnte. Dafür war ich einfach zu durchgefroren.

»Geht es dir gut?«

Liam erwiderte meinen Blick und ich sah, dass er mich sorgenvoll musterte.

»Es ist etwas kalt.« Ein entschuldigendes Lächeln begleitete meine Worte.

Kurz seufzte er und stand dann auf. Verwirrt beobachtete ich ihn, wie er näher zu mir kam, sich hinter mich setzte und seinen Körper an mich presste. Ich spürte die Wärme, die sein Körper ausstrahlte, und seufzte erleichtert.

»Danke«, murmelte ich.

»Dafür nicht. Vielleicht sollten wir unseren Ausflug im Fluss nächstes Mal schon morgens unternehmen.« Ein leises Lachen ließ seinen Körper beben und ich prustete los.

»Wahrscheinlich wäre das besser.«

»Ohne dich jetzt irgendwie belästigen zu wollen«, sagte er leise. »Es wäre wirklich besser, wenn wir uns ausziehen – abgesehen von der Unterkleidung –, damit die Sachen trocknen können und wir uns nicht erkälten.«

Ich biss mir auf die Lippe. Er hatte recht. Wenn wir unsere Anziehsachen aufhängen würden, wären sie am nächsten Morgen wahrscheinlich trockener, als wenn wir sie jetzt anließen. Und ich könnte seine Körperwärme besser spüren.

Leicht nickte ich und begann damit mich auszuziehen.

Am Ende stand ich nur noch mit dem Hemd, dass mir bis zu meinen Knien reichte, vor Liam. »Mehr kann ich nicht ausziehen«, stellte ich klar.

Liam grinste und zog sich ebenfalls aus – aber er ließ die Hose statt des

Hemdes an, was mich erleichtert aufatmen ließ. Er kramte aus seinem Rucksack eine Decke und hielt sie hoch. »Die ist zwar auch nass, aber ...« Er zuckte mit den Schultern. »Wahrscheinlich besser als nichts.«

Ich stimmte ihm grinsend zu und gemeinsam legten wir uns vor das Feuer. Liam schmiegte sich hinter mich und ich schloss die Augen.

Es war komisch mit einem Mann so dazuliegen. Aber ich versuchte den Gesundheitsaspekt in den Vordergrund zu rücken. Wenn ich krank werden würde, würde das unsere Reise nur noch hinauszögern und ich wollte nicht noch länger auf Opa Erik verzichten.

Mit Erschrecken wurde mir klar, dass ich heute im Fluss, als ich mit Liam gerangelt hatte, keinen Gedanken an meinen Großvater verschwendet hatte. Ich schämte mich dafür. Wie hatte ich ihn nur vergessen können? Das schlechte Gewissen drängte sich mir auf und wollte mich nicht gehen lassen. Es umfasste mein Herz im festen Griff und mein ganzer Körper versteifte sich, als ich die Tränen zurückhalten wollte, die aufkamen.

Liam drückte mich an seinen Körper. »Was ist los?«

»Nichts«, brachte ich mit erstickter Stimme hervor. »Wir ... wir sollten schlafen.«

Kapitel 7

Durchgefroren wachte ich auf. Das Feuer war ausgegangen und einzig der Mond erhellte die kleine Lichtung. Liam war weit und breit nirgends zu sehen. Ich schürzte die Lippen, versuchte aber mir keine Sorgen zu machen. Stattdessen tastete ich nach meinen Anziehsachen, die sich noch immer etwas klamm anfühlten. Kurz verzog ich das Gesicht, streifte die Hose aber über und schnürte die Stiefel. Die Decke, unter der ich gelegen hatte, hob ich an und faltete sie, um sie in Liams Rucksack zu stopfen. Ich sah mich noch einmal nach meinem Begleiter um, aber ich konnte ihn nicht entdecken.

Der Gedanke, dass er einfach ohne mich weitergegangen sein könnte, raubte mir für einen kurzen Moment den Atem. Aber ich verbot es mir, so zu denken.

Er wäre sicherlich nicht ohne seine Tasche abgehauen. Glaubte ich. Zudem traute ich es ihm nicht zu, mich allein in einem gefährlichen Wald zurückzulassen. Ich schluckte hart. Aber ich wusste es nicht. Dafür kannte ich Liam einfach nicht gut genug. Und genau diese Ungewissheit weckte die Angst, die wie eine Spinne durch meine Organe krabbelte und eine Gänsehaut auf meiner Haut zurückließ.

Kurz entschlossen nahm ich den Rucksack, dessen Gewicht mich überraschte, und schob ihn über meine Schulter.

»Liam?«, zischte ich fragend in den Wald hinein und hoffte, dass er mir antworten würde.

Ich warf noch einen Blick zurück auf die Stelle, an der wir geschlafen hatten, und ging los. Mir kam der Gedanke, dass es nichts Dümmeres gab, als das, was ich gerade tat. Ich kannte mich in dem Wald nicht aus und die Chance, Liam zu finden, waren schwindend gering – es erinnerte mich an einen schlechten Horrorfilm. Aber ich wollte nicht dort sitzen und abwarten.

Zudem fürchtete ich mich. Selbst wenn die Elfen ungern Wasser durchquerten, konnte es sein, dass sie dennoch eine Brücke gefunden hatten. Oder ... Ich sollte mir keine Gedanken darüber machen, dass ich jetzt wahrscheinlich direkt in die Arme von Elfen lief oder von sonstigen Wesen, die mich fressen oder ...

Ich schüttelte mich und schaute auf den kaum beleuchteten Weg. Meine Füße trugen mich durch das Unterholz des Waldes. »Liam?«, rief ich nochmals in die Bäume.

Aber ich erhielt noch immer keine Antwort. Ich presste die Lippen zu einem schmalen Strich zusammen. Ich war tief enttäuscht, dass er einfach verschwunden war. Ohne ein Wort, oder eine Nachricht. Ich wusste ja, dass er nicht begeistert davon war, dass er mich nun an der Backe hatte. Aber was hätte ich tun sollen? Er war der Schlüssel nach Hause. Und für das Mittel. Ohne mich konnte er es nicht beschaffen, hatte die Seherin gesagt. Also musste ich ihn begleiten. Und er würde mich doch nicht mitten im Nirgendwo zurücklassen! Zudem hatte ich das Gefühl, dass sich gestern etwas verändert hatte. Nicht, weil wir eng aneinandergekuschelt eingeschlafen waren, sondern weil wir Spaß in dem Fluss gehabt hatten.

Gedanklich redete ich mich immer weiter in Rage. Wenn ich Liam zwischen die Finger bekommen sollte, würde es ihm leidtun – dafür würde ich sorgen.

Ich warf einen besorgten Blick zurück. Was, wenn er nur nachsah, ob er noch etwas zu Essen fand? Ich blieb unschlüssig mitten im Wald stehen und drehte mich in die Richtung, aus der ich gekommen war. Allein würde ich in diesem Wald wahrscheinlich keine zwei Stunden überleben.

»Liam!«, rief ich noch einmal. *Wo ist der Kerl nur?*

In meinem Bauch machte sich ein ungutes Gefühl breit. Was wäre, wenn er sich verlaufen hatte? Und nicht mehr zu unserem Lager zurückfand?

Ich schüttelte mich. Liam hatte nicht den Anschein gemacht, als würde er sich in dem Wald verirren. Eher im Gegenteil. Er schien den Wald sehr gut zu kennen.

Ein Knacken im Unterholz ließ meine ganzen Muskeln anspannen. »Bitte,

bitte, lass das Liam sein«, betete ich zu niemand bestimmten und drehte mich langsam in die Richtung, aus der ich gekommen war.

Durch das Dämmerlicht konnte ich nicht viel sehen, aber ich erkannte das Wesen. Es kam langsam auf mich zu und betrachtete mich neugierig. Als ob es nicht wüsste, was ich hier tat.

Ich schalt mich selbst. Natürlich wusste der Löwenadler nicht, was ich hier tat.

»Du warst einfach weg«, hielt ich dem Tier vor. Wobei ich mich schon wieder lächerlich fand. Ich quasselte mit einem Wesen, das eigentlich kein Wort von dem verstehen sollte, was ich sagte.

Seine Augen weiteten sich erschrocken, als ob ich ihn zu Unrecht beschuldigt hätte.

»Du hast mich zu einem wildfremden jungen Kerl in die Hütte gebracht. Wusstest du, dass er da lebt?«

Das Tier nickte.

»Kennst du ihn gut?«

Wieder nickte es.

»Warum bist du dann nicht geblieben?« Ich wusste nicht einmal, wieso ich dem Tier Vorhaltungen machte. Es war wild! Es war mir keine Rechenschaft schuldig. Trotzdem hatte ich mich von dem Löwenadler verlassen gefühlt.

Wahrscheinlich projizierte ich meinen Frust gegenüber Liam jetzt auf das Tier vor mir.

Ein trauriger Glanz trat in dessen Augen. Es war wirklich wunderschön. Das schwindende Mondlicht zauberte einen glitzernden Glanz auf sein Fell. Verbunden mit dem orangen Schimmer, der langsam das Aufgehen der Sonne ankündigte, wirkte es so, als würde sich ein Zauber auf das Tier legen.

»Du weißt nicht zufällig, wo dein Freund abgeblieben ist, oder? Der verschwindet scheinbar auch gern«, tat ich missmutig kund.

Der Löwenadler starrte in den Himmel und überbrückte den letzten Meter zu mir. Er drückte seinen Schnabel in meinen Bauch und zwang mich, mich auf einen Baumstumpf zu setzen.

»Du meinst also, ich soll hier warten?«

Er nickte noch einmal und wandte sich dann ab.

Ich schürzte die Lippen und sah dem Tier nach. Diese Welt hier war mir zwar fremd und ich vermisste meine Liebsten zu Hause, aber sie stellte etwas mit mir an, das tiefer ging. Ich konnte es nicht benennen. Sie verzauberte mich. Sie zog mich langsam in ihren Bann und ich hatte das Gefühl, dass ich mich hier wohlfühlen konnte – zu wohl. Wenn ich daran dachte, dass ich irgendwann wieder in meine eigene Welt musste ... Meine Kehle wurde bei dem Gedanken enger und ich verdrängte die Überlegungen.

Ich gehörte nicht hierher. Egal, was die Seherin sagte. Ich musste meinen Großvater wiederbeleben, und das ging nur, wenn ich in meiner Welt war – mit dem Mittel. Das hoffentlich auch in einer Welt funktionierte, die ohne Magie und Wunder auskommen musste.

Langsam ließ ich den Beutel auf den Boden gleiten und streckte meine Muskeln, die durch die Schwere angespannt waren. Ich war ungeduldig. Die Sonne kämpfte gegen den Mond an und im Wald wurde es heller. Die Blumen schienen sich zu öffnen, als würden sie ebenfalls erst jetzt erwachen. Das Gras wurde grüner und ich musste zugeben, dass der Wald nicht mehr ansatzweise so gruselig aussah wie am Ende der Nacht.

Obwohl es mir tierisch gegen den Strich ging, wartete ich immer noch auf Liam. Wo war der Kerl? Mir gefiel nicht, dass ich so unglaublich abhängig von meinem Reisebegleiter war. Ich musste unbedingt etwas dagegen unternehmen. Egal, was. Ich musste mehr lernen. Ich brauchte eine Waffe, mit der ich mich, wenn nötig, verteidigen konnte, ohne mich selbst umzubringen. Und eventuell sollte ich Liam bitten mir noch mehr über die Welt zu erzählen. Für den Fall der Fälle, dass Liam tatsächlich abhaute.

Um mich abzulenken, kramte ich in seinem Beutel herum. Dabei fand ich einen Dolch, der überraschend leicht in meiner Hand lag. Kurz entschlossen schob ich ihn mit der Scheide in meine Hose und hoffte, dass Liam mir zeigen konnte, wie ich damit umging. Ich durchwühlte den Beutel weiter und stieß dabei auf ein zusammengefaltetes Pergament. Es war noch etwas feucht und ich faltete es vorsichtig auseinander. Verwundert erkannte ich, dass es sich um eine Karte handelte. Die Tinte hatte überraschenderweise gehalten. Sie war nicht einmal ein bisschen verwischt. Die Länder Alendia und Eventyr waren eingezeichnet und ein paar Dörfer und kleinere Städte ebenfalls. Ich erkannte den See der Tränen und folgte mit meinem Finger einer Linie, die von dort in Richtung einer Stadt ging, die ebenfalls Alendia hieß. Ein Schloss war am Ende eingezeichnet. Zeigte die Karte etwa, von wo aus Liam gestartet war? Ich fuhr die Linie zurück und entdeckte einen Berg. Doch statt den kürzeren Weg durch Dörfer und Städte zu nehmen, hatte Liam große Umwege in Kauf genommen, vermutlich, damit er sich verbergen konnte? Ich runzelte die Stirn. Wollte er das Mittel nicht schnellstmöglich bekommen?

Ein Rascheln im Unterholz ließ mich aufschrecken und hastig steckte ich das Pergament in meine Hose.

Doch kurz darauf entspannte ich mich wieder, als ich sah, dass es bloß ein Vogel gewesen war, der sich einen Ast herausgezogen hatte. Ich fühlte mich in dieser Welt wie ein Kaninchen. Überall, hinter jedem Baum, konnte eine Gefahr auf mich lauern und ich war kein bisschen darauf vorbereitet. Nachdenklich schürzte ich die Lippen. In unserer Welt waren wir Menschen das oberste Glied der Nahrungskette. Mir schien es, als wäre es hier komplett anders. In diesen drei Tagen hatten mich eine Nixe töten und Elfen fangen wollen. Ich lachte leise auf. Pro Tag eine neue Gefahr, die ich kennenlernte. Ich sah in den Wald. *Was wird mich wohl heute erwarten?* Ich hoffte, dass an diesem Tag nichts mehr passierte und Liam bald wiederkam, damit wir endlich weitergehen konnten.

Mein Blick wanderte in den Himmel, der mir spöttisch entgegenstrahlte. Der Tag war noch nicht alt, aber wenn Liam wirklich den Weg gehen wollte, der auf der Karte verzeichnet war, mussten wir uns beeilen.

So langsam breitete sich Sorge in mir aus. Der Löwenadler war schon vor einiger Zeit aufgebrochen. Was war, wenn irgendetwas ihn verschleppt hatte? Wenn die Räuber auf ihn aufmerksam geworden waren, von denen Liam gesprochen hatte? Oder die Elfen?

Ich biss mir auf die Unterlippe. Ich musste mich irgendwie von den dunklen Gedanken ablenken. Mein Blick huschte durch die oberen Äste, auf der

Suche nach etwas, das ich eventuell beobachten könnte. Aber Fehlanzeige. Meine Finger trommelten unruhig auf meinen Oberschenkeln herum und machten mich nur noch nervöser. Mein Fuß begann den Rhythmus zu übernehmen und tippte ebenfalls auf die Erde.

Knacken wurde im Unterholz laut und ich sprang auf, schnappte mir den Rucksack und versuchte im Dickicht irgendwas zu sehen. Aber die Blätter versperrten mir die Sicht.

Hin- und hergerissen lehnte ich mein Gewicht von dem einen Fuß auf den anderen. Ich hatte Angst, dass die Schritte, die näher kamen, nicht zu Liam gehörten. Mein Herz raste in der Brust.

»Liam?«, fragte ich zaghaft und betete, dass es jetzt keine Räuber waren, die freudig strahlend aus den Ästen springen würden.

»Ah gut, ich habe dich gefunden!«

Die ganze Anspannung verließ mit einem Schlag meinen Körper und ich sackte zusammen, ehe ich mich wieder aufrichtete und Liam zornig anfunkelte. Er hatte sich durch das Dickicht zu mir durchgekämpft und kam auf mich zu.

»Bist du eigentlich wahnsinnig?«, fauchte ich und fuchtelte mit dem Dolch vor seiner Nase herum.

Überrascht blickte er mich durch seine grünen Augen an. »Was denn? Du hast geschlafen und ich wollte dich nicht wecken«, meinte er.

»Ich bin fast gestorben vor Angst!«

Er zog eine Augenbraue hoch. Ich bewunderte ihn für diese Fähigkeit. So oft hatte ich es schon versucht, aber niemals hinbekommen.

»Wieso?«

»Ich bin aufgewacht und du warst nicht da! Ich war allein in einem Wald voller Wesen, die mich fressen wollen.« Ich erinnerte mich an meine hysterische Englischlehrerin. Aber ich schob den Gedanken beiseite. Er hatte mir eine Scheißangst eingejagt und das durfte er wissen.

»Übertreibst du …«, hakte er vorsichtig nach, verstummte aber, als er meinen zornigen Blick sah. »Es tut mir leid. Aber ich habe den Wald bereits etwas ausgekundschaftet. Wir sollten einen Bogen um den Flussverlauf machen.

Dort sind einige Räuber, denen ich ungern in die Hände fallen möchte.« Er zuckte mit den Schultern.

Und erst jetzt konnte ich mich richtig entspannen. »Okay ... Aber Liam?«, fragte ich und sah zu ihm auf.

»Ja?«

»Bitte weck mich das nächste Mal. Es ist echt nicht schön allein in einer vollkommen fremden Welt aufzuwachen«, gab ich kleinlaut zu.

Er runzelte die Stirn, ich vermutete aufgrund meiner Formulierung, aber er fragte nicht nach, was ich ihm hoch anrechnete. »Mach ich. Versprochen. Du hättest trotzdem beim Lager bleiben müssen«, fügte er grinsend hinzu.

Ich kniff die Augen zusammen. »Weil ...?«, fragte ich.

»Die Räuber uns schon vom Weiten hören können.«

»Na danke«, meinte ich mies gelaunt. »Du kannst froh sein, dass der Löwenadler mich vor dir gefunden hat.«

»Wenn er dich nicht gefunden hätte, hätten wir uns verloren. Für mich wäre das eigentlich sogar ganz gut gewesen«, meinte er mit einem schalkhaften Grinsen in seinem Gesicht.

Ich wusste, dass er es nicht ernst meinte, doch die Formulierung jagte einen Stich durch meinen Körper. »Ich hätte bestimmt jemand anderen gefunden«, murmelte ich beleidigt.

»Mia, das war ein Spaß.«

»Ich weiß.« Seufzend gab ich nach. »Aber ein wirklicher Charmeur bist du nicht«, setzte ich hinterher.

»Ein was?«, erkundigte sich Liam.

»Jemand, der mit seinem Charme versucht Frauen einzunehmen.«

Bei meiner Erklärung kam Liam näher zu mir und nahm mich mit seinem Blick gefangen. Ich vergaß fast zu atmen.

»Kannst du mir etwa widerstehen?«

Mein Herz setzte einen Schlag aus und mein Hirn war kurz benebelt, bis die Worte zu mir durchsickerten. Ich verschränkte die Arme vor der Brust und funkelte ihn böse an. »Natürlich kann ich das«, erwiderte ich trotzig, wobei mein Puls meine Worte Lügen strafte. Wenn Liam mich so ansah, passierte etwas mit mir. Etwas, das ich noch nicht benennen konnte – oder wollte.

Liam lachte leise und nahm mir den Rucksack ab. »Dann komm, lass uns noch etwas weitergehen, bevor du wieder rumjammerst, dass dir die Füße wehtun.«

Ich plusterte die Wangen auf. »Ein Gentleman würde so was niemals zu einer Frau sagen«, merkte ich an.

Liam sah mich über die Schulter an. »Was ist ein Gentleman?«

Kurz schloss ich die Augen, bevor ich weiterredete. »Das ist ein intelligenter Mann, der Anstand besitzt«, erklärte ich.

»Also hältst du mich für dumm?«, fragte er über die Schulter hinweg. Ich konnte sein herausforderndes Grinsen in seiner Stimme hören.

»Nein«, murrte ich. »Ich glaube bloß nicht, dass du Anstand besitzt.«

Liam lachte und lief voraus. »Wenn du meinst«, sagte er noch.

Ich erwiderte nichts mehr und folgte ihm.

Zuerst liefen wir noch am Fluss entlang und füllten unsere Trinkflasche auf.

Schon nach kurzem Laufen protestierten meine Füße, aber ich verkniff mir jeglichen Kommentar, damit Liam nichts in der Hand hatte, womit er mich aufziehen konnte. Also ging ich stoisch hinter ihm weiter und versuchte mich auf den Weg, der keiner war, zu konzentrieren.

»Wieso meintest du eigentlich, dass du in einer *fremden* Welt aufwachst?«, fragte Liam irgendwann in die Stille hinein.

Ich stolperte über eine Wurzel und Liam fing mich gerade so eben auf, ehe ich mit dem Gesicht voran hinfallen konnte. »Ähm …«, überlegte ich.

Er zog wieder eine Augenbraue in die Höhe. »Ja?«

»Deutschland ist … anders als Alendia.«

Es fühlte sich unschön an, ihm nicht die ganze Wahrheit erzählen zu können. Aber wie sollte ich ihm alles erklären?

»Inwiefern?«

»Ich weiß selbst nicht so genau, wie ich das beschreiben soll. Aber in meiner Welt ist alles so …«, ich suchte nach den richtigen Worten, »anders einfach. Wir haben Transportmittel, die uns von A nach B bringen, und ich habe immer in einem Haus geschlafen, mit einem Dach über dem Kopf. Ich habe nie gelernt mit einem Dolch umzugehen, weil Waffen zu besitzen bei uns eine Straftat ist.«

»Bei euch ist es eine Straftat für euren Schutz zu sorgen?«, hakte Liam verwirrt nach.

»Nicht direkt«, schwankte ich. »In meiner Welt braucht man diesen Schutz in der Regel nicht. Wir haben keine Nixen, Elfen oder weiß der Geier was sonst noch. Bei uns gibt es keine Zauberei, nur uns Menschen.«

»Es gibt auch keine Magier?«

Ich schüttelte den Kopf. »Nein. Wobei ich gestehen muss, dass deine Welt einem Wunder gleicht und ich froh bin hier zu sein.«

Liam sah mich nachdenklich an. Er schien die Info sacken lassen zu müssen und ich gab ihm die Zeit. »Wieso bist du froh hier zu sein?«

»Ich ... ich habe jemanden verloren. Jemanden, der mir unglaublich wichtig und der noch nicht bereit dafür war zu gehen«, begann ich zu erklären. »Ich hätte ihn gern wieder. Ohne ihn ... Ich habe das Gefühl, dass ich nicht mehr ich selbst bin. Seit er ... tot ist, habe ich so ein Loch in mir, das scheinbar alles frisst, was gut ist«, gab ich zu.

Ich fühlte mich schwach und gleichzeitig so erleichtert, dass ich es endlich jemandem hatte sagen können. Liam war vor mir stehen geblieben und sah mich mit traurigen Augen an.

»Das tut mir leid«, sagte er und ich glaubte ihm.

Ich sah zu ihm auf und versuchte mich an einem Lächeln. »Danke. Und dieses Mittel ... Ich möchte es dir nicht wegnehmen. Aber wenn die Chance bestünde ... Ich würde denjenigen gern wieder zu mir zurückholen.«

Liam nickte und trat auf mich zu. Er zog mich an seine Brust und legte sein Kinn auf meinen Scheitel.

Obwohl wir uns nicht kannten, obwohl wir uns gegenseitig so viel verschwiegen und obwohl wir aus zwei verschiedenen Welten stammten, hatte ich das Gefühl, in ihm jemanden gefunden zu haben, den ich niemals mehr gehen lassen sollte. Ich fühlte mich zu ihm hingezogen. Obwohl wir das nicht zulassen durften. Ich gehörte nicht hierher.

Abrupt löste ich mich von ihm und wollte den Abstand zwischen uns bewahren. Ich wischte mir die Tränen von meinen Wangen, die sich unbemerkt dort hingestohlen hatten. »Wir sollten weitergehen«, meinte ich bestimmt.

Unsicher sah mich Liam an, doch er schien zu bemerken, dass ich gerade nicht darüber reden wollte, und nickte nur.

»Ich versuche mir ein Land ohne die Wesen vorzustellen«, sagte er irgendwann und durchdrang damit die Stille, in die wir uns gehüllt hatten. Die nur unterbrochen worden war, von den knackenden Ästen unter unseren Füßen und dem Gezwitscher der Vögel, die die Trauer nicht mitbekamen, die mein Herz in ihrem Griff hielt. »Aber es will mir nicht gelingen«, fügte er schmunzelnd hinzu.

Ich runzelte die Stirn und konnte mir ein Grinsen nicht verkneifen. »Nun ja, wir sind nicht komplett ohne sie. Wir haben sie – in Büchern. Sie sind bloß Gestalten aus Geschichten. Die Fantasie ist die größte Magie in unserer Welt.«

»Deswegen deine Begeisterung über Nixen und Feen«, murmelte er und ich nickte. »Irgendwann musst du mir mehr über deine Welt erzählen. In Ordnung?«

Unsicher spielte ich an meinem Ringfinger. »Irgendwann«, stimmte ich zu und hoffte, dass dieser Punkt niemals erreicht werden würde. »Ich habe eine Karte in deinem Rucksack gefunden ... Wieso gehst du eigentlich nicht den direkten Weg zum Berg der Seelen? Der wäre doch viel kürzer!«, sagte ich in dem Versuch die Konversation aufrechtzuerhalten. Mir gefiel es mit ihm zu sprechen und es war eine dankbare Abwechslung zu dem ewigen Laufen. Ich war solche Wanderschaften einfach nicht gewöhnt.

»Du hast in meinem Rucksack rumgeschnüffelt?«

»Mich umgesehen«, korrigierte ich ihn. »Dabei habe ich mir auch den Dolch stibitzt, den ich dir vorhin vor die Nase gehalten habe.«

Ein leises Lachen kam über seine Lippen, das mir einen herrlichen Schauer bereitete. »Ich gehe nicht den direkten Weg, weil ich keine Aufmerksamkeit auf mich ziehen möchte. Und wegen dem Dolch sollten wir noch einmal reden. Ich habe Angst, dass du dir damit selbst mehr wehtust als anderen.«

Ich kniff die Lippen zusammen und warf ihm einen gespielt bösen Blick zu.

»Wie steht ihr eigentlich zu ... Hexerei?«, fragte ich nach einer Weile und versuchte Liams bohrendem Blick zu entgehen.

»Hexerei? Also Magie? Was soll damit sein?« Irritiert sah Liam zu mir.

»Ist das bei euch ... normal? Oder bringt ihr Hexen gern auf den Scheiterhaufen?«

Liam bekam große Augen. »Auf den Scheiterhaufen? Nein! Unsere Magier leben meist in Zirkeln, in denen sie lernen, wie sie ihre Magie am besten entfalten können, ohne andere zu verletzen. Aber ... Es gibt auch böse Art von Magie und die Magier, die diese nutzen, werden natürlich gejagt.«

»Es gibt böse und gute Magier?«

»Ja. Die Guten benutzen weiße Magie und haben sich dem Wohl aller verschrieben. Die Bösen bemächtigen sich oftmals schwarzer Zauber, um ihre eigene Macht noch zu vergrößern. Es gibt sie selten. Meine ... meine Mutter war eine Magierin, die böse Macht nutzte.«

Ich hielt kurz inne und wusste nicht, was ich sagen sollte. Der Boden schien plötzlich tausendmal interessanter zu sein als Liam. *»War?«*, fragte ich.

»Ja. Sie ... sie sprach einen Zauberspruch, der ihr die Energien raubte, und deswegen starb sie.«

Ich nickte und versuchte die Information zu verdauen. »Das tut mir leid«, meinte ich ehrlich.

»Ist schon in Ordnung. Ich habe sie nicht gekannt. Es gab von Anfang an nur meinen Vater und mich.«

Er sah aus, als ob er noch etwas hinzufügen wollte, aber er blieb stumm. Die Stimmung hatte sich gewandelt. Obwohl das Thema nicht schön war, freute ich mich, dass wir uns endlich hatten austauschen können. Liam war nett, mal abgesehen davon, dass er es scheinbar normal fand, dass wildfremde Frauen in seinem Bett schliefen. Ich runzelte die Stirn. Er war jemand, der *zu* nett war. Ich sah auf seinen Rücken, während er vor mir her lief. Dieser Mann musste doch irgendeinen Haken haben? Aber leider konnte ich den bisher nicht sehen, abgesehen davon, dass Liam gern Geheimnisse für sich behielt. Doch da war ich gerade nicht besser als er. Ich dachte darüber nach, was Melina gesagt hatte. Wir mussten ehrlich zueinander sein, um zu finden, was wir brauchten. Doch diese Ehrlichkeit war nicht so einfach, wenn man einander kaum kannte.

***

Die Sonne hatte ihren Zenit längst überwunden, als Liam anhielt. In den letzten Minuten war sein Blick immer wieder nervös zum Himmel gewandert, als könnte er die Sonne daran hindern unterzugehen. Doch ein paar Stunden würden wir das Licht noch genießen können, ehe die Dunkelheit den Wald wieder in Düsternis tauchen würde.

»Hier können wir rasten.«

»Gut und du bringst mir jetzt bei, wie ich mich schütze, damit ich mich selbst nicht beim Kämpfen töte?«, fragte ich im Scherz.

Liams grüne Augen begannen zu funkeln und sein linker Mundwinkel hob sich, wobei ein Grübchen in seiner Wange sichtbar wurde. »Klar. Bevor du noch dich oder mich abstichst, ist es wahrscheinlich besser so«, griff er meinen Scherz auf. »Aber zuerst hole ich uns etwas zu Essen. Du sammelst Feuerholz, ja?«

Ich nickte und machte mich direkt auf die Suche.

***

Liam hatte ein Kaninchen schießen können, das er nun häutete. Ich beobachtete ihn dabei und versuchte mich an den Gedanken zu gewöhnen ihm diese Arbeit mal abzunehmen. Ich fühlte mich mies, weil ich so unbrauchbar war in dieser Welt.

Erst als Liam den Hasen an einen Ast über das Feuer gehängt hatte, kam er zu mir. Ich nahm den Dolch und sah ihn abwartend an.

»Gut«, meinte er. »Ein Gegner kommt auf dich zu und will dich angreifen, was tust du?«

»Weglaufen«, antwortete ich wie aus der Pistole geschossen.

Liam seufzte und musterte mich, als wäre ich ein hoffnungsloser Fall. »Wenn du keine Zeit mehr hast wegzulaufen.«

Ich hob den Dolch mit ausgestrecktem Arm hoch und tat nichts weiter.

»Das war's?«, hakte er ungläubig nach.

»Was soll ich denn noch machen? Einen Kriegsschrei ausstoßen?«

Er konnte sich ein Lächeln nicht verkneifen. »Nur wenn du willst, dass sich dein Gegner vor Lachen in die Hose macht.«

Er stellte sich hinter mich und berührte meinen Arm. Seine Wärme hüllte mich sofort ein. Ich schluckte schwer und starrte wie gebannt auf seine Hand, die meinen Arm berührte. »Du darfst deinen Arm niemals ausstrecken. Wenn der Gegner auf dich zukommt, wird er nicht blind in den Dolch rennen – sei er noch so dumm. Schau her, so kannst du Kraft aufbauen.«

Seine Hand half mir in die richtige Position und seine Nähe machte mir zu schaffen. Die Hitze drang durch meine Kleidung und ich musste mich konzentrieren, damit ich verstand, was er mir sagte. Er dirigierte meinen Arm leicht angewinkelt und schützend vor meiner Brust.

»So«, murmelte Liam.

Seine Hand lag einen Moment länger auf meinem Arm und sein Atem streifte meinen Hals. Es bescherte mir einen Schauer, den ich unterdrücken konnte. Am liebsten wollte ich mich gegen ihn sacken lassen, unterdrückte den Drang jedoch. Seine Hand fiel von meinem Arm und ich sah im Augenwinkel, wie er sich hinhockte. Er umfasste meinen Knöchel und zwang mich, die Beine weiter auseinanderzustellen. »Damit du mehr Halt hast«, erklärte er.

Liam stand auf und ich fühlte, wie seine Hand an meinem Bein entlangstrich, ehe der Körperkontakt abbrach. Meine Beine erinnerten mich an Wackelpudding und ich wusste, dass mir das nicht helfen würde, wenn ich von ihm lernen wollte.

Mein Lehrer trat vor mich und betrachtete sein Werk mit einem überheblichen Grinsen. »Das sieht schon besser aus.«

Ich sah an mir hinunter und musste ihm recht geben. Ich wirkte nicht mehr wie ein hilfloses Mädchen, das zufällig einen Dolch in die Hand bekommen hatte, sondern so, als würde ich zumindest eine geringe Ahnung haben, was ich da tat.

»Ein wenig«, stimmte ich ihm grinsend zu.

Liam schnaufte. »Aber das ist noch nicht alles. Wo stichst du deinen Angreifer am besten hin?« Er umfasste meine Hand und sah mich eindringlich an. »Eigentlich ist es egal, wo du triffst, der Schmerz wird ihn erst mal aufhalten. Aber«, er führte meine Hand zu seiner Seite, direkt unter den Rippen, und hielt die Spitze des Dolches dorthin, »hier, könntest du die Lunge verletzen, wenn du Glück hast.« Sein Arm wanderte weiter über seinen Körper und machte an seinem Oberschenkel halt. Er führte mich zum Innenschenkel und deutete auf die obere Seite. »Dort ist eine Arterie, wenn du die triffst, wird er dir nicht folgen können. Und wenn es wirklich zum äußersten Notfall kommen sollte«, seine Hand hob sich und er legte die Dolchspitze seitlich an seinen Hals, »stich hier rein. Dort durchtrennst du die Halsschlagader.«

Mit großen Augen starrte ich zu Liam. Ein leichtes Zittern überfiel mich, wenn ich daran dachte, was ich mit diesem kleinen Messer Menschen antun konnte. Und ich wollte es nicht benutzen – niemals.

»Hast du das verstanden?«, fragte er eindringlich.

Ich nickte. »Ist es falsch, dass ich mir dennoch wünsche, dass ich es niemals benutzen muss?«, fragte ich leise.

»Nein, das ist es nicht«, meinte er grinsend. »Das ist eigentlich sogar ziemlich gut«, fuhr er fort. »Andernfalls würde ich mir Sorgen machen.«

Ich prustete los. »Du brauchst dir keine Sorgen zu machen. Bei mir bist du sicher.«

Liam fiel in mein Lachen ein und begab sich zu unserem Feuerplatz. »Ab morgen zeige ich dir dann, wie man kämpft?«, fragte er.

»Was?«

»Nun ja, stell dir vor, jemand entwendet dir das Messer. Was machst du dann?«

»Aufgeben? Mit wehenden Fahnen fliehen?«

Sein zorniger Blick traf mich. »Nein. Ich zeige dir, wie du dich wehren kannst.«

Ich nickte und setzte mich neben ihn ans Feuer.

Wir aßen gemeinsam und als die Sonne der Dunkelheit Platz gemacht hatte, verabschiedete sich Liam. Er wollte die Gegend noch etwas auskundschaften. Aber in der Nähe bleiben. Ich seufzte und sah ihm hinterher. Irgendwas verbarg er vor mir und mir juckte es in den Fingern das herauszufinden. Aber ich legte mich hin. Wir hatten abgemacht, dass wir uns unsere Geheimnisse ließen. Und vorerst würde ich mich daran halten.

Kapitel 8

Drei Tage waren nun schon seit der ersten Dolchübung vergangen. So langsam fing ich an mich anzupassen. Liam und ich waren ein gutes Team. Er jagte unser Essen. In der Zeit bereitete ich das Lager vor. Und während er kochte, rief er mir zu, worauf ich achten musste, wenn ich mit meinem eigenen Schatten rangelte. Ich spürte schon jetzt Veränderungen an meinem Körper.

Durch die täglichen Märsche war meine Kondition deutlich verbessert worden. Das Training strengte mich zwar an, aber komischerweise fühlte ich mich danach wunderbar. Mit jedem Tag merkte ich, wie gut mir diese Welt tat. Ich vermisste noch immer die Duschen – oder die Toiletten! –, aber es ließ sich aushalten. Wobei Liam vermutlich schuld daran war, wieso es mir hier so gut gefiel. Wir hatten beim Erzählen einen Mittelweg gefunden, der es uns erlaubte uns kennenzulernen, aber auch unsere Geheimnisse bewahrte.

Ich war noch nicht bereit, ihm zu erklären, dass ich durch ein Buch in diese Welt gefallen war. Das klang dann doch etwas zu abgedreht. Ich mochte ihn. Er war sympathisch und lockte mir immer wieder ein Lachen hervor. Ein ernst gemeintes Lachen. Eines, das mich für kurze Zeit das Loch vergessen ließ, das mein Großvater mit seinem Tod hinterlassen hatte.

Unsere Schritte machten einen unheimlichen Lärm, als wir über trockene Äste oder Laub gingen, die unter unserem Gewicht knackten.

»Also, gibt es in deiner Welt Straßen, für die ihr ganze Wälder abgeholzt habt?«, fragte Liam. Sein sonst eher dunkelblondes Haar strahlte in der Sonne golden.

Ich nickte. »Genau. Und unsere Straßen sind nicht bloß platt gedrückte Erde, sondern aus einem Stein, den wir verflüssigen, der dann hart wird, sodass wir darauf fahren können.«

Liam schmunzelte. »Eure Welt klingt wirklich sonderbar. Hättet ihr Elfen bei euch, hätten sie euch sicherlich den Krieg erklärt.«

»Wir führen schon genug Kriege«, meinte ich und verzog bei den Gedanken das Gesicht. »Obwohl ich persönlich nicht wirklich etwas davon mitbekomme.«

»Streitet ihr auch wegen einer Königin?«

Ich schüttelte den Kopf. »Nein, bei manchen Kriegen weiß, glaube ich, keiner mehr, warum sie begonnen haben. Die meisten vermutlich wegen eines Gottes. Also streiten sie sich eigentlich darum, wer den besten imaginären Freund hat.«

»Das ist traurig. Wäre ich König, würde ich versuchen miteinander zu reden. Ich war schon immer der Meinung, dass sich das meiste durch ein klärendes Gespräch beseitigen ließe«, erklärte Liam.

»Das klingt nach einer weisen Entscheidung. Leider bist du aber nicht der König. Sonst könntest du dir das Mittel wahrscheinlich sparen.«

Liam gab keine Antwort. Ich schaute zu ihm und sah, dass er seine Lippen zu einem schmalen Strich verzogen hatte und den Boden vor seinen Füßen musterte.

»Was ist los?«

Er sah zu mir und ich konnte in seinen Augen die Warnung erkennen – dies war offensichtlich ein Thema, das er nicht besprechen wollte. Ich nickte und sah wieder nach vorn.

»Wie alt bist du eigentlich?«, lenkte ich ab. Ich wusste, dass Liam nicht sehr viel älter als ich sein konnte.

»Neunzehn. Du?«

»Sechzehn.«

Ein Lächeln breitete sich auf seinem Gesicht aus, und die Grübchen erschienen wieder auf seinen Wangen. »Heute Abend werden wir einen See erreichen, aber der ist frei von Nixen. Eventuell könnten wir aber Nymphen entdecken.«

Ich erwiderte das Grinsen, während mein Bauch sich bei seinem Anblick zusammenzog. Schnell wandte ich den Blick wieder ab. »Das klingt himmlisch, mal wieder ins Wasser gehen zu können«, sagte ich ehrlich. »Und was sind Nymphen?«

»Nymphen sind eine Art Nixen. Man sagt, dass sie von Licht und Wasser gezeugt worden waren und die Natur ihnen Leben einhauchte.«

Ich runzelte die Stirn. »Das klingt … merkwürdig.«

»Ja, finde ich auch. Aber sie sind friedliebende, scheue Wesen, die ein Mensch nicht oft sieht. Man darf sie nur nicht beleidigen, sie sind sehr empfindlich, was das angeht. Obwohl ich noch nie von einem Nymphenunfall gehört habe.«

»Also müssen wir nur nett zu ihnen sein und dürfen dann baden?«, fragte ich. Erleichterung machte sich in mir breit. Ich hoffte wirklich, dass ich meinen Kopf endlich mal wieder unter Wasser halten konnte.

»Ja, das sollte funktionieren. Und du hättest es wirklich nötig«, feixte Liam.

Mit großen Augen sah ich zu ihm. *»Bitte?«*, fragte ich gespielt entsetzt.

Er beugte sich zu mir und fing meinen Blick auf. Ich könnte in den Tiefen dieser wundervollen grünen Augen versinken. Mein Magen begann zu flattern und meine Knie wurden weich. *Meine Güte, was ist nur los mit mir?*

»Du stinkst.«

Ich boxte gegen seinen Oberarm. »Du duftest auch nicht gerade nach Veilchen«, brummte ich, obwohl ich mir das Grinsen nicht verkneifen konnte.

Liam fing an zu lachen. Ich schüttelte den Kopf und ging weiter.

»Du bist unmöglich«, meinte ich irgendwann.

»Wieso? Weil ich ehrlich bin?«, hakte er nach.

»Ja. So was sagt man einer Dame nicht.«

»Dass sie stinkt?«

»Genau!«

Liam grinste noch immer. »Tut mir leid, natürlich machst du jeder Blume mit deinem Duft Konkurrenz«, seine Stimme troff von Ironie und ich schnaubte bloß.

»Warte mal ab«, prophezeite ich ihm, »irgendwann zahle ich dir das heim.«

Liam kicherte. Ich verdrehte die Augen. Liam schien für sein Alter reifer als die meisten Jungen. Zumindest hatte ich mit den Typen in meiner Klasse nicht so herumalbern können.

***

Lautes Grölen und Lachen klang an unsere Ohren. Überrascht blieb ich stehen, genauso wie Liam.

»Das klingt jetzt nicht nach Nymphen, wie ich sie mir vorgestellt habe«, flüsterte ich Liam zu.

Er schüttelte den Kopf und bedeutete mir zu warten. Er ließ den Rucksack auf die Erde sinken und bewegte sich leise vorwärts. Wie ich ihn deswegen beneidete! Es schien, als würde sich ihm kein Ast in den Weg legen, sondern eher vor ihm zurückweichen und schnell war Liam vom Wald verschluckt.

Ich hatte meine Hand auf den Griff des Dolches gelegt, den Liam mir überlassen hatte, und hielt meine Umgebung im Blick. Angst ließ mein Herz schneller pochen und das Adrenalin durch meinen Körper pumpen. Ich war aufmerksamer geworden, seit ich mit Liam unterwegs war.

Wir hatten fast den See erreicht, an dem wir Pause machen wollten, obwohl es erst früher Mittag war.

Innerlich seufzte ich. Es wäre auch zu schön gewesen, wenn wir ohne Probleme an den See herangekommen wären.

Es knackte im Unterholz und das riss mich aus meinen Gedanken. Mein Griff um den Dolch wurde fester und ich sah mich um.

Liam kam auf mich zu und ich entspannte mich etwas.

»Und?«

»Da sind ein Dutzend Banditen. Aber wenn wir *da* lang gehen, kommen wir auf die andere Seite des Sees, wo sie uns nicht finden sollten«, erklärte er und deutete in die Richtung.

Ich nickte und er griff nach dem Rucksack. Schweigend wanderten wir weiter. Liam behielt die ganze Umgebung im Blick, während ich versuchte möglichst leise zu laufen, damit keiner der Banditen auf uns aufmerksam wurde.

***

Die Sonne war merklich weitergewandert, als wir endlich den See erreichten. Mir stockte der Atem. Das rot-orangene Licht brach sich im Wasser und ließ den See in Flammen aufgehen. Verschiedene Bäume gruppierten sich um das Gewässer herum. Wir standen an einem sandigen Ufer und von hier konnten wir den Schein des Feuers der Banditen sehen.

»Wir können heute Nacht kein Feuer anmachen«, erwähnte Liam.

Aber das war mir egal. »Ich würde trotzdem gern ins Wasser hüpfen. Da habe ich mich schon den ganzen Tag drauf gefreut«, erklärte ich.

Mein Begleiter schüttelte grinsend den Kopf. »Ich habe es mir fast gedacht. Geh nur.«

Er drehte sich um und ich zog mich hastig aus.

Überraschenderweise war der See angenehm warm, als ich hineinstieg. Ich seufzte wohlig, als ich bis zu den Schultern im Wasser versank.

»Du kannst dich umdrehen«, meinte ich zu Liam und versuchte dabei nicht allzu laut zu sein.

Auch wenn ich die Banditen ausblendete, musste ich sie nicht auf uns aufmerksam machen. Liam drehte sich zu mir und betrachtete mich. In seinen grünen Augen spiegelte sich das Licht der Sonne und seine Haare leuchteten im Schein der Strahlen. Er sah so gut aus. Ich wendete mich ab. Meine Reaktion auf ihn war erstaunlich. Wir kannten uns kaum! Hatten viel zu viele Geheimnisse voreinander. Und ich gehörte nicht in seine Welt. Ich schloss die Augen und wiederholte die Worte immer wieder, während ich das Wasser genoss, das mich von dem Schmutz der letzten Tage reinigte.

Ich hörte, wie es hinter mir platschte. Überrascht versteifte ich mich. *Er ist doch nicht etwa …?* Ich schaute über die Schulter und sah gerade, wie Liam ins Wasser tauchte.

Mein Herz flatterte, als ich seine Sachen am Ufer erkannte. Mein Mund wurde trocken und ich fühlte mich plötzlich unwohl.

Neben mir tauchte er auf. Und ich konnte nicht umhin mir vorzustellen, wie er nackt neben mir stand. Ich spürte, wie mir die Hitze in die Wangen kroch.

»Hast du dich auch dazu entschieden, lieber wieder wie ein Mensch riechen zu wollen?«, krächzte ich in meinem Versuch gelassen zu wirken. Innerlich verfluchte ich mich, wieso konnte meine Stimme nicht normal klingen?

»Ja. Ich dachte mir, wenn du wieder ein Mensch wirst, sollte ich das auch tun.«

Ich sah zum Himmel hinauf und versuchte irgendwie unsere Situation zu ignorieren: umgeben von Wasser, aber noch immer nackt. Die Sonne ging unter und tauchte das Wasser in eine unheimlich schöne Farbe. Liam folgte meinem Blick und ich fühlte, wie er zusammenzuckte.

»Was ist los?«, fragte ich.

»Die Sonne ist fast weg und wir haben heute Vollmond«, brachte er hervor und sah sich panisch zum Lager um.

»Ja, ist das schlimm? Oder habt ihr auch Werwölfe im Wald?«, fragte ich.

Sein Blick fixierte mich und brannte sich in meine Haut. Der Drang mich zu bedecken wütete in mir, aber ich wusste, dass er nichts erkennen konnte. Und würde ich mich bedecken, statt weiterzuschwimmen, würde ich wahrscheinlich untergehen.

»Nein, wir haben keine Werwölfe – was auch immer das sein soll. Aber andere Kreaturen.« Sein Blick wanderte zum Ufer. »Du solltest heute Nacht auf einem Baum schlafen«, murmelte er.

Ich runzelte die Stirn. »Auf einem Baum? Und was ist, wenn ich hinunterfalle? Ich würde mir etwas brechen«, erklärte ich. »Und was ist mit dir?«

»Ich werde unten bleiben«, meinte er.

»Ist klar«, schnaufte ich und verschränkte die Arme vor der Brust, was Liam aber durch das Wasser nicht sehen konnte.

»Mia, du verstehst es nicht … mir droht keine Gefahr«, versuchte er zu erklären, doch er stieß auf taube Ohren.

»Ich werde nicht auf einem Baum schlafen«, widersprach ich ihm.

Er presste die Lippen zusammen. »Es wäre aber wirklich besser«, grummelte er.

»Wieso sollte es für mich besser sein, aber nicht für dich?«, hinterfragte ich seine Theorie.

»Weil das eben so ist.«

Ich zog die Augenbrauen zusammen. »Ist klar.«

»Wieso musst du so störrisch sein?« Er versuchte seine Stimme leise zu halten, damit die Banditen uns nicht hörten.

»Und wieso musst du den Helden geben?«, gab ich zurück.

Unsere Blicke verflochten sich ineinander. Liam wollte nicht nachgeben, aber ich auch nicht. Ich würde nicht auf einem Baum schlafen! Mal abgesehen davon, dass ich mir alles Mögliche brechen könnte, wie sollte ich da hochkommen? Funken sprangen zwischen uns hin und her. Meine Härchen stellten sich auf. Das Herz raste in der Brust und ich stellte mir vor, wie sich unsere Lippen berührten.

Seufzend wandte sich Liam ab und durchbrach damit die Spannung. Ich schüttelte mich. Mein Körper war geladen wie ein Stromkasten. »Gut«, seufzte er.

Meine Anspannung ließ nach, aber Liam schien sich wirklich Sorgen zu machen. Wobei ich nicht daran glaubte, dass nur diese gefährlichen Wesen schuld daran waren. »Was ist denn los?«, hakte ich leise nach und schwamm vor ihn.

Seine Augen waren trüb, als er meinen Blick erwiderte. »Ich … ich muss heute Abend etwas erledigen. Und all die anderen Kreaturen …« Er sah mich hilflos an.

Ich runzelte die Stirn und er tat mir leid. Er machte sich Sorgen um mich und ich erschwerte es ihm durch meinen gekränkten Stolz. »Also willst du, dass ich auf den Baum klettere, weil du nicht da bist?«

»Ja«, gab er kleinlaut nach.

Ich sah zum Ufer. Angst krallte sich in meinen Körper. »Darf ich fragen, was du erledigen musst?«

»Wenn … *Nein!*«

Mein Blick wanderte zu dem Wasser vor mir. Ich wusste nicht, was ich davon halten sollte. Ich kaute auf meiner Unterlippe herum. Liams Finger legte sich unter mein Kinn und er hob meinen Kopf an, sodass ich ihm in die Augen sehen musste. »Wenn ich nicht gehen müsste, würde ich bei dir bleiben. Und ... und ich werde trotzdem da sein, wenn du mich brauchst. Versprochen. Es ... es wäre nur einfacher, wenn du auf einem Baum säßest.«

Seine Augen richteten sich auf das Lagerfeuer hinter uns und ich wusste, dass er die Banditen meinte.

»Okay«, gab ich nach. »Du musst mir aber helfen auf den Baum zu kommen. Und mir zeigen, wie ich darauf schlafen soll, ohne hinunterzufallen.«

Die Anspannung verließ Liams Körper und er schenkte mir ein dankbares Lächeln. »Mache ich. Das ist eigentlich gar nicht so schwer.«

»Wir werden sehen«, teilte ich ihm zweifelnd mit.

***

Liam schickte mich als Erste raus, damit ich das trockene Leinentuch haben konnte. Ich war ihm dankbar für die Geste und huschte schnell aus dem Wasser. Ich beeilte mich mit dem Abtrocknen und Anziehen.

»Bin fertig«, sagte ich und schloss die Augen, während ich Liam das Tuch hinhielt.

Ich fühlte, wie er es mir aus der Hand nahm. »Danke«, meinte er und ich wandte mich ab.

Ich kaute auf meiner Lippe herum und konnte einen Blick über die Schulter nicht verhindern. Er band sich gerade seine Hose zu, sein Oberkörper war noch nackt und wurde vom Mondlicht beleuchtet. Mein Blick wanderte über seinen Körper hinauf zu seinem Gesicht und begegnete den grünen Augen, die mich belustigt musterten. »Bist du fertig damit mich anzustarren? Darf ich mich weiter anziehen?«

Hitze strömte in meine Wangen und ich wandte mich ruckartig ab. Ich hörte, wie Liam hinter mir lachte und ich sehnte mir ein Loch herbei. Ein großes Loch, das mich im Erdboden versinken ließ.

»Gut, dann wollen wir dich mal auf den Baum verfrachten«, meinte er. Er stellte sich neben mich und ich fühlte die Hitze, die sein Körper ausstrahlte.

»Die Frage ist nur, auf welchen«, murrte ich.

»Das bekommen wir schon hin. Vertrau mir.«

Ich presste die Lippen zusammen und folgte Liam, der zielstrebig auf einen Baum zulief. Noch immer betrachtete ich das Ganze skeptisch. Aber wenn es Liam damit besser ging, sollte ich es versuchen. Doch die Angst bohrte sich in mich und ließ mich nicht mehr los. Wenn ich tatsächlich hinunterfallen sollte, würde ich mir jeden Knochen brechen. Ich würde in dieser Welt wahrscheinlich zu einem Krüppel werden und konnte es mir abschminken, das Mittel je zu finden. Liam würde mich wahrscheinlich zurücklassen ... Ich hob die Hand an meine Stirn und versuchte die trüben Gedanken zu ignorieren. Ich redete mir ein, dass mir schon nichts passieren würde.

»Komm her, ich helfe dir hoch«, meinte Liam und deutete auf den Baum. »Die Äste sind dick und die Höhe sollte reichen, dass niemand an dich herankommen kann.«

Ein flaues Gefühl breitete sich in meinem Magen aus. Ich wollte wirklich nicht auf diesem Baum schlafen und bezweifelte, dass diese Nacht erholsam werden würde.

»Okay«, meinte ich und stellte meinen Fuß in Liams Hände. Mit einem Ruck hob er mich hoch und ich knallte eher auf den Ast, als dass ich daraufkletterte.

»Ich werfe dir noch den Rucksack hoch, in Ordnung?«

»Mhm«, kam es unsicher von mir. Liam hatte recht gehabt. Der Ast war breit. Aber ich hatte trotzdem keine Ahnung, wie ich hier schlafen sollte.

»Achtung!«

Ich schnappte mir den Rucksack und wäre fast vom Ast gefallen. Schwer atmend zog ich mich wieder hoch und ließ den Rucksack zwischen meine Beine sinken.

»Ich bin da, wenn du mich brauchst«, hörte ich Liam unten sagen.

»Ich weiß«, sagte ich, aber ich konnte nicht verhindern, dass meine Stimme vor Angst zitterte. Komischerweise vertraute ich Liam. Ich vertraute darauf, dass er da war, wenn ich ihn brauchte. Aber dennoch ... Mir machte sein Verhalten Angst. Ich kannte ihn kaum! Und jetzt sollte ich die Nacht auf einem Baum verbringen, während er irgendwas erledigte.

»Ich fühle mich trotzdem nicht wohl«, gab ich zu und schaute über den Ast nach unten.

Liam schaute traurig zu mir hoch. »Es tut mir leid«, sagte er und senkte den Blick.

»Bis morgen früh also?«, erkundigte ich mich.

»Bis morgen früh«, bestätigte Liam und wandte sich ab.

Kapitel 9

Erschrocken zuckte ich zusammen, als ich das Rascheln und Knacken des Unterholzes hörte. Panisch versuchte ich mich auf dem Ast zu halten, damit ich nicht hinunterfiel.

Als ich mir sicher war, dass ich nicht fallen würde, entspannte ich mich etwas und ließ die Luft raus, die ich angehalten hatte.

»Bist du sicher, dass du sie hier gesehen hast?«, fragte eine dunkle Stimme.

Ich riss die Augen auf. Meine Finger krallten sich in den Ast. Das Herz raste in meiner Brust. Das war definitiv nicht Liam.

»Natürlich, ich bin ja nicht blind, du Holzkopf«, erwiderte eine zweite Stimme. Die einer Frau. »Hier waren zwei Menschen.« Sie spuckte das letzte Wort quasi aus.

Ich presste die Lippen zusammen und lehnte mich etwas zur Seite, um zu gucken, ob ich sie erkennen konnte. Der Mond erhellte das Ufer, an dem Liam und ich gestanden hatten. Ich konnte dort vier Personen ausmachen. Ich kniff die Augen zusammen, ob ich noch etwas mehr erkennen konnte. Drei Männer und eine Frau. Zumindest war nur eine von den Personen kleiner und zierlicher, was eher auf eine Frau schließen ließ.

»Wo sind die zwei denn dann?«, herrschte die erste dunkle Stelle die Frau an.

»Wir sollten sie suchen. Du weißt, wie viel Geld die Elfen uns für zwei Menschenopfer geben.«

Mir wurde schlecht. Die Angst hatte sich wie eine Faust in meinen Magen gegraben. Ich spürte, wie Schweiß aus jeder meiner Poren drang. Ich lehnte mich wieder zurück und versuchte flach zu atmen, damit mich die Banditen nicht entdeckten. Meine Augen waren aufgerissen und ich starrte in den Himmel. In dem Moment sehnte ich mich nach meiner Welt. Meinem Bett in meinen sicheren vier Wänden.

Ich versuchte die Sehnsucht einzudämmen. Ich tat das immerhin für meinen Opa. *Die Banditen werden mich nicht entdecken!*

»Komm, lasst uns weitersuchen«, rief eine zweite Männerstimme.

»Ich gehe zurück. Eve hat wahrscheinlich nur zu viel Schnaps gehabt.«

»Halt die Schnauze, Edgar!«, fuhr ihn besagte Eve an.

Ich schluckte schwer. Würden sie mich finden, wäre ich ihnen ausgeliefert. Der Dolch lag in dem Rucksack und ich traute mich gerade nicht ihn herauszusuchen. So sicher war ich im Nahkampf auch nicht, dass ich gegen drei Männer und eine Frau ankam, die ihr Leben damit füllten zu plündern und zu kämpfen.

Scheiße, fuhr es mir durch den Kopf. Gerade war ich froh, dass Liam mich überzeugt hatte auf einem Baum zu schlafen. Hätte ich schutzlos auf der Erde gelegen, hätten sie mich bereits in ihren Fängen.

Ich kniff die Augen zusammen. *Bitte, bitte verschwindet!*

»Geh du am Ufer entlang, ich geh etwas in den Wald hinein.«

Ich riss meine Augen auf. *Das darf doch nicht wahr sein!*

Die Schritte kamen näher, und mit jedem Schritt wurde das Blut schneller durch meine Adern gepumpt. Ich hatte Angst, unglaubliche Angst! Mein Herz würde er mit Sicherheit hören.

Er schien jetzt direkt unter mir zu sein und ich presste mir eine Hand auf den Mund, damit ich nicht zu laut atmete. Meine Augen hatte ich geschlossen und ich wünschte mich verzweifelt unsichtbar. Wieso war ich keine Hexe? Es wäre schön, würde ich mich in solchen Situationen ein wenig selbst verteidigen können, statt mich von meiner Angst beherrschen zu lassen.

»Eve, wie viel Schnaps hattest du heute?«, brummte die Stimme unter mir.

»Schnauze, Henry. Ich habe hier definitiv einen Mann und eine Frau gesehen. Ich kann ja nichts dafür, wenn ihr nur Augen für die neuen Sklavinnen habt.«

Ich keuchte erschrocken und verfluchte mich in selben Moment dafür.

»Hast du das auch gehört?«, fragte Henry. In seiner Stimme klang nun etwas mehr Achtsamkeit.

»Ich sagte doch, dass ich hier welche gesehen habe«, meinte Eve mit einem gönnerhaften Unterton.

Ich biss mir auf die Lippe, während mein Herz raste. Ich konnte mich nicht mehr konzentrieren. Mein Körper bebte vor Angst.

»Komm raus, wir finden dich eh, und wenn wir das tun …« Er ließ es unausgesprochen und fing nur an dreckig zu lachen.

Leise versuchte ich an mein Messer in dem Rucksack zu kommen. Zum Glück gab es hier keine Reißverschlüsse, sondern nur Bänder, die ich aufknoten musste. Aber meine Hände zitterten unkontrolliert, sodass selbst diese einfache Aufgabe fast unmöglich war. Ich wollte fluchen, verbat es mir jedoch.

»Wir finden euch sowieso«, sülzte Eve. »Wenn ihr freiwillig zu uns kommt, werden wir euch eventuell nichts tun.«

Das Bedürfnis laut zu lachen drängte ich nieder, doch ich konnte es mir nicht verkneifen mit den Augen zu rollen. Ich wollte ihnen nicht noch mehr Anhaltspunkte geben, wo ich war. Endlich hatte ich die Knoten geöffnet und erfasste sofort den Griff meines Dolches. Erleichtert schloss ich die Augen und presste die Waffe nah an mich. Möglichst leise zog ich die Knie an meinen Körper und lehnte mich noch einmal zur Seite, um nach unten zu blicken.

Ich starrte direkt in die Augen eines Banditen. Erschrocken schrie ich und zuckte zurück.

»Ich habe eine!«, rief Henry und ich hörte, wie er näher kam.

Verflucht! Panisch sah ich mich nach einem Ausweg um, aber ich war auf einem gottverdammten Baum gefangen! Wenn ich einen Weg brauchte, führte er bloß nach oben. Bei dem Gedanken wurde mir schlecht.

»Wo ist sie?«, rief Eve lachend.

»Auf dem Baum. Komm her und ich helfe dir hoch.«

Mein Herz raste. Was sollte ich nur tun?

Ich hörte, wie Henry ächzte, als er Eve hochhob. Sofort war diese Frau auf meiner Augenhöhe und grinste mich höhnisch an. Sie war wunderschön. Nur das Grinsen in ihrem Gesicht verzerrte die ansonsten ebenmäßigen Züge. An ihrem Kopf waren wuchsen zwei spitze Ohren und zwei scharfe Schneidezähne ragten über ihre vollen Lippen.

Sehen so Elfen aus?

»Ein hübsches Exemplar bist du«, gurrte sie und versuchte nach mir zu greifen. Ich zuckte zurück und verlor dabei fast das Gleichgewicht. »Komm mit uns, und dir wird erst mal nichts passieren«, zischte sie zwischen zusammengebissenen Zähnen.

»Vergiss es«, keuchte ich und rappelte mich langsam auf, sodass ich auf dem breiten Ast stand.

Mich überfiel ein Schwindel, als ich nach unten sah, und meine letzte Mahlzeit wollte wieder hochkommen. Ich krallte meine Finger in die Rinde des Baumes.

Eve versuchte wieder nach mir zu greifen. Dieses Mal trat ich nach ihr, doch statt dadurch aus dem Gleichgewicht zu kommen, ergriff sie meinen Knöchel und zog abrupt daran. Ich verlor meinen Halt. Die Hand ließ ich um den Dolch geschlungen. Ein Schrei löste sich aus meiner Kehle, als ich mit dem Hintern auf dem Ast landete. Eve zog noch einmal an mir, sodass ich hinunterrutschte und mit dem Rücken auf eine Wurzel prallte.

Die Luft wurde mir bei dem Aufschlag aus meinen Lungen gepresst. Sterne leuchteten vor meinen Augen, aber ich versuchte klar zu denken.

Henry kicherte boshaft, während Eve grunzte. »Nettes Sümmchen wirst du einbringen. Obwohl ich vermute, dass das Hurenhaus mehr für dich zahlen wird als die Elfen. Was meinst du, Henry?«

»Ich stimme dir zu«, erwiderte Henry süffisant.

Ich versuchte zu fliehen. Doch ich hatte nicht mehr an den dritten Mann gedacht, der bisher stillschweigend alles beobachtet hatte und in den ich nun direkt hineinrannte. Der grunzte bei meinem Aufprall und umfasste meinen Arm wie ein Schraubstock. Ich schrie auf und ließ den Dolch fallen, den mir Liam gegeben hatte.

Mein Blick glitt hoch zu dem Mann, der mich packte, und höher. Er war ein Riese. Mein Blick wanderte an dem fülligen Rumpf hoch zu einem dicken Hals. Aus seinem Mund kamen zwei Hauer, die denen eines Wildschweins glichen. Ich keuchte erschrocken auf.

»Darf ich vorstellen? Oskar. Unser hauseigener Troll. Ich habe ihn mal vor

Elfen gerettet. Seitdem hört er auf das, was ich ihm sage.« Ich hörte den Stolz in Eves Stimme und wollte gar nicht wissen, wie sie ihm das Leben gerettet hatte. »Er sagt nicht sehr viel, aber wenn es darum geht Gefangene zum Reden oder Schweigen zu bringen, ist er wirklich Gold wert«, erklärte Eve weiter.

Meine Zähne klapperten vor Angst und ich wünschte, Liam würde endlich kommen. Er hatte mir doch versprochen auf mich aufzupassen! Ich sah panisch in den Wald. Ich wusste nicht, ob ich wollte, dass Liam *mich* rettete, oder dass er verborgen blieb, damit er den Frieden über die beiden Reiche bringen konnte.

»Also, Mädchen, wo ist dein Freund?«

Ich sah über die Schulter zu ihr. »Welcher Freund?« Meine Stimme bebte und ich klang schwach, wofür ich mich schämte.

»Na, der Mann, mit dem du hier warst«, meinte Eve und kam bedrohlich näher.

»Ich war mit keinem Mann hier«, log ich und war überrascht, wie leicht diese Lüge über meine Lippe kam.

Sie hob die Hand und schlug mir ins Gesicht. Hätte Oskar seinen Druck um meinen Arm nicht verstärkt, hätte mich der Schlag auf den Boden befördert. So strauchelte ich nur und wurde von dem Troll wieder auf die Beine gezogen.

»Und ob, ich habe euch doch gesehen!«, schrie sie und nickte Oskar zu.

Sein Griff wurde fester um meinen Arm. Ich schrie schmerzerfüllt. Tränen liefen über meine Wangen. »Ich ... ich war die ganze Zeit allein«, schluchzte ich.

»Wir nehmen sie mit ins Lager. Sie bringt uns auch so genügend Geld ein, Eve. Aber nur, solange sie intakt ist.«

Eve brummte. Ihr passte es nicht, dass Henry recht hatte, aber ich wollte ihm gerade um den Hals fallen.

»Gut. Oskar bring sie zu den anderen.«

Oskar zerrte mich mit sich. Ich stolperte während des ganzen Weges über meine eigenen Beine, aber dieser Oskar hatte kein Mitleid mit mir. Unerbittlich zog er mich weiter, bis wir vom Schein des Lagerfeuers begrüßt wurden. Panisch versuchte ich meine Füße in die Erde zu treten, um das Kommende aufzuhalten. Doch Eves Faust bohrte sich in meinen Rücken und brachte mich aus dem Gleichgewicht.

»Benimm dich«, fauchte sie.

Der Troll zog mich zu ein paar Käfigen, in denen weitere Frauen eingesperrt waren. Sie drängten sich alle dicht aneinander und hatten ihre Augen panisch aufgerissen. Sie alle hatten blaue Flecken auf ihren Körpern und ich wollte mir gar nicht vorstellen, was sie schon durchgemacht hatten.

Henry hatte scheinbar meinen Blick bemerkt. »Der Krieg zwischen Alendia und Eventyr ist ein Segen für uns. All die einsamen Frauen zu Hause, die sich nach Aufmerksamkeit eines Mannes sehnen.«

Mir wurde bei seinen Worten schlecht. Ich bezweifelte, dass die Frauen sich nach deren Aufmerksamkeit *sehnten*. Wahrscheinlich so sehr, wie auch ich es tat.

Ich warf einen Blick über die Schulter, aber noch immer keine Spur von Liam. Ich presste die Lippen aufeinander. Er hatte mich verlassen. Er war nicht zurückgekommen – Liam hatte sein Versprechen gebrochen.

»Lass sie uns dem Boss zeigen«, meinte Henry. »Vielleicht erlaubt er mir ein wenig an ihr zu spielen. Ich hatte schon lange kein so junges Ding mehr.«

Mir blieb alles im Hals stecken. Ich versuchte mich irgendwie gegen all das zu wappnen. Aber wie? Ich hatte keine Möglichkeit mich zu schützen. Die einzige Hoffnung war Liam gewesen. Aber der ließ sich nicht blicken.

»Vergiss es! Die wird nicht angerührt. So verschreckt wie sie guckt, ist die noch Jungfrau. Die ist mit Sicherheit zehn Goldstücke wert!«

Panik durchfuhr mich. Ich sah mich nach irgendeiner Fluchtmöglichkeit um, fand aber keine.

Oskar, Henry und Eve führten mich in die Mitte des Lagers. Am Feuer saß ein rothaariger Mann, mit einem langen Bart. Eine Augenklappe versperrte die Sicht auf sein linkes Auge, aber sein rechtes ließ einen Schauer über meinen Körper laufen. Es war blutrot.

»Was ist das?«, wollte er wissen. Seine Stimme war tief und rau.

»Ein ganz normales Mädchen. Jung und hübsch.«

Der Anführer lachte schallend los. »Perfekt fürs Hurenhaus! Bist du noch Jungfrau?«, bellte er mich an.

Ich zuckte zusammen. Zittrig nickte ich. Ich erinnerte mich an Eves Worte, dass sie mich dann nicht anrührten.

»Perfekt!«, dröhnte er. »Gute Arbeit, ihr zwei. Sucht euch welche aus dem Zwinger aus. Die da kommt zu mir.« Auffordernd streckte er die Hand aus. Mein Blick glitt zu Eve, die Oskar zunickte, der mich dann zu dem Anführer schubste.

Ich fiel auf die Knie, direkt vor seine Füße. »So gefällst du mir«, meinte er lachend und packte meinen Zopf. »Vielleicht sollte ich dir fürs Hurenhaus noch ein bisschen was beibringen.«

Ich fühlte mich wie ein Kaninchen, das gerade von einem Bussard gepackt worden war. Das Herz in meiner Brust zerplatzte fast vor Angst.

Ein lautes Kreischen ließ das ganze Lager zusammenschrecken. Der Anführer hatte meine Haare noch immer in seiner Pranke, aber er beachtete mich nicht mehr.

»Was war das?«, verlangte er zu wissen und richtete sich auf. Dabei zog er meine Haare mit, und ich wurde hochgerissen.

Wegen des Schmerzes kam ein Zischen über meine Lippen und richtete die Aufmerksamkeit des Banditen wieder auf mich. Er griff hinter sich und holte ein Seil raus. Er drehte meine Arme auf den Rücken. Ich schrie vor Schmerzen und er band das Seil fest um meine Handgelenke, sodass die Fasern sich in meine Haut gruben.

»Ich habe gefragt, was das war!«, herrschte er seine Leute an.

Oskar war der Einzige, der die Ruhe behielt. »Ein Adler«, unterrichtete er den Banditen. Seine Augen waren glanzlos. Und ich erkannte, dass er es hasste. Er hegte keine Sympathie für die Leute, die hier waren. Er verachtete sie. Doch trotzdem half er ihnen. Aber er war gerade mein geringstes Problem. Es sei denn, ich konnte ihn davon überzeugen mich und die anderen Frauen freizulassen. Aber wie?

»Wieso sollte ein Adler so laut kreischen?«

»Das weiß ich nicht. Vielleicht wollte er jemanden etwas mitteilen.« Der Troll sah zu mir und ich hatte das Gefühl, dass er mir etwas Bestimmtes sagen wollte.

Ich überlegte fieberhaft, was er meinen konnte. Wieso sollte ein Adler ...? Mir fiel der Löwenadler ein. Er hatte mich schon einmal gerettet. Mein Mund wurde trocken und ich sah in den Wald. Doch außer undurchdringlicher Schwärze außerhalb des Feuers konnte ich nichts erkennen.

Der Anführer warf dem Troll einen ärgerlichen Blick zu, versuchte aber sich zu entspannen. Er drängte mich auf die Knie und setzte sich wieder auf den Holzstamm, auf dem er eben schon gesessen hatte.

»Mir gefällt das nicht«, brummte der Bandit und sein Blick war in den schwarzen Himmel gerichtet.

Ich wusste nicht, was ich tun sollte. Ich war gerade nur unendlich froh, dass der Adler die Banditen etwas abgelenkt hatte, sodass sie nicht mehr daran dachten, mir etwas anzutun.

»Gut. Eve, Henry ruht euch aus. Wir müssen morgen früh weiter. Wir haben jetzt immerhin kostbare Fracht.« Er lachte dreckig.

Mein Herz sackte mir in die Hose. Die Muskeln in meinen Schultern protestierten gegen das Seil an meinen Händen und die wurden langsam taub, weil nicht genügend Blut hineinfloss. Mein Blick glitt durch das Lager.

»Vergiss es, Schätzchen«, warnte mich der Bandit.

Er hatte sein Auge auf mich gerichtet und musterte mich. »Du bist zu hübsch für eine einfache Bauerntochter. Also, wer bist du?«

Ich hielt meinen Mund geschlossen. Ich wollte ihm nichts verraten, wollte kein Gespräch mit ihm anfangen.

»Bist du stumm, oder was?«, fragte er und ich ignorierte ihn weiterhin.

Er gluckste. »Meinst du etwa, es kann dich retten, wenn du gar nichts sagst? Ich kann dir versichern, das wird es nicht. Du wirst trotzdem an das Hurenhaus in der nächsten Stadt verkauft werden. Versprochen.« Er zwinkerte mir zu und ich musste mich fast übergeben.

So hatte ich mir die Reise zu dem Heilmittel nicht vorgestellt. Irgendwie ... einfacher. Ohne Banditen, ohne Trolle ... Ich schluckte die Tränen herunter, die aufkommen wollten. Hatten meine Heldinnen aus den Büchern meiner alten Welt auch so hilflos da gesessen und ihr Schicksal einfach angenommen? Ich kratzte meinen letzten Mut zusammen und versuchte einen Fluchtweg zu finden.

Noch einmal kreischte ein Adler. Der Anführer zuckte zusammen. Seine Knöchel traten weiß hervor, als er seine Hand zu einer Faust formte.

Ich betrachtete sein Gesicht und zwischen den Narben hatten sich Furchen in seine Haut gegraben. Er hatte Angst. Er wusste, was da schrie.

Sein Blick richtete sich auf mich. »Was?«, fauchte er.

Doch ich blieb stumm.

Sein Blick durchbohrte mich und er stand auf. Das Seil behielt er dabei in der Hand und zog daran, sodass ich mit dem Gesicht fast in den Dreck gefallen wäre.

»Steh auf«, befahl er.

Ich wollte mich erst weigern. Aber ich tat es dann doch.

Er zerrte mich in sein Zelt. Vor Angst blieb ich stocksteif im Eingang stehen und beobachtete den Banditen, wie er unruhig hin und her lief.

Sein eines Auge blitzte vor Zorn und erst jetzt erkannte ich die unterschwellige Angst.

»Was hast du mit dem Löwenadler zu schaffen?«

Ich runzelte die Stirn und hoffte, dass er mir meine Lüge abnehmen würde. »Mit wem? Welchem ... Löwenadler?«

Der Mann lachte laut. »Als ob du die Legende nicht kennst!«, fuhr er mich an. »Der arme verfluchte Prinz, der sich jede Nacht in ein abscheuliches Monster verwandelte und auf der Suche nach seiner wahren Liebe war, damit sie ihn endlich erlösen konnte?«

Dieses Mal musste ich meine Überraschung nicht einmal spielen. »Davon habe ich noch nie gehört.«

Der Bandit runzelte die Stirn und betrachtete mich argwöhnisch. »Du lügst nicht«, stellte er verwirrt zu.

Ich stand starr da. Woher wusste er das?

»Was hat das Vieh mit dir zu tun?«

»Ich weiß es nicht«, sagte ich und blieb damit so nah an der Wahrheit, wie ich konnte.

Er ließ mich keinen einzigen Atemzug aus den Augen. Als er sich sicher war, dass ich nicht log, begann er wieder damit im Zelt hin und her zu tigern. Dieser Löwenadler schien ihn wirklich in Angst und Schrecken zu versetzen.

Der Bandit schaute hinter mich und ich folgte seinem Blick. Seine Anhänger standen ums Lagerfeuer, aber ein paar hatten ihr Gesicht zu uns gerichtet und beobachteten ihren Anführer.

»Verdammt«, fluchte er und zog mich von der Zeltplane weg, tiefer ins Innere des Zeltes hinein.

Die Übelkeit kam wieder und ich musste mich zusammenreißen, ihm nicht vor die Füße zu kotzen.

»Du wirst schreien, wenn ich es dir sage. Kapiert? Unangetastet bist du mir mehr wert. Aber ich muss mir immer mal wieder Respekt verschaffen.«

Ich verstand nicht, was er mir sagen wollte.

»Hast du das kapiert?«, wiederholte er sich und schlug mir mit seiner Faust ins Gesicht.

Der Schmerz explodierte in meiner Wange. Ich stolperte zur Seite und fiel über meine eigenen Beine.

»Ob du das verstanden hast, habe ich dich gefragt!«, schnauzte er mich an und bevor er mich noch einmal schlagen konnte, nickte ich.

»Gut«, schnaufte er. Er ließ mich auf dem Boden kauern.

Die Angst hatte meinen Körper vollkommen in ihrem eiskalten Griff. Ich zitterte und in meinen Augen standen Tränen. Mich kostete es eine unglaubliche Kraft nicht loszuheulen. So eine Angst, wie ich sie jetzt verspürte, hatte ich noch nie gefühlt.

Der Anführer lief auf den Zelteingang zu und verknotete die Seile miteinander, damit niemand hereinkommen konnte.

Um meine Kehle legte sich ein imaginäres Seil und schnürte mir die Luft ab. Mein Atem kam nur noch flach und hektisch über meine Lippen. Ich ließ mich auf den Hintern plumpsen und wich vor dem Mann zurück. Bis ich gegen ein Hindernis stieß. Erschrocken drehte ich mich um und erkannte ein Bett.

Das Seil um meine Kehle wurde enger.

»Ich habe doch gesagt, ich werde dir nichts tun.«

Mein Herz in der Brust raste. Als ob ich ihm nur ein Wort glauben würde. Ich wollte hier weg. Zurück in meine Welt. Zu meinen Eltern. Ich hatte diese Welt lieben gelernt. Hatte mich von ihr verzaubern lassen, aber sie zeigte mir gerade, dass sie grausamer war als meine. Der Bandit kam auf mich zu und hob mich an meinem Hemd hoch. Meine Füße baumelten in der Luft und er warf mich aufs Bett. Alles an mir zitterte. Ich fühlte, wie mir die Kontrolle über meinen Körper entglitt, und wünschte mir, dass das alles nur ein Albtraum war, aus dem ich jederzeit erwachen konnte. Ich schloss die Augen und versuchte alles auszublenden.

»Sieh mich an«, befahl der Kerl mit rauer Stimme.

Er rührte mich nicht an. Ich lag noch immer auf dem Bett, aber er stand davor und sah mich an. »Schrei«, raunte er.

Und ich schrie. Schrie mir meine Seele aus dem Hals, in der Hoffnung, dass es für seinen Plan reichte.

Kapitel 10

Die meisten Banditen schnarchten um das Lagerfeuer herum. Nach meinem Schreikonzert hatte der Anführer mir das Hemd bis zum Brustansatz aufgerissen. »Gut gemacht«, hatte er mich gelobt und war mit mir wieder hinausgegangen.

Seitdem behielt er mich bei sich. Ich war zu einem verschreckten Haufen Mensch geworden. Es war überraschend nett gewesen, was der Anführer getan hatte. Doch ich wusste, dass es nicht aus Nächstenliebe, sondern aus purer Berechnung geschehen war. Er hatte sich neben das Feuer gesetzt und war auch irgendwann eingeschlafen.

Abgesehen von dem Troll und mir war nur noch eine Wache bei Bewusstsein, der immer wieder die Augen zufielen. Ich hatte zu viel Angst, als dass ich einschlafen könnte. Jetzt, wo der Großteil vor sich hin träumte, konnte ich mich immerhin etwas entspannen. Mir drohte erst mal keine Gefahr.

Ich atmete tief ein, schloss die Augen und atmete aus. Meine Nerven beruhigten sich langsam und ich konnte anfangen mir über meine Flucht Gedanken zu machen. Mein Blick fiel auf die Frauen, die aneinandergedrängt in den Holzkäfigen lagen. Ein paar von ihnen wimmerten erbärmlich, während andere die Banditen mit hasserfüllten Blicken musterten. Wie nur sollte ich sie und mich befreien?

Hoffnungslosigkeit breitete sich in mir aus. Und ich sehnte mich wieder in meine Heimat. *Hätte ich dieses Buch doch niemals angefasst!* Aber ich wusste, dass ich es nicht ernst meinte. Ich würde das Buch immer wieder aufschlagen. Nur um meinem Opa nah zu sein ... Das Loch in meinem Herzen meldete sich schmerzhaft zurück. Ich schloss die Augen und versuchte die Traurigkeit zu verdrängen. Ich hatte gerade andere Probleme.

Ich öffnete die Augen und sah, wie der Troll mich musterte. Unsere Blicke trafen sich, ehe ich mich abwandte. Ich ahnte, dass er die Banditen nicht mochte und das Leben mit ihnen verachtete, aber ich hatte keine Beweise und solange würde ich keine Sympathie für ihn hegen.

Dieses Mal erklang das Kreischen aus nächster Nähe. Ich richtete mich erschrocken auf. Mein Blick huschte über die Umgebung, aber ich konnte nichts sehen. Der Anführer hinter mir brummte bloß im Schlaf und drehte sich um.

Ich nahm eine Bewegung am Waldrand wahr und richtete meine Aufmerksamkeit darauf. Mir stockte der Atem, als ich den Löwenadler erkannte. Es war meiner und er sah unglaublich majestätisch aus, wie er durch den Wald schlich. Sein golden gefiederter Adlerkopf glänzte im Schein des Mondes. Das Fell und die Federn der Flügel glänzten ebenso. Würde er still stehen bleiben, könnte man glauben, er sei eine Statue – aus reinstem Gold gegossen. Der Blick des Wesens streifte mich und ich bildete mir ein, Erleichterung über dessen Züge huschen zu sehen.

Mein Herz hämmerte in meiner Brust. Ich sah mich in dem Lager um und bemerkte den Troll, der seinen Finger an die Lippen gelegt hatte. Ich sollte leise sein.

Wieder sah ich zum Rand des Waldes, aber das Tier war fort. Enttäuschung brach über mich herein. Aber ich versuchte sie zu verdrängen. Was hatte ich mir überhaupt von einem geflügelten Raubtier erhofft?

Doch auf einmal sah ich das Tier wieder. Es kam näher zum Lager. Seine Augen funkelten wie Rubine. Der erste schlafende Bandit lag ihm im Weg. Der Löwenadler musterte den Menschen vor sich, hob seine Pranke und zerschmetterte ihm mit einem Hieb den Schädel.

Blut und Hirnmasse spritzten durch die Luft. Mein Magen drehte sich um und ich keuchte auf. Plötzlich regte sich der Anführer hinter mir. Der Löwenadler wandte sich mir zu und legte den Kopf schief. Sein Blick schien mich um Verzeihung zu bitten. Die Angst ließ das Blut schnell durch meine Adern zirkulieren.

Das Wesen ging auf den nächsten Banditen zu und tat dasselbe noch einmal. Dieses Mal war ich vorbereitet, doch mein Magen rebellierte noch immer. Ich wandte den Blick ab.

Die anderen Frauen waren auch auf das Tier aufmerksam geworden und beobachteten es mit Erstaunen. Niemand von uns regte sich oder wagte es einen Mucks von sich zu geben. Die Wache, die auf uns aufpassen sollte, war schon wieder eingenickt. Nur Oskar war noch wach. Aber selbst er unternahm nichts.

Ich verharrte in meiner Position, um den Anführer nicht zu wecken. Der Troll deutete auf Eve und sah den Löwenadler bittend an. Sie schienen stille Kommunikation zu betreiben.

Das Tier ging auf Eve zu und zerschnitt ihr mit einer seiner Krallen die Kehle. Ich schluckte den Schreckenslaut hinunter. Er war hier, um uns zu helfen, das war mir klar. Aber ich hatte so etwas noch nie gesehen und wusste nicht, was ich davon halten sollte.

Plötzlich wurde ein leuchtendes Band zwischen dem Troll und Eve sichtbar, das sich so schnell auflöste, wie es aufgeleuchtet hatte. Erleichtert atmete der Troll auf.

Ich runzelte die Stirn, fragte aber nicht nach.

Wieder regte sich der Anführer hinter mir. Ich sah über die Schulter nach hinten und zuckte überrascht zusammen, als sich sein blutrotes Auge öffnete.

Er überblickte die Lage und brüllte laut. Die anderen Banditen rappelten sich erschrocken auf. Manche taumelten noch. »Schnappt euch das Vieh!«

Es waren noch immer neun Banditen übrig. Voller Sorge sah ich mich um. Ich wollte nicht, dass dem Löwenadler etwas geschah. Aber mir waren die Hände gebunden, im wahrsten Sinne des Wortes. Der Troll richtete sich nun ebenfalls auf und rannte zu dem Käfig, an den sich die Frauen klammerten. Er riss das Tor auf.

»Verschwindet!«, brüllte er.

Ohne sich umzusehen, taten die Frauen, was er sagte. Er wandte sich dem Löwenadler zu, der mittlerweile gegen sieben Banditen kämpfen musste. Der Anführer stand noch immer hinter mir. Ich spürte seine Anspannung. Mein Blick wanderte nach oben und ich konnte die Gier in seinem Auge sehen. Er wollte das Wesen haben, wollte es besitzen.

In meinem Kopf ratterte es. Ich musste mich irgendwie befreien. Dem Löwenadler konnte ich nicht helfen, aber ich konnte mich aus der Gefahrenzone bringen.

Der Löwenadler kreischte auf. Ein Schwert hatte seinen Flügel getroffen. Wieso flog er nicht einfach davon? Was hielt ihn hier? Er würde niemals gegen sieben Schwerter ankommen.

Der Troll eilte ihm zur Hilfe und lenkte dabei ein paar Schwerter auf sich. Er riss den Banditen teilweise die Köpfe mit seinen bloßen Händen ab.

Die Übelkeit bahnte sich einen Weg durch meinen Hals und ich erbrach mich. Ich war geschockt von so viel Grausamkeit.

Der Anführer hinter mir kam in Bewegung. »Nutzloses Pack«, schnaufte er.

Ich drehte mich zu ihm, sah, wie die Faust auf mich zukam. Mit einem Keuchen landete ich auf den Boden. Tat so, als sei ich ohnmächtig geworden, während ich gegen die Schwärze anblinzelte. Ich durfte das Bewusstsein nicht verlieren – nicht jetzt.

Die Schwärze verzog sich und ich konnte beobachten, wie der Anführer auf mich zukam – mit einer Axt in der Hand.

Die Angst lähmte mich und ich konnte nichts tun, außer den Anführer mit großen, angsterfüllten Augen anzustarren.

»Hey!«, schrie er und versuchte die Aufmerksamkeit des Tieres auf sich zu lenken.

Der Löwenadler drehte sich zu mir um. Ein panischer Schrei entrang sich seiner Kehle und seine Aufmerksamkeit ließ nach. Er wurde von einem Schwert getroffen.

»Nein!«, schrie ich und versuchte auf das Tier zuzurennen. Doch der Anführer hielt mich an der Leine und zog mich zurück – direkt in seine Arme. Er legte seinen breiten Unterarm unter mein Kinn und drückte mir die Luft ab.

»Du scheinst sie zu mögen, Bestie. Nicht wahr?«

Der Löwenadler versuchte seine Aufmerksamkeit zu teilen, damit er auf mich aufpassen, aber auch sich selbst schützen konnte. Aber es gelang ihm nicht.

Ich gab mein Bestes mich aus dem Griff des Banditen zu befreien und trat auf seine Füße. Doch damit erwirkte ich nur ein tiefes Lachen.

Der Löwenadler kreischte verzweifelt. Ich bildete mir ein, dass seine Augen auf einmal grün aufleuchteten, doch dieses Blitzen war so schnell verschwunden, wie es aufgetaucht war.

»Lass mich los!«, schrie ich und versuchte mich gegen den Griff zu wehren.

Der Anführer drückte seinen Arm gegen meine Kehle und ich hielt in meinen Bemühungen inne.

»Du solltest endlich stillhalten«, knurrte er. »Es wäre wirklich zu schade, würde ich dir aus Versehen die Kehle aufschneiden.«

Ich versuchte nach Luft zu schnappen. Schwarze Punkte breiteten sich vor meinen Augen aus. Ich durfte einfach nicht ohnmächtig werden. Nicht jetzt. Ich drückte mich enger an den Körper des Anführers und hoffte, dass ich damit mehr Luft bekommen konnte. Ein wenig gelang es mir. Aber auch nur, weil die Aufmerksamkeit des Banditen auf dem Löwenadler lag. Ich war bloß ein Mittel zum Zweck. Für den Moment war ich wichtig. Aber nicht auf Dauer. Mein Herz raste und hektisch versuchte ich mich nach einem Ausweg umzuschauen.

»Dein Kopf wird mir ein Heidengeld einbringen. Lass dich töten und sie wird leben«, bot der Anführer dem Löwenadler an.

Ich sog erschrocken die Luft ein. Panisch wandte ich mich dem Tier zu, das mir ständig zur Rettung eilte – wieso auch immer. Er durfte sich nicht opfern. Die anderen Banditen hatten von dem Tier abgelassen und ließen es in Ruhe.

Ich schüttelte den Kopf. »Nein«, hauchte ich.

Der Löwenadler schien derselben Meinung zu sein wie ich. Mithilfe seiner Flügel stellte er sich auf und erschlug damit zwei weitere Banditen. Nur noch drei waren übrig. Und der Anführer. Der hatte die Axt an meine Seite gepresst. »Bist du wirklich sicher?«

Ich schrie auf, als das Schneideblatt sich in meine Haut drückte.

Der Löwenadler bekam große Augen. Doch plötzlich erschlaffte der Mann hinter mir. Erschrocken drehte ich mich um und starrte in ein kindliches

Gesicht. Das Mädchen hatte einen Dolch in der Hand und grinste mich an. Ihr Mund glich einem Haifischgrinsen. Die Mundwinkel hoben sich erschreckend hoch und unter den Lippen blitzte eine Reihe scharfer, spitzer Zähne hervor.

»Der Mann hat unseren See beschmutzt«, sagte sie kühl. Ihre Stimme glich dem Plätschern eines Baches und ich wusste nicht, ob ich panisch vor diesem Kind wegrennen sollte oder ihm dankend um den Hals fallen sollte.

Ich war wie erstarrt. Das kleine Mädchen achtete aber gar nicht mehr auf mich, sondern hatten den Blick auf das Tier gerichtet. Ich tat es ihr nach und wandte mich zu dem Löwenadler um, der gegen zwei weitere Banditen kämpfte. Sein Fell war durchschnitten und Blut tropfte auf den schon aufgeweichten Boden.

Der Troll kämpfte gerade gegen Henry. Oskar hielt mit seiner Hand das Schwert auf. Verwundert riss ich die Augen auf, wurde seine Haut nicht durchgeschnitten? Ein bestialisches Grinsen überfiel Oskars Lippen, als er Henry an seinem Kopf hochhob und ruckartig auf den Boden schlug. Immer und immer wieder.

Mir wurde schon wieder schlecht und ich wandte meinen Blick auf den Löwenadler. Einen Banditen hatte er ausgeschaltet und der andere umkreiste das Wesen nun. Obwohl der Löwenadler am Ende seiner Kräfte schien, sah der letzte Bandit nicht besser aus. Er hielt sich auf den Beinen, aber sein Atem ging schwer. Der Blutverlust machte ihm zu schaffen, das konnte ich von hier aus sehen.

Die Hinterläufe des Löwenadlers spannten sich an und er sprang auf den Banditen zu. Vergrub ihn unter seinem Gewicht. Der Schnabel hackte auf das Gesicht des Menschen und alles, was übrig blieb, war eine nicht definierbare Masse.

Die Augen des Löwenadlers waren glühend rot. Er sah sich nach neuen Feinden um und fixierte den Troll. Der trug die Uniform der Banditen. Mit stolzen Schritten kam der Löwenadler Oskar immer näher. Oskar sah es und ging auf die Knie. Er beugte demütig den Kopf. Doch ich konnte in den Augen des gefiederten Löwen keine Gnade sehen.

»Nein!«, schrie ich schon wieder. »Tu ihm nichts!« Meine Stimme klang flehend.

Ein golden leuchtendes Band erschien. Während ich den Löwenadler nicht aus den Augen ließ, spürte ich, wie es sich um mich wickelte. Es umschlang mich und kurz wandte ich den Blick von dem Wesen ab, folgte dem Seil bis zu Oskar hin, der müde lächelte, als sich das andere Ende um ihn schlang. Ich wusste nicht, was das hieß und richtete meine Konzentration wieder auf das Wesen. Die Augen des Tieres richteten sich auf mich. Sie glühten noch immer rot. Es ließ Oskar links liegen und stapfte auf mich zu.

Die Angst schnürte mir die Luft ab, während das Wesen immer näher kam. Mein Herz raste und ich hatte das Gefühl, als wollte es aus meiner Brust springen. Ich hielt den Blick des Löwenadlers stand, obwohl jeder Nerv in mir schrie, dass ich fliehen sollte.

Es schnupperte an mir und plötzlich wich das Rot dem Grün. Ich hatte es mir also nicht eingebildet. Mir kamen diese Augen auf einmal so bekannt vor. Das Tier schüttelte sich und sah mich traurig an. Es legte seinen Kopf auf meine Schulter. Das Gewicht drückte mich nieder, aber ich spürte, wie der Schnabel an meinen Fesseln knabberte und ließ es geschehen.

Als meine Hände frei waren, sah mich der Löwenadler an. Ich war wie versteinert und konnte nicht reagieren. Das Tier ließ seinen Kopf gegen meine Brust sinken. Ich war überrascht von der Geste. Wieso hatte es mich gerettet? Wieso ... wieso hörte es auf mich?

Noch immer überwältigt ließ ich meine Hände durch das Kopfgefieder des Tieres wandern. Sein Kopf war so groß, dass er meinen ganzen Rumpf bedeckte. Seine Stirn lag auf meiner Brust und sein Schnabel berührte meine Oberschenkel.

Die Federn unter meiner Haut waren weich und fühlten sich seidig an. Was musste das für ein Gefühl sein durch die Lüfte zu rauschen!

Das Tier prustete. Seine Muskeln lockerten sich und auf einmal fiel es in sich zusammen. Der Boden bebte unter dem Gewicht. Ich schrie und beugte mich zu ihm. »Was ist mit ihm?«, fuhr ich das Kind und Oskar an.

Das Mädchen bewegte sich als Erstes zu uns. Ich strich panisch über das

Fell und versuchte zwischen all dem Blut die Wunden zu entdecken und herauszufinden, welche die schlimmste war, die, die ihm die letzte Kraft geraubt hatte.

Tränen liefen über meine Wangen. »Verlass mich nicht. Verstanden?«, flüsterte ich dem Löwenadler tränenerstickt zu.

Das Kind stieß mich weg und ich rutschte an den Kopf des Adlers. Ich zog ihn auf meinen Schoß und grub meine Hände in die Federn.

Verwirrt sah ich zu Oskar, der nur die Schultern hob. Er wusste auch nicht, was hier passierte.

Ich kraulte das Tier weiter. Es hatte mich in seinen Bann gezogen, keine Frage, aber wieso hatte es mich gerettet?

Meine Hände fuhren über das Gefieder und trafen auf etwas Flüssiges. Ich zog die Hand weg und betrachtete sie. Sie war voller Blut. Erschrocken sah ich auf das Tier hinunter.

»Ich brauche Wasser«, sagte das Mädchen zu Oskar und der Troll lief direkt los.

Ich presste die Lippen aufeinander. Ich hatte keine Ahnung, was das Kind mit dem Wasser machen wollte.

Oskar brachte einen Eimer mit Seewasser und einen Lappen. »Danke«, hauchte das Kind und tunkte den Lappen hinein. Sie begann beim Hals des Löwenadlers und wusch jede Wunde sauber. Selbst die Flügel breitete sie aus, um sie zu reinigen. Sie hatten das meiste abbekommen und ich hatte Sorge, dass das wunderschöne Tier sie niemals mehr einsetzen konnte. Während der ganzen Prozedur regte sich der Löwenadler nicht ein bisschen.

Als das Kind fertig war, kämpfte sich die Sonne langsam hervor. Ich schaute besorgt auf das Tier hinab. Meine Finger glitten immer wieder über seine Kopffedern.

»Die Sonne geht auf«, murmelte ich. »Du musst wach werden.«

Ich konnte nichts gegen die Angst in meiner Stimme unternehmen. Dieses majestätische Wesen so schwach vor mir zu sehen brach mir das Herz.

Mein Blick wanderte zu dem Mädchen. Besorgt betrachtete es den Körper des Löwenadlers. »Er hat eine Menge abbekommen. Aber er wird wieder«, sagte sie an mich gewandt. »Er braucht nur Ruhe.« Sie stand auf und kam auf mich zu. Sie hob mein Hemd hoch und sah sich die Wunde an, die der Anführer hinterlassen hatte.

»Das ist auch nicht schlimm. Du solltest dich aber nicht zu sehr anstrengen.«

Sie wandte sich Oskar zu, der die Zeit damit verbrachte die Leichen auf einen Haufen zu stapeln. Ich wollte nicht wissen, was er damit vorhatte. »Ich beanspruche die Leichen für uns. Als Bezahlung.«

Oskar neigte den Kopf. »Natürlich. Sie stehen zu eurer Verfügung.«

Sie wollten die ...? Ich starrte verwirrt zu Oskar, doch er schüttelte den Kopf.

Ein Schrei bahnte sich durch die zierliche Kehle des Mädchens und ihr Blick richtete sich aufs Wasser. Erschrocken drehte ich mich um. Aus dem Wasser entstiegen sechs weitere Kinder. Nur zwei Jungen waren darunter. Sie alle waren unnatürlich blass und sie alle hatten das Haifischgrinsen. Das Mädchen schnappte sich zwei der Leichen und zog sie in den See. Ich war starr. Ich konnte nur fassungslos zusehen, wie diese Kinder die toten Banditen mit sich zogen.

Als sie unter der Wasseroberfläche verschwanden, sah ich zu Oskar. »Waren das Nymphen?«, fragte ich mit zittriger Stimme.

Er nickte. »Sie sind Aasfresser.«

Wenn ich noch etwas in meinem Magen gehabt hätte, wäre es wahrscheinlich hochgekommen.

Ich sah zu ihm auf. »Wieso hast du mir eigentlich geholfen?«, fragte ich ihn.

Er seufzte. »Wir Trolle leben eigentlich zurückgezogen. Ich bin damals in eine Truppe Elfen gerannt. Troll-Essenzen sind wohl was Besonderes und sie wollten mich gerade ausnehmen, als Eve ihnen ein verliebtes Pärchen für mich anbot. Das Blut der beiden war mehr wert als alles, was ich ihnen hätte bieten können, also gingen sie den Deal ein. Und ich musste in Eves Dienst treten. Mir hat es keinen Spaß gemacht. All die Menschen ... all die Wesen ...« Seine Stimme erstarb und er brauchte nicht weiterzureden.

»Was willst du jetzt machen? Du kannst gehen, wohin du willst.«

Oskar schnaufte. »Mädchen, als du den Löwenadler von mir abgelenkt hast, hast du mir das Leben gerettet. Ich stehe nun in deinem Dienst.«

Überrascht weiteten sich meine Augen und ich erinnerte mich an das goldene Band. »Oh. Du ... Ich erlaube dir aber zu gehen«, klärte ich ihn auf.

»Ich weiß. Und genau deswegen bleibe ich.«

Ich runzelte die Stirn. »Das ergibt keinen Sinn«, stellte ich fest.

Oskar lachte. »Irgendwann wird das für dich einen Sinn ergeben. Vertrau mir.«

Die Sonne schob sich über die Baumwipfel und ich streichelte noch immer über die Federn des Löwenadlers.

Oskar hatte in der Zeit den Rucksack geholt und das Lager nach nützlichen Dingen abgesucht. Von den Frauen hatte er keine mehr gefunden. Scheinbar hatten sie sich zusammengerottet und waren zur nächsten Siedlung geflohen. Ich drängte die Tränen zurück, als ich an Liam dachte. Er hatte mich im Stich gelassen.

»Willst du nicht auch langsam nach Hause gehen?«, erkundigte sich Oskar. »Er wacht mit Sicherheit bald auf.«

Ich machte den Mund auf, um etwas zu sagen. »Ich habe kein Zuhause«, gab ich dann zu und sah wieder auf den See. »Zumindest nicht hier.«

Die Sonne schien über die Baumwipfel und der Himmel versprach einen klaren, sonnigen Tag. Die ersten Strahlen trafen uns und plötzlich regte sich der Löwenadler in meinem Schoß. Ich starrte hinunter und konnte nur mit offenem Mund beobachten, was mit dem Tier geschah.

Die Luft wurde mit leuchtenden Partikeln angereichert, die um den Körper des Wesens herumwirbelten, als würden sie einen Tanz aufführen – und langsam wich das Fell und zeigte Haut. Ich musste schlucken, als ich jetzt das Ausmaß der Wunden sah. Es gab unendliche viele und einige davon waren tief. Aber auf einmal schrumpfte der Körper. Die Hinterläufe wurden zu Beinen und die Vorderläufe zu Armen. Mein Herz raste, als ich die dunkelblonden Haare in meinem Schoß sah. Eine Ahnung kündigte sich an. Doch das konnte einfach nicht wahr sein! Oskar half mir dabei den jungen Mann umzudrehen. Auf meinen Knien lag Liam.

Liam war der Löwenadler.

Liam hatte mich vor der Nixe gerettet.

Liam hatte mich vor den Banditen geschützt.

Liam hatte mich angelogen.

Der Zorn brannte sich durch meine Adern. Ich konnte nicht fassen, dass *er* es war.

Langsam rekelte er sich in meinem Schoß und ich wusste nicht ob ich ihm dankbar um den Hals fallen oder ihn empört vom Schoß schubsen sollte.

Seine grünen Augen öffneten sich und er starrte überrascht in mein Gesicht. »Mia?«, fragte er.

Die Stimme klang rau und unsicher. Ich begann zu zittern und klammerte mich an die Wut. Er rappelte sich langsam auf. Oskar gab ihm etwas zum Anziehen.

Voller Zorn stand ich auf und stapfte weg. Ich brauchte Abstand. Abstand, damit ich einen klaren Kopf bekommen konnte. Er hatte mich die ganze Zeit über angelogen! Er hatte zugelassen, dass ich mir Sorgen machte, obwohl er immer in der Nähe gewesen war. Er hatte mir etwas vorgespielt!

Ich starrte auf den See hinaus. Die Arme hatte ich um mich geschlungen. Meine Zähne mahlten die ganze Zeit aufeinander und ich versuchte die Wut zu verdrängen.

Ich hörte, wie er näher kam und wappnete mich. »Mia ... lass mich dir das bitte erklären ...«, bat Liam mich.

»Du!«, fuhr ich ihn an und drehte mich ruckartig zu ihm um. Tränen stiegen in meine Augen, als ich ihn sah. Er war blass und ein paar seiner Schnitte bluteten noch. »Du hast gesagt, du bist da, wenn ich dich brauche!«, schrie ich. »Du hast gesagt, dass du auf mich aufpasst! Stattdessen war ich allein, als ich von den Banditen entführt wurde, die mich verkaufen wollten!« Ich war nah genug an ihm dran, dass meine Fäuste hemmungslos auf seinen Brustkorb zuflogen. Seine Wunden waren mir in dem Moment egal. »Du warst *nicht* da!«, schrie ich ihn an.

Er ließ meine Wut wehrlos auf sich niederprasseln. Meine Wangen waren tränenüberströmt. Ich konnte nicht an mich halten. Er hatte mich verletzt und allein gelassen. Er hatte mein Vertrauen missbraucht. Und es tat so weh. Ich hatte ihm vertraut und er hatte mich verraten.

»Es tut mir leid«, wisperte er und hielt meine Fäuste auf einmal fest.

Ich wehrte mich gegen seinen Griff, wollte nicht von ihm angefasst werden. »Lass mich los!«, fuhr ich ihn an. Doch statt zu tun, was ich sagte, machte er das Gegenteil und zog mich in seine Arme.

Ich wollte das nicht. Er hatte mich verletzt. Doch die Wärme tat so gut und ich wurde weich in seinen Armen. Gab mich der Illusion von Frieden und Geborgenheit hin. Meine Finger gruben sich in sein Hemd. Die Tränen liefen nicht mehr wegen der Wut, sondern wegen der Verzweiflung.

Ich hätte im Hurenhaus enden können. Hatte mich von ihm verlassen gefühlt. Aber jetzt war er da und hielt mich. Jetzt wusste ich, was er war, wer er war. Wir brauchten dieses Geheimnis zwischen uns nicht mehr und ich hätte mir gewünscht, dass es schneller passiert wäre. Immer wieder flüsterte er, dass es ihm leidtäte, dass es nicht anders möglich gewesen war. Und ich glaubte ihm. Zu meiner Schande glaubte ich ihm jedes verfluchte Wort.

Irgendwann, als ich wieder etwas klarer denken konnte, löste ich mich aus Liams Umarmung. Sofort vermisste ich seine Nähe und Wärme. Ich presste die Lippen zusammen und starrte zu ihm hoch. Seine grünen Augen ließen einen Schauer über meinen Rücken wandern.

»Wieso hast du mich angelogen?«, fragte ich.

Betreten schaute er zu Boden und wandte sich ab. Erst jetzt sah ich das Blut auf seinem Rücken. Das ganze Hemd hatte sich rot verfärbt. Ich war daran schuld, dass sich die Wunden wieder geöffnet hatten.

»Ich trage dieses Geheimnis, seit ich denken kann, mit mir herum. Meinst du wirklich, ich verrate es einem dahergelaufenen Mädchen, das selbst nicht ehrlich zu mir ist?«

Ich schnappte nach Luft für eine Erwiderung, doch ich schloss die Lippen sofort wieder. Er hatte einen wunden Punkt getroffen. »*Das* hättest du mir sagen können«, erklärte ich.

»Du weißt, dass ich dir nicht alles sagen kann. Und … es fällt mir wirklich schwer. Bitte, glaube mir.« Sein grüner Blick traf mich und ich erkannte den Schmerz. Mir raubte es den Atem.

»Wir ... wir sollten deine Wunden noch einmal ansehen«, hauchte ich und wandte mich ab.

»Nein, Mia, wir sollten endlich reden!«, wehrte Liam ab.

»Das Mädchen hat recht. Wir müssen uns deine Wunden ansehen«, mischte sich Oskar ein, der zu uns gekommen war.

Ich wandte mich ihm zu. Seine Augen lagen kalt auf Liam. Verwirrt sah ich zwischen den beiden Männern hin und her. Liam erwiderte den bösen Blick von Oskar und zog sich das Hemd aus.

Oskar reichte mir eine Salbe, die nach verschiedenen Kräutern roch, und ich hoffte, dass es das Richtige war.

»Ich bin ... ein Verfluchter«, erklärte Liam leise, während ich ihm den Rücken mit der Salbe einstrich. »Jede Nacht muss ich mich in einen Löwenadler verwandeln.«

Ich nickte und versuchte, das alles irgendwie zu verstehen, oder sacken zu lassen. Hektisch fuhr ich mir durch die Haare. »Wie ...?« Mein Blick suchte den seinen. »Wieso sollte dich jemand verfluchen?«

»Eine Magierin hat es getan«, flüsterte er.

Mit der Zunge befeuchtete ich meine Lippen. Etwas in meinem Unterbewusstsein wollte sich nach oben drängen, eine Erkenntnis, die ich nicht wahrhaben wollte – und ich schob sie eilig beiseite. Ich konzentrierte mich auf seine Wunden. »Wieso wolltest du, dass ich ausgerechnet heute Nacht auf einem Baum schlafe? Wieso nicht schon die anderen Nächte zuvor?«

»Weil sich bei Vollmond noch mehr gefährliche Wesen herumtreiben. Gepaart mit den Banditen am See hatte ich Angst, dass dir etwas passieren könnte.«

Seine Worte rührten mich. Ich war nicht mehr sauer. Ich verstand sein Schweigen. Er hatte Angst gehabt. Genauso wie ich.

»Mein Opa ist erst kürzlich gestorben«, begann ich leise zu erzählen. »Er vermachte mir ein Buch. Und schrieb mir, dass dieses Buch ihm sehr geholfen hätte. Sein Brief endete mit den Worten: *Domum me adduc!* Ich weiß bis heute nicht, was sie bedeuten ...«

»Führe mich nach Hause.«

Überrascht sah ich auf. »Was?«

»Die Worte. Sie bedeuten: *Führe mich nach Hause.*«

Ich sackte zusammen. »Als ich die erste Seite des Buches aufschlug, wurde ich direkt hineingezogen – und im See der Tränen wieder ausgespuckt.«

»Direkt vor meine Tatzen.« Liam konnte sich ein kleines Lachen nicht verkneifen.

Ich runzelte die Stirn. Das alles warf nur noch mehr Fragen auf, als es klärte. »Ich denke, dass mein Großvater wollte, dass ich das Heilmittel finde, von dem du erzählt hast«, erläuterte ich weiter. »Daher war ich froh, als Melina sagte, dass ich dich begleiten müsse.«

»Ich verstehe«, raunte Liam.

Ich lehnte meine Stirn gegen seinen Nacken und atmete aus. »Keine Geheimnisse mehr?«, fragte ich.

Liam tastete nach meiner Hand und drückte sie, während wir beobachteten, wie die Sonne weiter am Himmel emporkletterte. »Keine Geheimnisse mehr«, stimmte er zu.

Ich schloss die Augen und sperrte das zweifelnde Gefühl aus, als ich Liams Stimme vernahm. Es klang, als würde ihn noch etwas belasten. Aber ich konnte nicht mehr – heute ertrug ich keine weiteren Wahrheiten.

Kapitel 11

Wir verbrachten den restlichen Tag am See und ich konnte etwas Schlaf nachholen, während Oskar und Liam darüber diskutierten, welchen Weg wir am besten gehen sollten.

»Wir brauchen vernünftige Lebensmittel. Gemüse und Obst. Du kannst auch nicht erwarten, dass wir immer unter freiem Himmel schlafen«, knurrte Oskar leise, in dem Versuch mich nicht zu wecken.

Ich fand es nett, aber ich lag schon seit einigen Minuten wach und lauschte ihrer Diskussion. Oskar brachte gute, zutreffende Argumente, die Liam aber jedes Mal ignorierte – mit den Worten, die er auch jetzt wieder sprach: »Ich kann nicht in ein Dorf oder eine Stadt gehen.«

»Nenne mir einen vernünftigen Grund und ich werde es akzeptieren. Meine Aufgabe ist es Mia zu beschützen und ein Haus mit vier Wänden sowie ein Dach über dem Kopf würden ihrer Gesundheit guttun.«

Liam brummte nur. Er schien nicht amüsiert darüber zu sein. Ich streckte mich und gab zu erkennen, dass ich wach war. Die beiden Männer drehten sich zu mir um. »Wenn Liam nicht in die Nähe von anderen Menschen kommen will, sollten wir das akzeptieren, Oskar«, meinte ich und versuchte die beiden Streithähne zu beruhigen.

Oskar gefiel nicht, dass ich Partei für Liam ergriff, und Liam sah auch nicht wirklich begeistert aus. Verwirrt runzelte ich die Stirn. »Darf ich heute Nacht wieder auf dem Boden schlafen?«, fragte ich an Liam gewandt.

Er grinste. »Ich denke schon.«

Ich erwiderte sein Grinsen und legte mich auf den Rücken. »Was meinst du, wie lange wir noch zu dem Berg, den du suchst, brauchen?«

»Mindestens zwei Wochen – wenn alles gut geht.«

Mein Blick wanderte über den Himmel. Komischerweise sah er genauso aus wie in meiner Welt. Genauso blau. Die weißen Schäfchenwolken zogen sogar genauso schnell über den Himmel, an dem die Sonne wie ein strahlend weißer Ball klebte. Heute war ein schöner Tag. Während ich so in den Himmel starrte, hätte ich mir einbilden können, ich wäre zu Hause.

Ich biss mir auf die Lippe. Noch zwei Wochen ... In dieser Zeit konnte so viel passieren.

Und zum ersten Mal fragte ich mich, was meine Eltern gerade taten. Suchten sie nach mir? Verging die Zeit in unserer Welt so schnell wie in Alendia? Oder gab es Unterschiede? Aber ich wüsste niemanden, der mir diese Fragen beantworten sollte.

»Ist alles gut?«, fragte Oskar.

Ich spürte seinen besorgten Blick auf mir. »Ja. Ich hänge nur meinen Gedanken nach.«

»Ich geh ein wenig jagen ...«, brummte Oskar und ich hörte, wie sich seine schweren Schritte entfernten.

»Ich verstehe noch immer nicht, wieso er unbedingt bleiben will«, grummelte Liam. Er schien den Troll nicht wirklich zu mögen.

»Er sagt, er bleibt, weil er niemand anderen hat. Und außerdem ist er mir gegenüber verpflichtet.«

»Danke, dass du mich dran erinnerst«, meinte Liam und ich hörte, wie er sich neben mich legte.

»Wieso sind deine Augen als Löwenadler rot?«

»Tatsächlich sind sie eigentlich grün. Aber wenn du in der Nähe bist, sind wir irgendwie immer von Feinden umgeben. Wenn ich im Blutrausch bin ... dann werden sie rot und ich kann außer dem Blut nichts anderes mehr wahrnehmen«, erklärte Liam.

Ich spürte, wie er mit den Schultern zuckte. »Aber mich wolltest du nicht töten. Wieso?«, hakte ich weiter nach.

»Weil ich dich selbst im Blutrausch erkenne. «

Ich wandte mich ihm zu und begegnete Liams glühenden Blick, der auf mir lag. Eine Gänsehaut jagte über meinen Körper. »Ich bin froh, dass du mich erkannt hast«, flüsterte ich.

Liam grinste. »Ich auch.« Sein Grinsen erlosch. »Ich hätte es mir nicht verziehen, wärst du in dem Lager gestorben – oder Schlimmeres.«

Aus einem Instinkt heraus umfasste ich seine Hand und drückte sie leicht. Liam erwiderte den Druck. Ich lächelte ihm aufmunternd zu.

»Was meinst du, was in diesen zwei Wochen noch auf uns zukommt?«, fragte ich leise.

»Um ehrlich zu sein hoffe ich, dass wir eine ganz schnöde, langweilige Reise haben werden«, gab Liam zu.

Ich konnte mir ein Lachen nicht verkneifen und starrte wieder in den Himmel.

»Wie war dein Großvater?«, fragte Liam nach einiger Zeit.

Nachdenklich knabberte ich auf meiner Unterlippe. Liam war ein Fremder – quasi ... irgendwie – und ich wusste nicht, ob ich bereit war mit jemanden über meinen Großvater zu sprechen, der ihn nicht gekannt hatte.

»Wenn du nicht ...«

»Doch«, unterbrach ich ihn. Ich wusste nicht, ob ich das konnte, aber ich hatte auf einmal das dringende Bedürfnis mit ihm über meinen Opa zu sprechen. »Ich ... ich habe dir ja bereits erzählt, dass meine Welt sich etwas von deiner unterscheidet. Wir Menschen können dort mit der Medizin und Technologie gut und gern achtzig Jahre alt werden. Aber ... aber er wurde gerade mal fünfundsechzig.« Meine Stimme verstummte, als ich an seinen Geburtstag dachte. Ich hatte ihm von meinem Taschengeld einen Büchergutschein gekauft – was auch sonst? Wir hatten ihn gemeinsam in unserer Lieblingsbuchhandlung verprasst.

Wenn ich die Augen schloss, bildete ich mir ein Opa Eriks Lachen zu hören. Tränen traten in meine Augen und mein Herz wurde schwer vor Schmerz. Aber komischerweise ließ es sich mittlerweile ertragen. Ich drohte nicht mehr an dem Schmerz zu zerbrechen. Es schnürte mir die Luft ab und das Atmen fiel mir schwer, aber ich konnte immerhin noch atmen und denken.

»Ich weiß gar nicht, ob ich so lange leben möchte«, meinte Liam nachdenklich neben mir.

Ich konnte nicht anders. Er brachte mich zum Lachen. »Das sagte mein

Großvater auch immer. Er wollte nie sonderlich alt werden, sondern sterben, wenn es ihm gut ging. Er wollte nicht an einer Krankheit zugrunde gehen, gegen die er nichts mehr ausrichten konnte«, erinnerte ich mich. »Das hatte er bei meiner Oma miterlebt und wollte es nicht selbst noch einmal ertragen müssen.«

»Warum möchtest du ihn wiederhaben?«

Ich sah zu Liam, der mich neugierig aus seinen Augen musterte. »Weil ich ihn geliebt habe. Und ... Meine Familie, sie ist seltsam. Ich habe das Gefühl, meine Eltern lieben sich nicht – haben sich nie geliebt. Und mittlerweile zerbrechen sie daran. Der Einzige, der ihnen hätte zeigen können, wie es weitergeht, wäre mein Opa gewesen. Und er hat mich hierhergebracht. Ich denke, dass er wusste, dass es dieses Mittel gibt. Er wollte es mir zeigen. Er wusste, dass wir ohne ihn verloren sind.« Der Schmerz wurde wieder mehr. Ich richtete mich auf und verbarg mein Gesicht in den Händen.

Liam zog mich an seine Brust. Ich ließ mich gegen ihn sinken. Nahm den Trost an, den er mir schenkte. »Weißt du«, schniefte ich, »mein Großvater ... Er war der Einzige, der verstand, wieso ich das Lesen so liebe. Er hat mich immer darin bestärkt und mir erlaubt vor meiner Familie in diese Welten zu flüchten und jetzt, jetzt gibt es ihn einfach nicht mehr. Dabei brauche ich ihn doch noch.«

Liam schaukelte mich in seinem Arm. Seine eine Hand lag auf meinem Rücken, die andere auf meinem Hinterkopf. Er lehnte sein Kinn auf meinen Scheitel und ich spürte einen hauchzarten Kuss, den er mir auf den Kopf gab. »Du hast ihn bald wieder und dann wird alles gut«, versprach er mir. »Wir finden sicher zwei Blumen, damit du ihn wiederhaben kannst.«

Ich glaubte ihm. Einerseits, weil ich ihm unbedingt glauben wollte, aber auch, weil ich das Gefühl hatte, dass ich ohne diese Hoffnung verloren wäre. Seine Arme um mich beruhigten mich. Ich genoss seine Nähe, seine Wärme. Einfach alles.

»Blumen?«, fragte ich leise und versuchte mich von dem Schmerz in meinem Inneren abzulenken.

»Das Heilmittel ist eine Blume. Sie soll wunderschön sein und auf dem

Berg der Seelen wachsen. Wenn man diese Blume auf den Toten legt, soll er wieder aufwachen.«

»Wieso wurdest du verflucht?«

»Weil ich meine Mutter daran hinderte ihrem Herzen zu folgen«, wisperte Liam.

Ich konnte den Schmerz in seiner Stimme hören und wollte nicht weiter nachbohren, obwohl die Neugierde mich drängte es zu tun. Irgendetwas pochte in meinem Hinterkopf, irgendeine Information, die ich aber nicht greifen konnte. Doch noch würde ich ihm dieses Geheimnis lassen – zumindest für eine kleine Weile.

Liam raffte sich plötzlich auf und sah mich musternd an. »Na komm, wir trainieren. Vielleicht glaubt Oskar dann irgendwann, dass du seinen Schutz nicht mehr benötigst.«

»Er wird mich wohl eher noch mehr beschützen, wenn er sieht, wie ich ›kämpfe‹«, meinte ich und seufzte.

Liam lachte. »Das könnte natürlich auch sein.«

***

Oskar war irgendwann wiedergekommen – mit einem ganzen Haufen an Tieren, die er gejagt hatte. Er brummte so was wie »Trockenfleisch« und begann Holz zu sammeln.

Liam trainierte mich weiter.

»Schlag zu«, befahl er.

Ich hob meine Faust und boxte gegen seine Handinnenfläche.

»Süß«, kommentierte Liam meinen Schlag.

Ich warf ihm einen bösen Blick zu. »’tschuldigung, ich bin halt nur ein normaler Mensch«, bemerkte ich bissig.

»Wenn ich nicht gerade als Löwenadler unterwegs bin, bin ich sehr wohl auch *nur* ein Mensch«, erwiderte Liam. »Du bist einfach schwach. Hast keine Muskeln in den Armen, aber daran werden wir arbeiten«, meinte Liam. »Schlag weiter zu!«

Ich seufzte und donnerte mit aller Kraft weiter in seine Hände. Er zuckte nicht einmal zurück. Wohingegen meine Knöchel sich anfühlten, als würde ich gegen Stein schlagen.

Aus dem Augenwinkel konnte ich sehen, wie Oskar uns grinsend musterte. Ich wusste nicht, ob er meine Bemühungen verlachte oder sich einfach über etwas anderes amüsierte, das ich noch nicht erkannt hatte.

***

Verschwitzt ließ ich mich neben Oskar ans Feuer sinken und lehnte mich gegen ihn. Ich war erschöpft. Nachdem ich immer und immer wieder in Liams Hände geschlagen hatte, war er noch eine Runde mit mir um den See gerannt. Ich war am Ende. Ich hatte mir irgendwann mein Hemd ausgezogen und war nur noch mit meinem Top bekleidet, das unglaublich fehl am Platz wirkte. Aber das war mir egal. Die Wunde an meiner Seite pochte, aber sie hatte nicht wieder angefangen zu bluten.

Oskar hielt mir kommentarlos ein Stück geröstetes Fleisch hin, das ich dankbar annahm.

»Erschöpft?«, fragte er mich.

»Und wie!«

Ich wusste nicht, wieso, aber ich fühlte mich in Oskars Nähe schon jetzt unglaublich wohl. Nicht so wie bei Liam. Liam richtete irgendwas mit mir an, dass ich noch nicht benennen wollte. Ich mochte ihn, sogar sehr gern ... aber irgendwie ... Ich schob den Gedanken beiseite und konzentrierte mich wieder auf den Troll an meiner Seite. Im Gegensatz zu Liam war es einfach mit ihm umzugehen. Es war fast so wie mit meinen Freunden daheim.

»Für wie viele Tage reicht dein Vorrat, Oskar?«, fragte Liam.

Oskar schaute noch einmal über das, was er in den letzten Stunden an Essen fabriziert hatte. »Es sollte für vier Tage langen. Aber wir brauchen trotzdem Vitamine«, beharrte er.

Ich wusste, welche Diskussion jetzt beginnen würde, und schloss genervt die Augen.

»Ich weiß ... Und ich habe auch eine Idee.«

Überrascht sah ich zu Liam. So leicht hatte er bisher nie nachgegeben.

Oskar grunzte und sah Liam ebenfalls aufmerksam an.

»Ihr beide werdet ins Dorf gehen und die Sachen kaufen. Eventuell auch eine Nacht dort schlafen, während ich im Wald bleibe«, erklärte Liam.

Mein Magen zog sich bei dem Gedanken unwohl zusammen. Ich sah zu Oskar auf. Er schien ebenfalls nicht begeistert von der Idee.

»Wieso solltest du allein im Wald bleiben wollen?«, fragte er Liam stirnrunzelnd.

»Das ist ein Leichtes für mich. Ich habe schon oft im Wald geschlafen.«

»Ja, aber du kommt wahrscheinlich aus dem Süden. Dort liegt das Königshaus von Alendia. Die meisten Räuber und Banditen werden dort nicht zu finden sein. Ab hier beginnt das Gebiet der Zwielichtigen, und das weißt du.«

Liam spannte die Kiefer an. »Ja«, gab er zerknirscht zu.

»Dann weißt du auch, dass die Wälder ab jetzt verseucht sein werden von Gruppierungen wie der gestrigen. Das schaffst du allein nicht«, beharrte Oskar.

Gespannt verfolgte ich ihre Diskussion.

»Erzähl mir, wieso du nicht in ein Dorf willst, dann werde ich eine Lösung finden«, fragte Oskar.

»Sie würden mich erkennen«, presste Liam zwischen zusammengebissenen Zähnen hervor.

Ich runzelte die Stirn. »Inwiefern erkennen?«

»Ich sehe jemandem sehr … ähnlich«, meinte er ausweichend.

Ich spürte, dass es nicht die Wahrheit war. Aber was sollte ich tun? Ich und auch Oskar, wir konnten ihn nicht dazu zwingen, uns die ganze Wahrheit zu erzählen.

»Sag das doch gleich!«, rief Oskar aus. »An deinem Aussehen können wir doch etwas ändern.«

Liam sah zu dem Troll auf. »Inwiefern?«

»Es gibt Färbemittel für die Haare. In den meisten Fällen reicht das schon. Von einem dunkelblonden Mann wirst du einfach zu einem schwarzhaarigen. Und du könntest eventuell so tun, als seist du blind«, überlegte Oskar. »Dann wird dich sicherlich keiner mit wem auch immer verwechseln.«

Ich beobachtete jede Regung auf Liams Gesicht. Ihm gefiel die Idee nicht. Überhaupt nicht. Sein Blick wanderte zu mir und plötzlich nickte er. »Gut. Aber, kann ich nicht lieber humpeln, als blind zu sein?«

»Nein. So können wir deine Augen verdecken. Dieses Grün ist wirklich selten«, erwiderte Oskar.

Ich gähnte. Mir steckte die Nacht ohne Schlaf noch immer in den Knochen und dieses Training hatte mich zusätzlich ausgelaugt.

»Gut. Dann leg ich mich jetzt hin. Bis morgen«, murmelte ich und schnappte mir meinen Umhang, unter dem ich mich zusammenrollte.

Kapitel 12

Es dauerte zwei weitere Tage, bis wir zu einem Dorf gelangten. Wir waren dazu übergangen nachts Wachen einzuteilen, wobei die Männer mich konsequent ignorierten, wenn ich sagte, dass ich mithelfen wollte. Ich schmollte, aber ein kleiner Teil in mir war auch froh. Nach dem Training mit Liam war ich jedes Mal total ausgelaugt. Besonders die Konditionsaufgaben brachten mich immer wieder an meine Grenzen und ich wusste nicht, ob ich ihm dankbar dafür sein sollte oder eher nicht.

Oskar behielt Liam die ganze Zeit im Auge, während wir Kilometer um Kilometer liefen. Auch wenn Liam nichts weiter dazu sagte, merkte ich ihm an, dass der Troll ihm damit auf die Nerven ging. Im Gegensatz zu Oskar und mir konnten die beiden kein freundschaftliches Verhältnis aufbauen – warum auch immer. Es schien, als würde Oskar nur darauf warten, dass Liam einen Fehler machte, damit wir uns von ihm trennen konnten. Aber das Gegenteil war der Fall. Nachts legte sich Liam in Löwenadler-Gestalt zu mir und wärmte mich mit seinem Körper.

»Ich werde zuerst allein ins Dorf gehen, um für dich Farbe und eine Augenbinde zu holen«, brummte der Troll und beschleunigte seine Schritte.

Liams Gang hingegen wurden etwas langsamer und wir ließen uns an einem kleinen Bach nieder, in dem er sich nachher auch die Farbe auswaschen konnte.

»Was ist?«, fragte Liam, als er meinen neugierigen Blick bemerkte.

»Ich überlege nur, wie du wohl mit schwarzen Haaren aussiehst.«

Er lachte verlegen. »Darauf bin ich auch gespannt. Ich hatte eigentlich nie vor, mir die Haare zu färben. Aber Oskar hat recht. Sollten wir hier in der Nähe nachts rasten müssen, wäre die Chance zu hoch von Banditen überfallen zu werden, da ist es im Dorf einfach sicherer«, gab er zu und sah sich aufmerksam um.

»Ich freue mich über die Planänderung. Endlich bekomme ich etwas anderes zu sehen als nur den Wald. Auch wenn er wirklich hübsch anzusehen ist«, meinte ich und fing an zu lachen.

»Ich würde dir gern noch mehr zeigen«, erwiderte Liam. Sein Ton ließ mich innehalten. Mein Herz begann zu rasen.

»Was denn?«, fragte ich und konnte nicht verhindern, dass meine Stimme atemlos klang.

»Das Schloss von Alendia, die Hauptstadt selbst. Es gibt noch so viel, dass du aus dieser Welt nicht kennst«, überlegte er. »Außerdem könnte ich dir dann zeigen, wie man kleine Feen einfängt.«

»Das wäre schön. Aber erst mal kümmern wir uns um das *Mittel*«, sagte ich.

Liam nickte. Er wusste genauso gut wie ich, dass ich alles daransetzen würde, wieder nach Hause zu verschwinden, wenn ich das Heilmittel in den Händen hielt. Obwohl ich keine Ahnung hatte, wie ich zurückkehren und wie Liam mir dabei helfen sollte. Ein mulmiges Gefühl breitete sich in meinem Bauch aus. Was war, wenn ich das Heilmittel hatte, ich aber nicht zurückkonnte? Mir wurde schlecht bei dem Gedanken.

Ich schürzte die Lippen. Das Komische war, dass ich meine Familie vermisste, auch meine Freunde, aber es zerriss mich nicht vor Sehnsucht. Der Schmerz ließ sich aushalten. Er war da. Ich spürte ihn, aber ich konnte ihn ausblenden. Ich konnte atmen, während ich an Opa dachte. Ich konnte weiterleben. Ich brauchte nicht mehr jede Sekunde zu zählen, die uns trennte. Ich kaute auf meiner Unterlippe, während ich meinen Gedanken nachhing. Überraschenderweise hatte ich kein Heimweh. Und ich verstand es nicht. Sollte ich mich nicht eigentlich nach zu Hause verzehren?

Ich wollte es nicht zugeben, aber ich hatte mich in diese Welt verliebt. Sie war alles, was ich mir für unsere Welt erwünscht hatte. Voller Magie und Geheimnisse, voller Leben. Meine Empfindungen waren stärker geworden. Früher war ein Baum bloß ein Baum gewesen. Aber während ich jetzt auf der Erde saß und meine Finger ins Gras drückte, spürte ich so viel mehr. Die Energie, die durch jede Baumwurzel lief, um die Natur zu erhalten. Das alles war so stark, dass selbst ich es wahrnehmen konnte.

Ich öffnete die Augen und sah zu Liam, der gedankenverloren auf den Bach blickte.

»Worüber denkst du nach?«, fragte ich und hoffte, dass mich seine Worte von meinen trüben Gedanken ablenken würden.

»Wie ich die Königin dazu bringe, dass sie die Flüche auflöst, wenn ich sie dann wiederbelebt habe. Alendia und Eventyr sollten sich nicht mehr bekriegen ... und ... und ich würde gern mal ein normaler Mensch sein.«

Ich runzelte die Stirn. »Wieso kann die Königin dich zu einem normalen Menschen machen?«, hakte ich nach.

Liam versteifte sich schlagartig und seine grünen Augen musterten mich voller Trauer. »Weil sie eine der stärksten Magierinnen war, die diese Welt je gekannt hatte. Sie ... sie kann mich bestimmt von meinem Fluch befreien.«

Nachdenklich kaute ich auf meiner Unterlippe. Ich ahnte, dass er mir nicht die vollständige Wahrheit sagte. Wusste, dass es noch etwas gab, das er mir verheimlichte. Doch ich vertraute ihm. Absurderweise würde ich Liam mein Leben anvertrauen, wenn er es in diesem Moment von mir verlangen würde. Also ließ ich das Thema ruhen und versuchte ihn abzulenken.

»Vielleicht ist sie wie ein Dschin und wenn du sie befreit hast, hast du einen Wunsch frei«, meinte ich, in dem Versuch ihn aufzumuntern.

»Was ist nun wieder ein Dschin?«, fragte er und musterte mich fragend.

»Ein Zaubergeist, der in einer Flasche haust. Wenn man ihn befreit, hat man in der Regel drei Wünsche frei.«

Liam warf mir einen traurigen Blick zu. Das schlechte Gewissen durchzuckte mich und ich rutschte etwas näher an ihn heran. Ich umschlang seine Hand mit meiner und drückte sie. »Wir schaffen das schon«, versicherte ich ihm.

»Also willst du so lange bleiben, bis ich sie erweckt habe?«, fragte er. Hoffnung klang in seiner Stimme mit.

»Wenn es geht, stehe ich dir bis zum Schluss bei«, versprach ich ihm.

Er erwiderte den Druck meiner Hand. »Danke.«

»Ich hoffe nur, Oskar beharrt nicht darauf mich in meine Welt zu begleiten«, murmelte ich im Scherz. Wie sollte ich meiner Familie erklären, dass ich einen Troll mitgebracht hatte? Der mich beschützen wollte, weil ich ihn gegen einen Löwenadler verteidigt hatte? Ich verschob die Gedanken, das war zurzeit nicht wichtig. Noch konnte ich mir dazu etwas einfallen lassen.

Liam gluckste neben mir. »In einer Welt ohne Magie? Das stelle ich mir schwierig vor.«

Ich stieß ihn mit meiner Schulter an. »Ich auch.«

Er stieß mich zurück. »Vielleicht gehst du auch niemals nach Hause zurück.«

Schlagartig verspannte sich seine ganze Körperhaltung und ich wusste, dass er das nicht laut hatte sagen wollen. Ich biss mir auf die Lippe.

»Der einzige Grund, wieso ich nach Hause muss, ist mein Opa ...«, erklärte ich leise. »Könnte ich ihn hier ...« Ich verstummte. Würde ich ihn hier wiederbeleben und all diese Wunder mit ihm erleben können – es wäre ein wahr gewordener Traum. Aber ich vermutete, dass das nicht ging. Selbst wenn Liam derjenige war, der mir zeigte, wo ich wirklich zu Hause war. Ich musste zurück.

Liam sah zu mir, seine Augen waren traurig. »Ich weiß.« Er lehnte seine Stirn gegen meine und so verharrten wir. Ich war überrascht von der Geste und traute mich kaum zu atmen. Mein Herz raste so schnell, dass es wahrscheinlich gleich aus der Brust sprang und etwas tummelte sich in meinem Bauch und machte mir weiche Knie.

Ich sah ihm in die Augen und er erwiderte den Blick. Ich konnte Sehnsucht darin erkennen und Trauer. Ich hielt den Atem an, als seine Augen sich auf meine Lippen richteten. Ich wusste, was er wollte, aber ich wusste nicht, ob *ich* es wollte. Gänsehaut breitete sich auf meinem ganzen Körper aus. Liam war mir wichtig geworden – sehr wichtig. Er war quasi zu meinem Anker in dieser Welt geworden, die so fremd und schön war.

Nervös fuhr ich mir mit der Zunge über die Lippe. Sein Blick verharrte noch immer darauf. Er beugte sich näher zu mir, richtete seinen fragenden Blick auf mich, aber ich konnte nicht verneinen, ich war erstarrt. Liam nahm das als Zustimmung und kam weiter auf mich zu, er hatte die Augen geschlossen, kurz bevor sich unsere Lippen berührten, schloss ich sie ebenfalls. Ich wollte diesen Kuss, ich sehnte ihn herbei und verzehrte mich nach seiner Berührung. Ich spürte seinen warmen Atem auf meiner Haut und lehnte mich zu ihm.

»Ich habe die Farbe.«

Erschrocken zuckten Liam und ich auseinander. Oskar stand hinter uns und hielt die Farbe in die Höhe. Liam und ich wechselten einen peinlich berührten Blick. Er räusperte sich und stand auf.

»Danke«, sagte er und schnappte sich die Farbe. Ehe er tiefer im Wald verschwand.

Ich starrte böse zu Oskar. »Du hast ein mieses Timing«, hielt ich ihm vor.

»Wenn du den Zeitpunkt meines Erscheinens meinst, finde ich, dass das ein absolut großartiges *Timing* war«, widersprach der Troll.

»Weil?«, fragte ich seufzend.

»Ich dafür da bin, dich zu beschützen. Vor jeglichem Schmerz.«

Verwirrt musterte ich den Troll. »Oskar …« Ich wusste nicht was ich sagen sollte oder wollte. Ich verbarg mein Gesicht in den Händen. »Aber wenn ich es will?«, fragte ich.

»Er wird dir trotzdem wehtun.«

Ich ließ die Hände sinken. Böse starrte ich meinen Freund an. Ich wusste, dass er es nur gut meinte, aber war das nicht meine Entscheidung? »Woher willst du das wissen?«, fragte ich. Meine Stimme bebte vor unterdrückter Wut.

»Weil er dir etwas verheimlicht.«

Ich seufzte. Die Diskussion hatte keinen Sinn, beziehungsweise hatte ich darauf keine Lust. »Ich weiß«, murmelte ich und wandte mich von Oskar ab.

Meine Füße trugen mich durch den Wald. Ich wollte etwas für mich sein und hoffte, dass der Troll das akzeptierte und mich ein wenig allein ließ.

Scheinbar hatte ich Glück. Als ich nach hinten sah, konnte ich niemanden entdecken. Erleichtert ließ ich mich gegen einen Baum sinken. Mein Herz bebte noch immer in meiner Brust und meine Hände zitterten. Ich starrte in den Himmel und versuchte meine Gedanken bezüglich Liam zu sortieren. Wieso sollte Oskar einen Kuss unbedingt verhindern wollen? Selbst wenn

Liam mir noch etwas verheimlichte. Was konnte so groß und schmerzhaft sein, dass es mich verletzte?

Ich schloss die Augen und ein Schauer rieselte über meinen Körper, als ich mich an die Zärtlichkeit erinnerte. Meine Härchen auf den Armen stellten sich auf. Ich wollte diesen Kuss. Ich wollte wissen, wie es sich anfühlte, wenn unsere Lippen sich berührten. Ich biss mir auf die Unterlippe und versuchte die Gedanken zu verdrängen.

Wir würden nachher in ein Dorf gehen. Mein Herz begann freudig zu hüpfen. Zum ersten Mal würde ich so etwas sehen und ich freute mich darauf.

Überrascht zuckte ich zusammen, als es im Unterholz knackte. Ich riss die Augen auf und sah mich um. Oskar hatte erklärt, dass oftmals Banditen und Räuber ihr Unwesen hier trieben. Doch ich konnte niemanden entdecken. Unsicher sah ich mich noch einmal um und ging dann zurück zu unserem provisorischen Lager.

Oskar saß in Ruhe einfach nur da. Er sah mir entgegen, als ich zurückkam.

»Wo ist Liam?«, fragte ich ihn.

Er nickte in Richtung Bach und ich ging dorthin.

Liam hatte sich sein Hemd ausgezogen und Hitze strömte in meine Wangen. Auf seinem Kopf hatte er eine merkwürdige schwarze Paste gestrichen. Ich verzog das Gesicht, als der Wind den Geruch zu mir trug. »Uff«, murmelte ich. »Das stinkt.«

Liam drehte sich zu mir um. »Ja. Fürchterlich, oder?« Er verzog ebenfalls das Gesicht.

»Brauchst du Hilfe?«, bot ich ihm an.

»Wenn du magst, kannst du etwas dieser Paste auf meinen Augenbrauen verteilen. Es ist schwierig ohne Spiegel.« Er hielt mir den Krug mit der Paste hin.

Ich nickte. Der Gestank war beinahe unerträglich. Es roch irgendwie vergammelt. Ich nahm mir die schwarze Pampe und strich sie über Liams Augenbrauen.

Sein Blick lag die ganze Zeit auf mir. Meine Konzentration schweifte immer wieder fort und am liebsten wollte ich meine Lippen auf seine pressen.

Nur um zu wissen, wie es sich anfühlte. Ich war nicht mehr ungeküsst. Dazu hatte ich zu viele Geburtstage besucht, in denen *Wahrheit oder Pflicht?* ein allzu beliebtes Spiel gewesen war. Aber noch nie hatte ein Junge mein Herz so zum Stolpern gebracht wie er.

»Es tut mir leid … wegen vorhin«, sagte er auf einmal.

Überrascht hielt ich inne. »Wieso?«

»Ich … ich hätte nicht …« Hilfe suchend sah er mich an. Aber ich dachte gar nicht daran, ihm zur Hilfe zu eilen.

»Was?«, fragte ich herausfordernd.

Sein Blick brannte sich in meinen. Ich spürte, dass er mich noch immer küssen wollte. Und verdammt! Ich sehnte mich danach. »Ich hätte dich nicht beinahe küssen dürfen«, murmelte Liam geknickt und schaute betreten zu Boden.

»Ob du es mir glaubst oder nicht«, meinte ich und versuchte mein Grinsen zu verbergen, »ich hätte es gerade so eben überlebt.«

Liam sah wieder zu mir hoch und als er mein Schmunzeln bemerkte, schenkte er mir ebenfalls ein Lächeln. »Dann ist es ja gut.«

Nachdem er die Paste ausgespült hatte, betrachtete ich ihn nachdenklich.

»Das sieht merkwürdig aus«, kommentierte ich sein neues Aussehen. Die schwarze Farbe wirkte wie ein Fremdkörper auf seinem Kopf.

»Es riecht auch merkwürdig«, meinte er und begann zu lachen. Er steckte mich damit an. Der Geruch der Paste war noch immer nicht gänzlich verschwunden und kribbelte in der Nase.

»Immerhin erkennt dich so keiner«, sagte ich und stand auf. »Wir sollten los. Oskar scharrt wahrscheinlich schon mit den Hufen.«

»Wenn er welche hätte, bestimmt.«

Nebeneinander gingen wir auf den Platz zu, auf dem Oskar noch immer geduldig saß und uns musterte. »Siehst fast aus wie ein Fremder«, grummelte er und richtete sich auf. »Wenn wir uns beeilen, sollten wir noch ein gutes Zimmer in dem Gasthaus bekommen.«

Manchmal war der Troll ein wenig merkwürdig. Zu mir war er wirklich nett – obwohl unser Start so holprig gewesen war. Aber ich hatte das Gefühl ihm vertrauen zu können. Obwohl ich nicht wusste, woher ich das Wissen nahm. Aber die Sicherheit war da und ich konnte und wollte auch nichts daran ändern.

Doch das Verhältnis zwischen Oskar und Liam ... Es unterkühlt zu nennen, wäre wirklich noch nett gesagt. In der meisten Zeit schwiegen sie sich an und versuchten sich möglichst aus dem Weg zu gehen – was sich nicht unbedingt als einfach gestaltete, wenn man nur zu dritt unterwegs war.

Ich kaute nachdenklich auf meiner Lippe herum und versuchte die Gedanken zu verdrängen. Wir hatten noch gut eine Woche Reise vor uns. Aber immerhin konnten wir jetzt durch die Städte ziehen. Ich runzelte die Stirn. »Wenn wir nicht mehr diesen Bogen laufen müssen«, wandte ich mich an Liam, »dann sind wir doch schneller an dem Berg, oder?«

»Ja. In vier Tagen müssten wir da sein.«

Mein Herz stolperte bei seiner Aussage. Noch vier Tage. *Nur noch* vier Tage. Ich wollte noch nicht an den Aufstieg denken. Ich wusste nicht einmal, wie ich das bewerkstelligen sollte. Selbst wenn Liam und ich wirklich hart trainierten, war ich noch immer kein Sportgenie geworden.

***

Die Sonne stand noch immer hoch am Himmel, als wir aus dem Wald traten. Die Häuser standen eng an den Bäumen, als würde der Platz des Dorfes bald nicht mehr reichen. Die meisten Häuser waren windschief und aus Holz erbaut. Ein merkwürdiger Geruch drang in meine Nase. Ich rümpfte sie. »Was ist das?«, fragte ich.

Oskar sah mich stirnrunzelnd an. »Der Dreck der Menschen.«

»Oh«, kam es von mir und ich versuchte den Geruch beiseitezuschieben, während wir tiefer ins Dorf drangen. Liam hatte seine Hand um meine geschlungen, damit ich ihn, den Blinden, führen konnte. Kurz bevor wir ins Dorf gekommen waren, hatte Oskar darauf bestanden, dass Liam doch noch die Augenbinde umlegen sollte, die er aus dem Dorf mitgebracht hatte, wegen seiner merkwürdigen Augenfarbe – die ich überhaupt nicht merkwürdig fand.

Die meisten Menschen eilten durch die unebenen Wege. Ich weigerte mich den platt gelaufenen Pfad als Straße zu bezeichnen. Wir wurden kaum von den Bewohnern beachtet. Ich vermutete, dass öfter Reisende hier durchkamen. Oskar führte uns direkt zu einem Gebäude, das drei Stockwerke besaß und das größte Anwesen des Dorfes war. Der Geruch nach Schweiß und schalem Bier zog in meine Nase, als der Troll die Tür öffnete.

»Achtung, Stufe«, warnte ich Liam leise vor und Hand in Hand folgten wir Oskar, der zielstrebig auf den Wirt zulief, der hinter einer Theke stand.

»Hallo, was kann ich für euch tun?«, fragte der Wirt und stützte sich auf seiner Holztheke ab.

»Wir brauchen drei Betten«, erklärte Oskar. »Zudem 'ne gute Mahlzeit.«

»Das macht sieben Silberstücke.«

Ohne mit der Wimper zu zucken, legte Oskar das Geld auf den Tisch. Mein Blick wanderte zu Liam, der seine Kiefer angespannt hatte, als würde er sich unwohl fühlen.

»Hier, das ist der größte Raum, den wir besitzen.« Der Wirt schob einen Schlüssel über die Theke. »Fürs Essen ist meine Tochter zuständig. Sie bringt es euch an den Tisch.«

»Aufs Zimmer«, befahl Oskar.

»Könnt ihr vergessen. Entweder hier oder gar nicht«, beharrte der Wirt.

Oskar presste die Lippen zusammen, nickte dann aber und deutete an einen Tisch in der Ecke. Dort würde er alles überblicken können und uns würde nicht so viel Aufmerksamkeit geschenkt werden.

Liam und Oskar sahen beide so aus, als ob ihnen das gar nicht passte. Ich hingegen hatte ein Grinsen auf den Lippen. Zum ersten Mal würde ich in dieser Welt die Menschen kennenlernen.

Fünf der acht Tische waren bereits besetzt. Die Männer, die dort saßen, waren laut und grölten. Sie feierten das Leben und dass ihre Frauen brav zu Hause saßen, das wiederholten sie in ihren Gesängen immer und immer wieder. Sie steckten einen mit ihrer Lebenskraft an. Zumindest mich. Oskar und Liam sahen noch immer so aus, als hätte man sie gezwungen Stacheldrahtzaun zu schlucken.

Oskars Augen lagen auf den Besuchern und schien jeden erdolchen zu wollen, der nur einmal zu lange in unsere Richtung schaute. Liam dagegen drehte seinen Kopf die ganze Zeit, um alles an Gesprächen mitlauschen zu können.

»Wisst ihr, mein Weib sucht händeringend nach einem Mann für unsere Sybille«, tat der eine Mann kund. Er sah etwas heruntergekommen aus. Ihm fehlten vorn zwei Zähne und seine braunen Haare fielen ihm fettig ins Gesicht.

Die Männer um ihn herum lachten los. »Deine Sybille hat leider zu viel von ihrem Vater.«

Darauf musste der Angesprochene ebenfalls lachen.

»Wenn ihr euch nur etwas entspannen könntet, würdet ihr wahrscheinlich sogar Spaß haben«, meinte ich schnippisch zu meinen Begleitern.

»Wahrscheinlich. Aber wir sind nicht hier, um Spaß zu haben«, erwiderte Oskar.

Mein Blick wanderte zu Liam, der zustimmend nickte. Immerhin waren sie sich in dem Punkt einig. Ich verdrehte dennoch die Augen und wartete auf unser Essen.

Eine junge Frau, vielleicht etwas älter als ich, brachte uns die Speise. Es roch köstlich. Ich vermutete, dass es Schwein war mit Kartoffeln und Möhren. »Danke«, murmelte ich und nahm das Holzbesteck.

»Guten Hunger«, wünschte sie uns und ging wieder zum Tresen. Auf dem Weg dorthin zog sie ein Kerl auf seinen Schoß.

»Bei dir hat der Wirt sich aber Mühe gegeben«, rief der Kerl und betatschte ihre Brüste.

Mir wurde mulmig zumute, als ich das sah. Die Frau wehrte sich, aber keiner schien etwas dagegen machen zu wollen. Irritiert sah ich zu Oskar. »Wollen wir ihr nicht helfen?«, fragte ich.

Oskar richtete seinen Blick auf die Frau. »Sie arbeitet in einem Wirtshaus. Sie ist wahrscheinlich weit Schlimmeres gewohnt.«

»Was möchtest du denn dagegen machen?«, fragte Liam und versuchte gerade irgendwie sein Essen auf die Holzgabel zu spießen.

Ich schüttelte den Kopf und wandte mich der Frau zu. Der Kerl hatte seine Finger unter ihr Kleid geschoben. Sie wehrte sich noch immer. Meine Hände ballten sich zu Fäusten. Kurz entschlossen stand ich auf und ging auf den Mann zu. »Mia!«, rief Oskar mir hinterher.

Ich stellte mich vor den Kerl und stützte die Hände in die Hüften. »Ich glaube, sie legt keinen Wert auf deine Gesellschaft«, meinte ich und versuchte den Kerl niederzustarren.

Seine Hand hielt inne und er wandte mir seine Aufmerksamkeit zu. »Willst du etwa mitmachen?«, fragte er. In seinen Augen erwachte die Gier. Mir wurde schlecht.

»Mit Sicherheit nicht«, erwiderte ich. »Und *sie* will das auch nicht. Mein Vater brachte mir bei, dass das Nein einer Frau auch wirklich Nein bedeutet«, klärte ich ihn auf. »Hast du das nicht gelernt?«

»Als ob Frauen etwas zu sagen hätten. Sie wird ihren Spaß mit mir haben und danach knöpfe ich mir dich vor. Oder bist du etwa eifersüchtig? Wollen dich der Troll und der Blinde etwa nicht ranlassen?«

»Ich glaube nicht, dass sie ihren Spaß haben wird. Zumindest nicht mit dir Dreckschleuder.« Ich war unendlich froh, dass meine Stimme fester klang, als ich mich fühlte.

Die braunen Augen lagen hungrig auf mir und meine Knie begannen wackelig zu werden, aber ich drückte sie durch und hoffte, dass ich mutiger aussah, als ich war. Der Mann ließ die Frau gehen und sie flüchtete hinter den Tresen.

Er war ungepflegt und ich konnte seine Ausdünstungen riechen. Obwohl mir dabei wirklich schlecht wurde, hielt ich seinem Blick stand. Im Augenwinkel sah ich, wie Oskar mich besorgt musterte. Seine Lippen bewegten sich, also schien er Liam zu erklären, was ich gerade in seinen Augen Dummes tat.

Langsam richtete sich der Fremde auf und ich musste meinen Kopf in den Nacken legen, um seinem Blick weiterhin standhalten zu können. Komischerweise hatte ich keine Angst, obwohl ich gesehen hatte, dass die Männer rundherum nichts tun würden, um mir zu helfen. Für sie war ich wahrscheinlich eine Fremde, die sich zu gern in anderer Leute Angelegenheiten mischte.

»Jetzt ist mir doch tatsächlich die Frau weggelaufen«, bemerkte der Kerl süffisant. »Aber ich wette, dass man mit dir Wildkatze eine Menge Spaß haben kann.«

Ich lachte laut. »Als ob«, verspottete ich ihn. »Ich mag Männer, die Respekt vor Frauen haben.«

Dieses Mal lachte der Mann auf. »Als ob du eine Frau bist. Du bist ein Kind. Dir sollte man mal so richtig den Arsch versohlen.« Er umfasste mein Kinn mit seinen dreckigen Fingern.

Ich versuchte mich loszureißen, aber sein Griff war zu stark. Schwer schluckte ich. »Und obwohl ich so ein *Kind* bin, habe ich mehr Eier als die Männer hier«, verspottete ich den ganzen Raum.

Nun hatte ich die Aufmerksamkeit der ganzen Anwesenden und hoffte, dass einer eingreifen würde. Ich wusste, dass Oskar nicht zulassen würde, dass mir etwas geschah.

»Du bist witzig.«

Ich schnaufte. Doch der Kerl interessierte sich nicht für meine Meinung. Seine Lippen pressten sich auf meine und ich musste einen Brechreiz unterdrücken. Meine Hand ballte sich zur Faust und ich wollte ihm ins Gesicht schlagen. Aber, bevor ich etwas machen konnte, wurde der Mann von mir weggerissen.

Liam hatte ihn auf den Boden geschmissen. »Rühr sie nie wieder an«, drohte er. Er hatte den Mann *blind*, wie er war, einfach an der Schulter gepackt und von mir weggerissen.

Er packte meine Hand grob und zerrte mich die Treppe hoch. Ich wunderte mich, wie er trotz der Augenbinde etwas sehen konnte.

»Was zum Geier hast du dir dabei gedacht?«, fuhr er mich an, als wir den Gastraum hinter uns gelassen hatten.

»Was ich mir dabei gedacht habe? Siehst du öfter untätig dabei zu, wie eine Frau missbraucht wird?«, forderte ich ihn heraus.

»Nein. Aber das war nicht unsere Sache!«, schrie er. »Dir hätte sonst was passieren können.«

Er zog mich ins Zimmer. Er ließ seine Stirn gegen das Holz sinken.

Meine Hand legte sich auf seine Schulter. »Liam?« Ich schob seine Binde hoch und erschrak. Seine Augen waren blutrot. Das Tier war nah unter der Oberfläche.

Sein roter Blick richtete sich auf mich. »Ich kämpfe gerade gegen das Bedürfnis an, dem Kerl da unten all seine Gedärme zu entreißen«, knurrte er.

Das schlechte Gewissen breitete sich in mir aus. »Ich werde mich nicht dafür entschuldigen, dass ich der Frau geholfen habe«, bereitete ich ihn vor.

Er prustete. »Das hätte ich auch nicht von dir erwartet.«

»Ich wollte aber nicht, dass du so ausflippst«, lenkte ich ein und lehnte meinen Kopf gegen seine Schulter.

Die Augen waren noch immer glühend rot. Doch komischerweise hatte ich keine Angst vor ihm. Im Gegenteil. Ich vertraute ihm. Er drehte sich um und umschloss mich mit seinen Armen. Überrascht hielt ich die Luft an, ehe ich mich entspannte.

»Danke«, flüsterte ich an seiner Brust.

»Ich könnte niemals zulassen, dass dir etwas passiert«, raunte Liam.

Ich sah nach oben, direkt in seine wieder grünen Augen. Mein Herz schlug wie ein Kolibri mit seinen Flügeln. Unsere Blicke verfingen sich ineinander. Liams Hand hob sich zu meinem Gesicht und strich über meine Wangen. Ich war nicht mehr imstande zu atmen. Eine Gänsehaut breitete sich auf meinem ganzen Körper aus.

Er beugte sich zu mir herunter. Sah mich dabei fragend an. Doch ich konnte nichts sagen. Es war genauso wie am Bach. Ich wollte diesen Kuss. Ich sehnte mich nach dieser Berührung. Meine Finger krallten sich in sein Hemd. Liam kam mir näher. Ich stellte mich auf die Zehenspitzen, lehnte mich gegen seinen Körper und …

Die Tür wurde aufgerissen. Liam stolperte auf mich zu, fing sich aber gerade wieder und hielt mich fest, damit ich mit meinem Hintern nicht auf den Boden plumpste. »Wir müssen gehen«, grollte Oskar. »Die Dorfbewohner sind nicht begeistert von uns.«

Ich fühlte mich zittrig in seinen Armen, aber ich genoss jeden Augenblick davon. Ich biss mir auf die Lippe. Mir war bewusst, dass wir nur meinetwegen aus dem Dorf gejagt wurden. Aber ich hätte mich selbst nicht mehr im Spiegel betrachten können, hätte ich zugelassen, dass der Frau noch mehr geschah als das, was der Mann eh schon mit ihr gemacht hatte.

»Na komm«, meinte Liam und hielt mir seine Hand hin.

Ich ergriff sie und gemeinsam verließen wir das Gasthaus.

»Ich habe dem Wirt noch ein bisschen Gemüse abschwatzen können. Vielleicht sollten wir doch einen Bogen um die Dörfer machen.« Bei den Worten warf mir Oskar einen bösen Blick zu, den ich trotzig erwiderte.

Er schüttelte den Kopf und wandte sich ab.

»Mir tut es nicht leid«, wiederholte ich Oskar gegenüber.

Der Troll ignorierte mich.

Kapitel 13

Wir eilten durch das Dorf. Die Sonne stand noch am Himmel, aber Oskar hatte keine Lust, dass sich irgendwer an uns erinnern konnte. Die Szene im Gasthaus hatte sich rumgesprochen und jeder suchte jetzt nach einem Blinden, der nicht blind war, und nach einer Frau, die nicht wusste, wo sich ihre Grenzen befanden.

»Wir sollten zusehen, dass wir einigen Abstand zwischen uns und das Dorf bekommen«, brummte Oskar. Sein Blick richtete sich auf mich. »Was hast du dir nur dabei gedacht dich einzumischen?«

»Sie wollte nicht von ihm angefasst werden!«, verteidigte ich mein Verhalten. »Und ihr könnt bei so was gern wegschauen. Aber ich nicht. Was wäre denn passiert, wenn ich diese Frau gewesen wäre? Hättet ihr das einfach zugelassen?«

Ich sah, wie Liam und auch Oskar die Kiefer aufeinanderpressten. »Vielleicht ist es deswegen verboten in unserer Welt Waffen zu tragen. Weil uns unsere Mitmenschen etwas angehen«, warf ich ihnen vor und beschleunigte meine Schritte.

Ich ließ die beiden Streithähne hinter mir, während ich den Wald betrat. Ich wusste, dass sie nicht weit hinter mir sein würden, aber ich hatte gerade keine Lust sie zu sehen.

Ich verstand ihre Einstellung nicht. Wie konnte man zusehen, wenn jemandem etwas Schlechtes geschah? Es kam mir unvorstellbar vor und ich hätte mich gehasst, wäre ich einfach sitzen geblieben und hätte zugesehen, wie dem Mädchen etwas passierte.

Noch einige Zeit liefen wir schweigsam weiter. Die Sonne ging langsam unter, als ich meine Schritte verlangsamte und hinter mich sah. Liam und Oskar schauten betreten zu Boden und wichen meinem Blick aus. Ich wusste, dass ich ein wenig überreagiert hatte. Aber ich konnte ihr Verhalten keineswegs nachvollziehen.

»Bleiben wir hier, oder gehen wir noch weiter?«, fragte ich. Meine Stimme klang noch immer angespannt und zickig.

Oskar sah sich um, Liam ebenfalls. »Wir bleiben hier.«

Liam legte seinen Rucksack ab und kam auf mich zu. »Wollen wir noch etwas üben?«, fragte er und sah mich schon fast flehentlich an.

Mein Blick wanderte zu Oskar, der noch immer grimmig dreinschaute und nickte.

Wir gingen noch etwas weiter und ließen das Lager hinter uns.

Liams Augen suchten meinen Blick. »Ich will, dass du dich wehren kannst, wenn dich noch einmal ein Kerl anfassen sollte.«

Ich schürzte die Lippen und versuchte mir meinen Kommentar dazu zu sparen. Doch es fiel mir schwer. Ich verschränkte die Arme vor der Brust. »Wieso denn? Zusehen macht doch ...«

Er unterbrach mich, indem er mich an den nächsten Baum presste. Seine Augen sprühten Funken vor Wut.

»Lass das! Ich kannte dieses Mädchen nicht! Mich interessierte sie nicht. Das mag in deinen Augen vielleicht falsch sein. Aber ich bin ein Fremder. Ich habe mich nicht in die Belange der Dorfbewohner einzumischen«, zischte er. »Als es um dich ging, habe ich keine Sekunde gezögert, als der Mistkerl seine Lippen auf deine presste. Ich werde niemals zulassen, dass dir jemand wehtut. Das ist das Einzige, was Oskar und ich gemeinsam haben. Wir würden beide alles tun, um dich zu schützen! Aber ich will, dass du dich, wenn irgendwas passieren sollte, ebenfalls wehren kannst. Hast du das verstanden?«

Liams Atem ging stoßweise und ich stand an den Baumstamm gelehnt da. Mein Atem ging flach. Sein Blick hielt mich gefangen. Seine Worte hatten mein Herz zum Rasen gebracht. Wir waren uns so nah. Ich konnte keinen klaren Gedanken mehr fassen. Seine Worte hatten mich berührt. »Es tut mir leid«, wisperte ich.

Liam lehnte seine Stirn gegen meine. »Ich weiß. Wirf uns aber niemals mehr vor, dass wir dich allein lassen würden.«

Ich schluckte schwer und genoss die Berührung. »Versprochen!«

Er hob seinen Blick und seine grünen Augen hielten mich gefangen. »Gut, dann wollen wir mal.« In seinen Augen begann es bedrohlich zu funkeln. »Wie würdest du dich jetzt befreien?«, raunte er und sein Atem strich über meinen Hals.

Mein ganzer Körper versteifte sich. Er hielt mich an den Baum gepresst. Seine Hände lagen rechts und links neben meinem Gesicht und ließen kein Entkommen zu.

Eigentlich wollte ich nicht einmal entkommen. Im Gegenteil. Ich wollte mich in Liams Wärme kuscheln. »Mein erster Reflex wäre dir zwischen die Beine zu treten.«

»Würdest du deinem Gegner das auch verraten?«, wisperte er.

Ich schluckte hart. Seine Nähe brachte mich vollkommen aus dem Konzept. »Nein«, brachte ich mit erstickter Stimme hervor.

»Tu es.«

Verwirrt runzelte ich die Stirn. »Ich soll dir …?«

»Ich würde dich darum bitten, es nicht allzu fest zu tun. Ich hatte vor, irgendwann eine Familie zu gründen«, erwiderte er auf meine unausgesprochene Frage.

Ich hob meine Arme und legte die Hände auf seine Schultern, um mich abzustützen, während ich ruckartig mein Knie hob und es in seine Weichteile rammte.

Er stolperte zurück und zog scharf die Luft ein. Sein Gesicht war schmerzverzerrt. »Das war *nicht allzu fest*?«, röchelte er.

»Ist alles gut? Es … es tut mir leid!«, entschuldigte ich mich und eilte zu ihm.

Doch er hielt mich auf Abstand. »Nicht anfassen«, wimmerte er und ich konnte die Tränen in seinen Augen sehen.

Das schlechte Gewissen meldete sich in mir. »Es tut mir wirklich leid!«, beharrte ich.

Ein schmerzerfülltes Grinsen lag auf seinen Lippen, als er seinen Blick auf mich richtete. »Ich weiß. Und wenn du deinen Angreifer noch heftiger in die Eier trittst, wird es nie mehr solche Leute auf der Erde geben, weil alle, die dir begegnet sind, zeugungsunfähig sein werden«, presste er hervor.

Ich versuchte sein Grinsen zu erwidern, aber die Schuldgefühle ließen es nicht so recht zu und ich vermutete, dass mein Grinsen eher einer Grimasse glich.

»Ach, verdammt«, jammerte Liam und schaute in den Himmel.

Das Glitzern legte sich um seinen Körper und seine Anziehsachen fielen von ihm ab, während aus seiner Haut Fell wuchs und sein Körper sich veränderte.

Der Löwenadler sah mich entschuldigend an.

»Sind die Schmerzen jetzt weg?«, fragte ich.

Liam schüttelte den Kopf. Schuldbewusst presste ich die Lippen aufeinander, sammelte seine Kleidung auf und gemeinsam spazierten wird zurück zu Oskar. Der warf nur einen kurzen Blick auf Liam und wieder in den Himmel.

»Du bist heute früh dran. Jagst du selbst?«

Der Löwenadler nickte und drehte sich wieder in Richtung Wald. Sehnsüchtig sah ich ihm hinterher. Ich fragte mich, wie Liam dies als Fluch sehen konnte. Er war in seiner zweiten Form unvergleichlich schön. Majestätisch. Stark.

Ich runzelte die Stirn.

»Wieso fliegt er nicht?«, fragte ich.

Der Troll zuckte nur mit den Schultern und hielt mir ein Stück Kaninchen hin, das ich dankbar annahm. Wegen des Essens im Dorf, das ich unterbrechen musste, knurrte mein Magen jetzt auffordernd.

»Es tut mir leid, dass ich so überreagiert habe. Ich weiß, dass keiner von euch beiden zugelassen hätte, dass mir so was passiert«, sagte ich leise und biss vom Fleisch ab.

Oskar sah mich mit erhobenen Brauen an. »Liam hat dir wohl die Leviten gelesen.«

»Nicht direkt. Aber ja«, gab ich schulterzuckend zu.

»Ist schon in Ordnung. Nächstes Mal solltest du aber nicht solch eine Aufmerksamkeit auf dich ziehen.«

Ich schürzte die Lippen. »Ich gebe mein Bestes.«

Ein Grinsen schlich sich auf das Gesicht des Trolls. »Was anderes habe ich auch nicht von dir erwartet.«

***

Am nächsten Morgen weckte uns Liam schon früh und wir gingen sofort weiter in Richtung der Berge. Zwischendurch starrte Liam sorgenvoll auf seine Karte.

»Das Problem ist, dass genau hier«, er zeigte mit dem Finger auf die Grünen Ebenen, die direkt neben dem Berg der Seelen eingezeichnet waren, »das Schlachtfeld ist. Der Berg der Seelen steht genau auf der Grenze von Alendia und Eventyr. Er gehört eigentlich nicht einmal genau zu einem der beiden Länder. Bei den Magiern und Elfen wird der Berg als heilig angesehen. Wegen der Pflanzen und der Lichter, die dort erscheinen.«

»Der Lichter?«, fragte ich.

»Man sagt, dass die Seelen derer, die verstorben sind, dort existieren. Und in bestimmten Nächten berühren diese bunten Lichter den Berg. Dieses Spektakel ist weit zu sehen. Es sieht atemberaubend aus.«

Mich erinnerte die Beschreibung an die Nordlichter, die es in unserer Welt gab.

***

Mittlerweile wanderten wir den ganzen Tag durch den Wald. Oskar hatte mir um die Mittagszeit kommentarlos etwas getrocknetes Fleisch gegeben. Es war erstaunlich. Die letzten zehn Tage hatte mein Körper an Muskelmasse zugelegt. Ich fühlte mich nicht mehr ganz so schwach und abhängig von Liam und Oskar. Obwohl ich heilfroh war, dass die beiden mich begleiteten – auch wenn sie einander nicht riechen konnten.

Ich verstand, dass Oskar mich beschützen wollte, aber es schien, als würde er etwas über Liam wissen, oder ahnen, das ich nicht wusste – und ich hatte keine Ahnung, was das war. Ich schürzte die Lippen, versuchte die Gedanken beiseitezuschieben. Aber sie kamen immer wieder auf. Ich musste daran glauben, dass Liam die Wahrheit gesagt hatte, als wir uns versprochen hatten keine Geheimnisse mehr zuzulassen.

Irgendwann, als Liam sich wieder verwandelt hatte, schlugen wir unser neues Lager auf und ich legte mich direkt hin. Wenn Liam in seiner anderen

Gestalt war, konnte ich schlecht mit ihm trainieren. Oskar wollte selbst nicht mit mir üben, weil er Angst hatte, dass er mich aus Versehen verletzte.

Mein Kopf lag kaum auf Liams Rucksack, als mir bereits die Augen zufielen.

***

»Mia!«, schrie eine dunkle Stimme und ich kniff die Augen zusammen. Ich wollte den Schlaf noch nicht verlassen. »Mia! Wach auf, verdammt!«

Es fühlte sich an, als sei ich gerade eben erst eingeschlafen, als mich die nervige Stimme aus meinem Traumreich reißen wollte.

»Mia!«

Das Drängen in Oskars Stimme zwang mich die Augen aufzumachen und ich starrte direkt in das schöne Gesicht eines Mannes. Seine Züge waren fein geschnitten, die großen Augen strahlten blau wie das Meer. Doch all das Schöne wurden durch die grotesk verzerrten Lippen mit zwei Reißzähnen zerrissen.

Ich schrie auf und wich panisch vor dem Kerl zurück. Ich umklammerte meinen Dolch, den ich mir angewöhnt hatte immer an meiner Hose zu tragen. Liam schrie in der Ferne auf und mein Kopf zuckte in die Richtung. Doch der Mond war von dicken Wolken verdeckt, sodass ich nichts erkennen konnte. Einzig das noch leicht glimmende Feuer erhellte die Dunkelheit.

Der Kerl kam wieder näher und dezimierte den Abstand, den ich durch meine Flucht erreicht hatte. Ich zog den Dolch. Zitternd hielt ich die Waffe in die Luft. Ich versuchte mich zu beruhigen und besann mich auf Liams Training.

Ich war nicht wehrlos, erinnerte ich mich und stand auf.

Ich wusste nicht einmal, zu welcher Gattung dieser Schönling gehörte, wobei ich davon ausging, dass es ein Elf war, der uns zu irgendeinem Ritual missbrauchen wollte, von dem Liam erzählt hatte.

Der Kerl lächelte mich hämisch an und zeigte dabei seine restlichen Zähne. Sein Gebiss erinnerte mich an das eines Vampirs und ich wollte mir nicht vorstellen, was er eigentlich damit anstellen konnte.

Ich stellte mir vor, wie meine Füße mit dem Erdreich verwuchsen und sich Wurzeln um meine Füße schlangen, damit ich meinen Halt nicht verlor.

Der Körper des schönen Kerls steckte in einem Anzug aus Blättern. Seine Schultern waren gepolstert und ich erkannte nicht, ob es echte Blätter waren, die seinen Körper einhüllten, oder Metallplatten, die in diese Form gegossen worden waren. Aber es war auch egal. Die einzig sichtbare Stelle, die ungeschützt war, schien sein Hals zu sein. Ich schluckte schwer und umfasste den Dolch fester. Er lag plötzlich dreimal schwerer in meiner Hand als beim Training und ich hatte unglaubliche Angst davor, dass ich nicht stark genug war, um meinen Freunden beizustehen.

Der Elf zog ein Schwert über die Schulter, er schien es auf seinem Rücken festgemacht zu haben und schickte mir ein hämisches Grinsen. »Meins ist größer«, bemerkte er und sprang auf mich zu.

Ohne nachzudenken, wich ich ihm aus und rollte mich über den Boden. Den Dolch hielt ich dabei fest an meinen Körper gepresst, um mich selbst nicht zu verletzen. Ich richtete mich schnell wieder auf, als ich dem Elf entkommen war.

Der fuhr zu mir herum und Zorn war in seine Augen getreten. Er hatte mich unterschätzt, wurde mir mit einem Schlag bewusst. Das hätte ich ausnutzen müssen. Schweiß trat auf meine Stirn und ich umfasste den Dolchgriff neu. Adrenalin wurde rasend schnell durch meine Adern gepumpt. Ich hatte das Gefühl, dass die Zeit sich schneller fortbewegte als beim Training. Der Elf rannte auf mich zu und ich wich mit einem Ausfallschritt aus, stellte ihm dabei ein Bein. Er fiel auf den Boden und ich nutzte die Chance, um mich auf seinen Rücken zu werfen. Ich hatte den Dolch erhoben, um ihn in den Hals des Elfen zu rammen, aber ich stockte. Meine Hand zitterte über dem Kopf des Mannes, der mich, ohne mit der Wimper zu zucken, umbringen würde.

Ich drehte den Dolch in meiner Hand und wollte dem Elf gerade den Griff an den Kopf schmettern, als sich Hände unter meine Achseln gruben und mich hochhoben. Ich schrie auf und trat in die Luft, um ich zu wehren.

»Halt still oder deine Begleiter werden sterben!«, zischte mir eine Stimme ins Ohr.

Schlagartig tat ich, wie mir geheißen, und sah mich zu Oskar und Liam um.

Oskar lag bewusstlos auf dem Boden und Liam wurde gerade in das verbliebene Licht der Glut gezogen. Blut durchtränkte das Fell. Ich betete, dass es nicht sein Blut war. Sie hatten um seinen Schnabel ein Seil gebunden, auch um seinen Oberkörper, damit er seine Flügel nicht benutzen konnte.

Mir schnürte es die Kehle zu, ihn und Oskar so zu sehen.

Wir hatten versagt.

***

Schon seit Stunden schleppten uns die Elfen durch den Wald. Oskar hatte mir während einer kurzen Rast bestätigt, dass diese grausamen, aber gleichzeitig wunderschönen Wesen Elfen waren.

Mir wurde flau im Bauch, wenn ich daran dachte, was sie mit uns vorhatten. Oskar sah ebenfalls ängstlich aus und dieser Ausdruck auf seinem Gesicht versetzte mich mehr in Panik, als ich zugeben wollte. Liam hatten sie noch immer gefesselt. Immer wieder versuchte er sich gegen seine Fesseln aufzubäumen, doch die Elfen fügten ihm nur noch mehr Wunden zu. Ich sah mich nach einer Fluchtmöglichkeit um, doch wenn wir nicht schnell Hilfe von irgendwelchen Superhelden bekamen, sah ich schwarz.

Die Hoffnung schwand immer mehr, vor allem, als wir auf eine andere Elfengruppe stießen. Das schien die Hauptgruppe zu sein. Im Gegensatz zu den sieben Elfen, die uns hierhergeschleppt hatten, erwarteten uns hier Dutzende.

Ich musste hart schlucken, als wir mit Gebrüll begrüßt wurden. Ich wurde in einen Käfig gesteckt, gemeinsam mit Oskar, während Liam an einen Pfahl gebunden wurde, der außerhalb unserer Reichweite stand.

In der Dunkelheit erkannte ich weitere Käfige, in denen sich Menschen, aber auch Trolle befanden. Sie alle klammerten sich an die Gitter und beobachteten die Elfen mit Angst und Skepsis.

»Was werden sie mit uns machen?«, fragte ich leise. Ich wusste nicht, ob ich die Antwort wirklich wissen wollte. Aber die Ungewissheit schien mir in dem Augenblick schlimmer zu sein, als alles, was die Elfen mit uns anstellen könnten.

»Wenn wir Glück haben, werden sie uns erst zu ihrem Zuhause bringen und ausgiebig feiern, ehe sie uns ... opfern.«

Ich biss mir auf die Lippe. Ich wünschte mir, dass die Elfen hier nur ein wenig den Elfen in meinen Büchern ähneln würden. Elfen, die die Natur verehrten und damit auch die Menschen – weil wir wie sie ein Teil dessen waren, was sie anbeteten. Aber ich hatte die Vermutung, dass ich bei den Exemplaren hier nicht davon ausgehen konnte, dass sie uns gehen ließen.

Ein paar Elfen liefen geduckt durchs Lager und boten den Kriegern Essen und Trinken an. Ich runzelte die Stirn und beobachtete sie. Sie schienen irgendwie missgestaltet zu sein. Sie strahlten nicht dieselbe gefährliche Vollkommenheit aus wie die anderen – obwohl sie auf ihre eigene Art und Weise wunderschön waren.

»Wer sind sie?« Ich zeigte mit meinem Finger auf einen von ihnen.

Oskar richtete sich auf und folgte meinem Finger. »Das sind Wechselbälger. Elfen, die zum Teil menschliches Blut in sich haben. Sie werden ihren Eltern geraubt – die sich aus Liebe zu ihren Partnern, die nicht zum Elfenvolk gehören, gegen ihre Familie gestellt haben – und als Sklaven benutzt. Dafür hinterlassen sie dem Paar einen reinen Elfen, der ihnen das Leben zur Hölle machen wird.«

»Sie sind wirklich grausam«, bemerkte ich und beobachtete die Sklaven.

Sie alle liefen gebeugt. Hielten ihren Blick gesenkt und die Schultern hatten sie bis zu ihren spitzen Ohren hochgezogen. Ein Junge, er schien kaum älter als zwölf zu sein, bemerkte meinen Blick und erwiderte ihn.

Ich hielt seinem Blick stand und versuchte nicht bedrohlich auszusehen. Schnell wandte er sich wieder ab und ich fluchte leise.

Die Sklaven waren unsere einzige Chance. Sie mussten die Elfen hassen. Wenn sie uns freilassen würden ...

Ich baute den Gedanken nicht zu Ende. Mein Blick glitt zu Oskar, der sich wieder in die Ecke des Käfigs gesetzt hatte und die Elfen argwöhnisch beobachtete. Und zu Liam, doch sein Kopf hing träge herunter. Er hatte sich mit seinen sinnlosen Fluchtversuchen erschöpft. Ich schaute in den Himmel und entdeckte einen hellen Streifen, der den Sonnenaufgang ankündigte. Angst und Hoffnung kämpften um die Vorherrschaft. Was würden die Elfen mit Liam machen, wenn sie erkannten, dass er ein Verfluchter war? Ich erinnerte mich daran, dass das Blut von Wesen, die mit Magie getränkt waren, noch beliebter war. Mein Herz wurde schwer. Oskar hatte einmal erwähnt, dass Troll-Essenz unglaublich beliebt bei den Elfen war, daher ging ich nicht davon aus, dass sie ihn gehen lassen würden.

Ich klammerte mich verkrampft an die Holzgitter und ließ Liam nicht aus den Augen. Er wandte sich mir zu und gurrte leise.

Es zerbrach mir das Herz. Ich sah wieder zum Himmel. Er musste irgendwie fliehen können, bevor sie ihn sahen.

Sie hatten mir den Dolch abgenommen und ich hätte mich auch nicht getraut ihn auf den Pfahl zu werfen, an den Liam gebunden war, wie es die Helden in meinen Büchern tun würden. Die Angst, Liam zu treffen, wäre zu groß gewesen.

Der helle Streifen wurde immer größer und Angst ließ meinen Körper erbeben. »Wir müssen ihn irgendwie retten«, sagte ich zu Oskar.

Er sah zu mir. »Wieso willst du *ihn* unbedingt retten? Wieso nicht dich?«

»Weil …« Weil es mir das Herz zerriss, wenn ich daran dachte, dass die Kriege zwischen den Völkern nie aufhören würden. Weil es mir eine Scheißangst einjagte, wenn ich daran dachte, dass ihm irgendwas passieren könnte. »Weil er den Frieden bringen muss«, brachte ich über die Lippen.

Oskar knurrte und richtete sich auf. Doch es war zu spät. Wir hatten uns zu viel Zeit gelassen.

Die ersten Sonnenstrahlen brachen durch die Bäume und erhellten Liams Fell. Er bemerkte die Wärme und richtete sich erschrocken auf. Seine Augen waren voller Angst, als der Glitzer ihn einhüllte. Das Fell zog sich zurück, die Hinterläufe wurden zu Beinen und die Vorderläufe zu Armen. Sein Körper stand aufrecht und das Seil fiel locker an ihm herab. Aber er blieb wie erstarrt stehen. Er schaute auf die Fesseln und danach zu mir.

Die Elfen hatten noch nichts davon mitbekommen. Noch immer stand er da, sah zu mir und floh nicht.

»Renn!«, flüsterte ich. »Flieh!«

Doch er schüttelte den Kopf. »Ich kann nicht«, formten seine Lippen und plötzlich wurde Geschrei bei den Elfen laut.

Die ersten hatten Liam entdeckt.

Fassungslos starrte ich zu ihm. Wieso war er nicht geflohen? Wieso ließ er zu, dass sie das Seil um seine Hände banden und ihn in einen separaten Käfig steckten?

Ich fühlte mich leer. Voller Unglauben beobachtete ich das Spektakel, das keines war, weil Liam alles mit sich machen ließ. Ich verstand ihn nicht. Wieso hatte er die Chance nicht ergriffen? Wieso war er geblieben?

»Er kann dich nicht zurücklassen«, klärte Oskar mich auf, als er meinen Blick erriet.

»Wieso nicht? Er hätte zurückkom-«

Oskar schüttelte den Kopf. »Es sind zu viele. Als Löwenadler hatte er nicht einmal die Chance gegen sieben. Wie soll er also gegen ein ganzes Lager ankommen? Die einzige Möglichkeit für ihn ist gemeinsam mit dir zu fliehen und solange er da keinen Plan hat, wird er dich nicht verlassen.«

Meine Aufmerksamkeit richtete sich auf Liam. Ich wollte ihn fragen, wieso, aber meine Stimme brachte keinen Ton heraus. Ich wollte die Antwort nicht hören. Die Angst, dass das alles verändern würde, ließ mich beben und ich betrachtete ihn einfach nur, der nun ebenfalls im Käfig saß und traurig den Kopf hängen ließ.

Ich konnte nicht zulassen, dass wir aufgaben. Ich konnte nicht zulassen, dass wir für irgendein Ritual geopfert wurden. Mein Blick richtete sich wieder in die Mitte des Lagers, wo die Sklaven eilig alles zusammenpackten und sich zum Aufbruch bereit machten.

Kapitel 14

Seit der Nacht waren drei Tage vergangen. Ich war nun genau zwei Wochen in dieser Welt und bereits zum zweiten Mal gefangen genommen worden.

Die Sklaven hatten die Aufgabe uns zu essen zu geben und wir durften uns zweimal täglich erleichtern. Der eine Sklave, der meinen Blick erwidert hatte, war für uns zuständig, und jedes Mal, wenn er uns etwas gab, bedankte ich mich und schenkte ihm ein Lächeln. Er war vom ersten Tag an rot geworden und ich schämte mich ein wenig dafür, dass ich seine Verlegenheit so schamlos ausnutzte.

Liams Käfig war gerade groß genug, dass er sich in seiner Tiergestalt hinlegen konnte. Doch es sah alles andere als gemütlich aus. Unser Sklave war ebenfalls für ihn zuständig und Liam begegnete ihm mit derselben Freundlichkeit wie ich. Ich wusste nicht, ob er meinen Plan teilte oder ob er einfach nur nett zu dem armen Kerlchen sein wollte.

Oskar hatte mir erzählt, dass die Karawane in dieselbe Richtung zog, in die wir hatten gehen wollen, was uns natürlich zugutekam – wenn wir jemals aus den Fängen der Elfen entkommen konnten. Oskar gab sich von seiner grimmigsten Seite. Die Enge des Käfigs machte ihm zu schaffen. Er gehörte nicht eingesperrt. Keiner von uns, aber es wirkte, als ob sich die Gefangenschaft bei ihm am meisten bemerkbar machte.

Der Junge kam wieder mit einer Schüssel Essen auf uns zu. Die Holzschale für Oskar knallte er auf den Boden und meine reichte er mir sanft in die Hand. Ich schenkte ihm ein Lächeln und erinnerte mich daran, dass er ebenso wie wir gefangen war.

»Danke. Wie heißt du?«, fragte ich leise.

Der Junge sah sich unsicher zu den Kriegern um. Aber seitdem sie uns gefangen hatten und Liam offenbart hatte, dass er ein Verfluchter war, betranken sie sich nur noch und alberten herum. »Lio.«

Ich strahlte den Jungen an. »Das ist ein schöner Name! Ich bin Mia.«

Der kleine Mann erwiderte mein Strahlen. »Das ist auch ein schöner Name«, gab er das Kompliment zurück und seine Wangen verfärbten sich rot.

»Geht es dir gut, Lio?«, fragte ich leise.

Er sah ängstlich über seine Schulter. »Keinem von uns geht es hier gut«, meinte er und schaute zu Boden.

»Das tut mir leid«, murmelte ich und griff durch das Gitter nach seiner Hand und drückte sie sanft.

Überrascht schaute er auf meine Finger. Ich sah, wie Tränen sich in seinen Augen sammelten und er wandte sich schnell von mir ab. Er ergriff die Flucht und gab Liam sein Essen.

Dieser musterte mich fragend, war aber weiterhin nett zu Lio.

»Das wird nicht funktionieren«, kam Oskars kratzige Stimme aus dem Hintergrund.

»Wenigstens versuche ich etwas«, fauchte ich leise. »Ich habe keine Lust ein Opfer zu sein. Wenn es dir anders geht – bitte!«

Ich hielt die Schüssel an meine Lippen und trank die Suppe. Sie schmeckte überraschend gut. Vielleicht wollten uns die Elfen mästen, damit wir nicht mehr so schnell davonlaufen konnten. Oder damit ihre Götter versöhnlicher mit ihnen waren.

Oskar schnaufte. »Wenn wir noch zwei Tage weiterreisen, sind wir am Berg der Seelen.«

Überrascht sah ich zu ihm. »Wir kommen schneller voran? Obwohl wir so eine große …?«

»Die Elfen sind solch eine Wanderschaft gewöhnt. Sie ziehen durch ganz Alendia und Eventyr, sammeln Wanderer, Banditen oder Bauern ein und bringen sie zu ihrer Königin. Sie lebt am Fuße des Berges und dort werden die meisten Rituale abgehalten.«

»Du meinst also, dass wir abwarten sollen, bis wir dort sind – und dann fliehen?«

Er zog die Augenbrauen hoch. »Mia, wenn wir einmal in den Klauen der Königin sind, werden wir nicht mehr flüchten können.«

Ich schürzte die Lippen. Daran glaubte ich nicht. Wir mussten irgendwie hier rauskommen. Und ich schätzte, dass es am besten gelingen würde, wenn sie nicht mehr damit rechneten – mein Blick richtete sich erneut auf Lio – und wir Hilfe von einem von ihnen hatten.

***

Zwei weitere Tage vergingen. Ich tauschte mich mit Lio öfter aus und er gab mir heute sogar ein Stück Brot zu meiner Portion Suppe.

»Ich danke dir«, murmelte ich und biss von dem Brot ab. Der Kräutergeschmack breitete sich in meinem Mund aus und ich seufzte wohlig. »Du hättest dich aber nicht für mich in solch eine Gefahr begeben müssen!«, hielt ich ihm vor und betrachtete ihn mit sorgenvollem Blick.

Er schüttelte den Kopf. »Du bist nett zu mir, Mia. Das habe ich gern getan.«

Ich lächelte. Der kleine Mann war mir ans Herz gewachsen und ich wollte – ich wollte wirklich –, dass er uns half und bei der Flucht mit uns kam. »Weißt du, wie weit wir noch vom Elfendorf entfernt sind?«, fragte ich leise und sah mich nach allen Seiten um, damit die anderen unserem Gespräch nicht lauschten.

»Heute Mittag sollten wir ankommen. Die Königin wird sich über den Fang der Krieger freuen und sie reich belohnen.«

Wir sahen gemeinsam zu Liam, der trist in seinem Käfig sah.

»Magst du die Rituale?«, löcherte ich den Jungen weiter.

Er schüttelte den Kopf. »Nein. Diejenigen leiden. Sie leiden sehr. Und ... und manche haben es nicht verdient zu sterben.« Sein Blick richtete sich auf mich.

Ein Kloß setzte sich in meinem Hals fest und ich drückte seine Hand, die er um eine Stange gelegt hatte. »Es wird schon alles gut werden, Lio.«

Er schüttelte wieder den Kopf und ich sah die Tränen in seinen blauen Augen. »Nein. Du wirst sterben. Genauso wie der Troll und der Verfluchte.«

Ich biss die Zähne zusammen. Die Tränen kamen hoch und ich versuchte sie hinunterzuschlucken. »Ich möchte nicht sterben«, gab ich leise zu. »Aber es gibt nichts, was du für uns tun könntest.«

Lios Kiefermuskeln spannten sich an und ich wusste, dass ich einen wunden Punkt bei ihm getroffen hatte. Er stieß sich von dem Gitter ab und rannte davon.

»Super Plan«, kam es höhnisch von Oskar. »Wieso sagst du ihm nicht, dass auch er niemals aus diesem Leben entfliehen kann? Dann wird er uns mit Sicherheit helfen.«

»Du solltest aufhören so fies zu sein, Oskar.« Die Gefangenschaft tat ihm nicht gut. Er hatte sich erschreckend gewandelt. So sehr, dass er scheinbar vergaß, dass allein der Wille vieles erreichen konnte. Und wenn ich nett zu Lio war, würde er mir hoffentlich helfen, damit ich Oskar, Liam und mich selbst retten konnte. Zumindest hoffte ich, dass Lio so tickte.

***

Zur Mittagszeit erreichten wir das Dorf. Genau wie Lio es angekündigt hatte. Das Dorf schien für mich aber schon eher eine Stadt zu sein. Steinhäuser reihten sich aneinander und Straßen aus Stein wanden sich durch das Tal. Diese Steinwege war ich wirklich gewillt Straßen zu nennen.

Die Elfen strömten aus allen Winkeln, als sie die Krieger sahen. Sie warfen Blumen auf ihre Helden und feierten mit Musik ihre Ankunft. Wäre ich nicht gerade in einem Käfig gefangen gewesen, hätte ich den Anblick genießen können.

Viele der Krieger fielen weiblichen Elfen um den Hals und pressten sie an sich. Küssten sie und strichen ihnen zärtlich das Haar aus dem Gesicht.

Mir schnürte sich das Herz bei dem Anblick zu. Sie waren so sanft zueinander. Nichts war mehr von den herzlosen Kriegern zu sehen, die uns gefangen genommen und ihre Nächte damit verbracht hatten sich zu besaufen. Die Sklaven liefen mit gebeugten Schultern am Schluss der Karawane. Niemand kam zu ihnen. Keiner begrüßte sie. Ich beobachtete Lio. Er war mir ans Herz gewachsen. Zum Teufel! Er war ein Kind. Er sollte so nicht leben müssen.

Ich sah zu Liam, der sich die Elfen und ihre Stadt ebenfalls anschaute. Oskar spielte mit einem Stock und interessierte sich nicht für seine Umgebung. Ich schüttelte den Kopf und wandte mich der Stadt wieder zu. Trolle waren nicht für diese Käfige gemacht. Ich konnte die Veränderungen nicht nur bei Oskar feststellen, sondern auch bei den anderen Trollen, die gefangen genommen worden waren. Sie schienen ohne Hoffnung zu sein. Ich wusste nicht, ob das einfach in ihrer Natur lag oder an den Gittern, die sich vor ihr Blickfeld geschoben hatten.

An den Häusern wuchsen Efeu und andere Schlingpflanzen empor. In der Regel besaßen die Behausungen zwei Stockwerke. Oft sahen Frauen mit Kindern aus eben diesem Stock auf uns herunter und begrüßten schreiend die Krieger.

Ich wusste nicht, was ich von all dem halten sollte. Einerseits berührte es mich. Anderseits fragte ich mich, was mit diesem Volk nicht stimmte, dass sie auf der einen Seite so zärtlich waren, aber auf der anderen Seite derart brutal.

Ich setzte dazu an, Oskar zu fragen. Doch als ich sein desinteressiertes Gesicht sah, blieb mir die Frage im Hals stecken. Er musste aus diesem Käfig raus. Unbedingt und schnellstmöglich.

Wieder sah ich zu Lio. All meine Hoffnung ruhte auf den Schultern eines Kindes. Und ich fühlte mich schlecht dabei, weil ich diesem Kerlchen nichts zurückgeben konnte. Ich konnte ihm keine Sicherheit geben. Keinen Lohn. Nicht einmal seine Freiheit konnte ich ihm anbieten. Was wir vorhatten, war kein Abenteuer für ein Kind.

Ich biss mir auf die Lippe und schaute wieder nach vorn. Die Elfen führten uns zu einem Tempel, der in die Höhe ragte. Dutzende Treppenstufen führten hinauf und eine Frau stand dort oben. Eine Krone, kreisrund mit Zacken, die wie die Sonne gebildet waren, saß auf ihrem goldenen Haar und strahlte wie das Sonnenlicht selbst.

Sie hob die Arme und der Schmuck an ihnen glitzerte ebenfalls. Die Frau war blass. »Herzlich willkommen zurück, meine Krieger.«

Überrascht weiteten sich meine Augen. Obwohl die Königin – ich ging zumindest davon aus, dass diese Frau die Königin war – so weit entfernt von uns stand, konnte ich sie hören, als würde sie neben mir gehen.

»Zauberei«, brummte Oskar neben mir, als er meinen Blick bemerkte.

Seine Haut war eingefallen und schien grauer als noch vor Minuten. Ich versuchte nicht daran zu denken, wie schlecht es meinem Freund ging, und sah wieder zu der Königin hinauf.

»Ihr habt reiche Beute für unsere Göttin mitgebracht. Sie hat mir davon berichtet. Ich bin stolz auf euch. Auf jeden einzelnen. Ihr habt der Göttin einen guten Dienst erwiesen.«

Der Hauptmann der Elfen beugte das Knie vor seiner Königin und begann dann mit dem Aufstieg zum Tempel.

Um uns herrschte Stille. Was mich überraschte. Das Rufen und die Musik waren mit einem Schlag erloschen, als die Königin das Wort ergriffen hatte.

Als der Hauptmann oben angekommen war, kniete er noch einmal vor seiner Königin nieder. Sie erhob ihre Hand und jetzt erkannte ich ein Messer in ihren Fingern. »Danke, für deinen Dienst«, verkündete sie und schnitt dem Hauptmann die Kehle auf.

Ich schlug die Hände vor den Mund und konnte den Schrei nicht unterdrücken, der meine Kehle verließ. Mein Blick war auf den Hauptmann gerichtet. Für einen kurzen Augenblick hielt er sich noch auf den Knien, dann fiel er in sich zusammen.

Meine Gliedmaßen begannen zu zittern. Ich hatte dem Tod schon ins Auge gesehen. Aber selbst als Liam getötet hatte, um mich zu schützen, war es nicht *so* gewesen. Dieser Mann hatte seinen Tod hingenommen. Seine Königin hatte ihm die Kehle durchgeschnitten. Als Dank! Das war absolut verdreht und krank. Wie konnte man so etwas dankbar annehmen?

Ich konnte den Blick nicht abwenden, als die Königin sich dem Körper zuwandte, den Kopf hochzog und das restliche Blut in einer Schale auffing.

Oskar zog mich zu sich und zwang mich, den Blick von der Szene abzuwenden. »Sh …«, raunte er in mein Haar und seine kalte Hand strich über meinen Rücken.

»Heute Abend wird es ein wahres Fest geben!«, verkündete die Königin und mit diesen Worten begann die Feier von Neuem.

Die Musik übertönte meine Schluchzer und wir wurden in eine weitere Ecke ihres Reiches geführt.

***

Die Sonne ging unter. Die Musik war kein einziges Mal erloschen und ich hatte mich in den Armen von Oskar langsam wieder beruhigt. Doch noch immer zitterte ich anhand der Gleichgültigkeit, die die Elfen dem Tod entgegenbrachten. Sie sahen ihn als Erlösung an. Obwohl niemand Schmerzen litt. Zumindest nicht diejenigen, die sterben sollten.

Mein Blick glitt über die Ebene, auf der unsere Käfige standen. Liams hatten sie weiter vorn positioniert, was mich mit eiskalter Angst erfüllte. Er suchte meinen Blick und er sah aus, als ob er irgendwas bereute. Trauer hatte seine ansonsten grün strahlenden Augen trüb gemacht. Keiner von uns hatte sich unsere Reise so vorgestellt. Auf Räuber waren wir vorbereitet gewesen. Aber nicht auf die Stärke der Elfen, die uns hinterrücks angegriffen hatten.

Ich lehnte meinen Hinterkopf gegen das Gitter und schob meine Gedanken hin und her, versuchte irgendeine Möglichkeit zu finden, damit unser Abenteuer, unsere Reise, nicht hier endete. Das konnte ich nicht zulassen. Liam musste die Königin wiedererwecken und ich meinen Großvater. Ich musste zu meiner Familie zurückkehren. Was würde nur mit meinen Eltern passieren, wenn ich hier starb? Würden sie daran zerbrechen? Waren sie es vielleicht schon?

Das schlechte Gewissen machte sich bemerkbar. Ich hatte schon zu lange nicht mehr an sie gedacht. Niemals hatte ich daran gezweifelt, dass mich meine Eltern über alles liebten. Niemals. Sie hatten nur nicht die Kraft gehabt es zu zeigen. Und nun hatte ich sie vergessen. Hatte einfach vergessen, dass es sie gab, dass sie sich vielleicht – nein, sogar mit Sicherheit – Sorgen um mich machten. Angst suchte mich heim. Schlug ihre eiskalten Klauen in mich und ließ die Verzweiflung ein. Noch hatte ich ein kleines bisschen Hoffnung. Der kleine Funken war dabei zu erlöschen, umso weiter die Sonne über den Himmel wanderte, aber noch glomm er. Und alles hing von Lio und seinem Mut ab.

***

Liam hatte sich mittlerweile verwandelt. Die Stadt war erhellt durch Fackeln, die schimmernd ihr Licht verteilten. Die Elfen waren in absoluter Hochstimmung. Sie tanzten wild durch die Straßen, zeigten ihre Liebe zueinander öffentlich, doch bevor es zu weit ging, verzogen sie sich in dunkle Gassen oder leere Häuser.

Ich hatte die Lippen zu einem schmalen Streifen zusammengepresst und hielt in der Dunkelheit die ganze Zeit nach Lio Ausschau. Doch er kam nicht. Vielleicht hatten meine Worte ihm doch den letzten Mut geraubt?

Diese Ungewissheit brachte mich um. Mein Herz flatterte nervös in der Brust. Liam suchte die ganze Zeit meinen Blick und wenn er ihn auffing, hatte ich das Gefühl, dass er noch so viel sagen wollte, es aber in der jetzigen Gestalt und Umgebung nicht konnte. Und verdammt! Ich wollte nicht, dass es hier endete. Nicht so.

Meine Finger umklammerten das Holzgitter und ich rüttelte daran. Nicht zum ersten Mal.

»Mia, lass das. Du wirst hier nicht rauskommen.«

»Wenigstens verliere ich die Hoffnung nicht!«, fuhr ich Oskar an.

Ich schüttelte seine Hand ab, die er auf meine Schulter gelegt hatte, um mich davon abzuhalten. Tränen liefen mir über die Wangen, die ich störrisch wegwischte. *Das ist nicht das Ende!*

Die Elfen hatten uns in Ruhe gelassen – bisher. Aber ich wusste, dass sie bald kommen würden. Liams Position ganz vorn ließ darauf schließen, dass er der Erste sein würde.

Plötzlich regte sich etwas in der Dunkelheit. Eine kleine Gestalt huschte durch die Gänge zwischen den Käfigen direkt auf uns zu. Ich konnte nicht glauben, dass Lio tatsächlich zurückgekehrt war! Ein erleichtertes Schluchzen entrang sich meiner Kehle und ich legte die Hände auf meinen Mund.

Die blauen Augen sahen stolz zu mir hoch und in seiner Hand hielt er den Schlüssel.

»Ich lasse nicht zu, dass sie dich und den Verfluchten opfern.«

»Lio«, hauchte ich, meine Stimme hat nicht mehr die Kraft zu irgendetwas anderem. »Danke.«

Der kleine Halbelf strahlte mich mit einem riesigen Grinsen an und steckte den Schlüssel ins Schloss. Ich schaute triumphierend zu Oskar. In seinen Augen glitzerte wieder die Hoffnung.

»Du hattest recht«, bemerkte er und nickte mir zu.

Lio schloss den Käfig auf und Oskar und ich kletterten hintereinander raus.

»Ihr nehmt mich mit, oder?«, fragte Lio und fiel mir in die Arme.

»Natürlich!«, sagte ich und drückte den kleinen Mann an meinen Körper. Ich war so erleichtert über sein Kommen. Wir waren Lio das schuldig. Wenn wir ihn hierließen ... Ich wollte mir gar nicht ausmalen, was mit einem Jungen geschah, der Böses getan hatte, wenn sie jemanden schon zum Dank umbrachten.

Oskar sah mich warnend an und schüttelte den Kopf. Er wollte ihn nicht mitnehmen. Aber ich ignorierte es. Wir würden einen Platz für Lio finden, wo er in einer liebevollen Umgebung erwachsen werden konnte. Selbst wenn ich ihn mitnahm in meine Welt.

Gebückt huschten wir zu Liams Käfig und Lio schloss ihn ebenfalls auf. Der Löwenadler hatte aufgrund seiner Masse Probleme, durch die Tür zu kommen, aber als es endlich geschafft war, huschten wir weiter. Ich warf einen Blick auf die restlichen Gefangenen.

»Können wir sie nicht ebenfalls befreien?«, flüsterte ich und sah mich dabei nach Wachen um, aber ich konnte nirgends welche entdecken. Wahrscheinlich konnte keine der Elfen glauben, dass sich einer der ihren gegen sie stellen würde.

Lio sah mich mitleidig an und schüttelte den Kopf. »Das dauert zu lange. Die Prozession hat schon angefangen.«

Ich biss mir auf die Lippen und nahm Lio den Schlüssel ab. »Oskar, nimm Lio und Liam und geh. Verschwindet in die Wälder, ich schaue, dass ich noch ...«

»Nein!«, herrschte mich Oskar an.

Überrascht sah ich zu ihm, als er mir die Schlüssel aus der Hand nahm. »Ich mach das.« Er wandte sich Liam zu. »Kannst du die beiden tragen und fliegen?«

Liams Blick wurde schlagartig traurig und er schüttelte den Kopf.

»Was? Wieso nicht?«, fuhr Oskar Liam an.

Ich beobachtete die Reaktion von Liam. Zaghaft breitete er seine Flügel auf. Seine Federn bebten.

»Er kann nicht fliegen«, bemerkte ich auf einmal. Mein Blick lag auf seinen Federn. Seine Flügel waren zu schwach und gestutzt. Er würde niemals fliegen können. Ich hatte solche Flügel schon einmal bei einem Adler gesehen, nachdem er im Zoo einen Menschen angegriffen hatte.

Liams Blick traf mich und ich konnte die unendliche Trauer darin sehen.

»Du bist ein verdammter Adler!«

»Lass ihn. Wir können rennen. Das schaffen wir. Oskar, bitte pass auf dich auf!«, flehte ich meinen Freund an.

Ich fiel ihm um den Hals und drückte ihn an mich. Seine kalten Hände legten sich auf meinen Rücken und er drückte mich ebenfalls noch einmal an sich. »Geht. Ich komme nach.«

Ich hatte ein ungutes Gefühl dabei, aber ich lief mit Lio an der Hand und neben Liam durch die wie ausgestorbene Elfenstadt. Wir hörten sie in der Ferne feiern und Lio lenkte uns zielsicher aus dem Labyrinth der Häuser hindurch in den Wald hinein. Die Elfen hatten sich scheinbar hinter dem Tempel versammelt, um dort ihre kranken Rituale feiern zu können.

Wir rannten gemeinsam weiter. Meine Lungen brannten, doch ich wollte nicht zurückfallen und versuchte das Gefühl zu unterdrücken. Lio hielt sich tapfer neben mir. Liam schien der Einzige zu sein, der kein Problem mit der Geschwindigkeit hatte.

»Warte«, japste ich. »Kannst du Lio tragen?«, fragte ich.

Liam warf Lio einen Blick zu und nickte. Ich hob den Halbelfen hoch. »Halt dich gut fest, okay?«, sagte ich ihm und drückte seine Hände fest in Liams Fell.

Lio sah mich mit großen Augen an und nickte.

Plötzlich hörten wir hinter uns Geschrei. Erschrocken drehte ich mich in die Richtung, aus der wir gekommen waren.

»Sie haben es bemerkt«, sprach Lio meine Angst aus.

»Oskar …«, hauchte ich. Er hatte viel zu wenig Zeit gehabt. Mir wurde schlecht und meine Beine begannen zu zittern.

Liam drückte seinen Kopf gegen meinen Arm, um meine Aufmerksamkeit auf ihn zu lenken, und trippelte nervös mit seinen Pranken auf den Stein.

Noch einmal warf ich einen Blick zurück. »Du hast gesagt, du kommst«, rief ich traurig in die Ferne und hoffte, dass Oskar sein Versprechen halten konnte.

Danach rannte ich los.

Lio zeigte uns noch immer den Weg, damit wir die Elfen schnellstmöglich hinter uns lassen konnten.

Als wir eine Weile nichts hinter uns hörten, erlaubten wir uns endlich unsere Schritte zu zügeln. Außer Atem stützte ich mich auf die Knie. Meine Lungen brannten und meine Beine protestierten. Sie würden keinen Schritt mehr machen.

Ich sah mich in dem Waldstück um, in dem wir gelandet waren. Nichts ließ darauf schließen, dass Elfen ihr Unwesen hier trieben. Ich wusste nicht, ob mich das beruhigen oder eher beunruhigen sollte.

»Kommen oft Jäger der Elfen her?«, wandte ich mich immer noch außer Atem an Lio.

Der schüttelte den Kopf. »Sie jagen ausschließlich im Rücken des Tempels.«

Erleichtert sackte ich zusammen und ließ mich einfach auf meine Knie fallen.

Liam beugte sich zu mir runter und schnaufte mich an.

»Gleich. Ich brauche eine Pause.«

Ein leises Knurren entstieg aus dem Brustkorb des Löwenadlers und er deutete auf seinen Rücken.

Verwundert sah ich ihn an. »Du willst uns beide tragen?«

Liam nickte und deutete wieder auf seinen Rücken. Ich haderte kurz mit mir. Ich hatte schon einmal auf einem Pferd gesessen, doch das war Jahre her und ich konnte mir nicht vorstellen, dass man die beiden Tiere miteinander vergleichen konnte. Aber Liam hatte recht. Wir mussten weiter.

Seufzend richtete ich mich auf und kletterte hinter Lio auf Liams Rücken. »Wenn es zu schwer für dich wird, sagst du Bescheid. Ja?«

Das nächste Schnauben von Liam hörte sich belustigt an und er ging gemächlich los. Zuerst klammerte ich mich erschrocken in Liams Fell. Doch mit der Zeit passte ich mich seinen Bewegungen an.

Kapitel 15

Die Sonne ging auf und Liam blieb stehen. Er bedeutete uns abzusteigen und kurz darauf verwandelte er sich.

Er atmete schwer und Schweiß stand auf seiner Stirn.

»Du hast gesagt, du sagst Bescheid, wenn es zu viel wird!«, fuhr ich ihn an und griff unter seiner Schulter, damit ich ihn stützen konnte.

Liam lachte leise. »Ich stehe doch noch.«

Ich sah mich nach einem Versteck um. Lio deutete weiter geradeaus. »Ich höre dort einen Wasserfall!«

Ich nickte und gemeinsam mit Liam stolperten wir zum Ufer des Flusses. Der Wasserfall war imposant. Er reichte bestimmt zehn Meter in die Höhe und krachte mit Wucht auf das Flusswasser. »Hier können uns die Elfen wegen des Rauschens nicht hören«, erklärte Lio und war mächtig stolz auf sich.

Lächelnd nickte ich ihm zu. »Magst du nachsehen, ob vielleicht hinter dem Wasserfall eine Höhle ist?«, fragte ich, weil ich mich dran erinnerte, dass es in manchen Romanen so etwas gab.

Ich bugsierte Liam ans Ufer und er ließ sich erschöpft ins Wasser gleiten. Ich atmete erleichtert aus, als sein Körper im Fluss eintauchte und ich ihn endlich wieder ansehen konnte, ohne vor Scham im Boden zu versinken.

Mein Blick wanderte durch die Umgebung. »Du brauchst neue Anziehsachen«, sagte ich.

»Ich weiß, aber das hat Zeit. Trink erst mal was«, befahl Liam und nahm selbst etwas Wasser aus dem Fluss zu sich.

Seufzend tat ich es ihm nach. Das kühle Wasser floss erfrischend durch meinen ausgedörrten Körper und ich schloss kurz die Augen, um das Gefühl zu genießen.

»Dahinten ist wirklich eine Höhle!«, rief Lio und wedelte mit einer Hose.

Lächelnd sah ich auf Liam herab. »Scheinbar haben wir ab und an auch mal Glück«, bemerkte ich.

Er erwiderte mein Lächeln und stemmte sich aus dem Wasser. Ich lief vor Liam. Mein Hormonhaushalt ertrug seinen nackten Anblick noch immer nicht.

Lio kam mir aufgeregt entgegen und zerrte mich an der Hand hinter den Wasserfall. »Das ist fantastisch! Hier versammeln sich bestimmt sonst Räuber oder so.«

Ich runzelte die Stirn. Auf Räuber konnte ich jetzt verzichten. Doch ich folgte Lio in die Höhle und drängte die Räuber erst mal beiseite.

Als ich die Höhle betrat, blieb ich stehen und ließ den Eindruck auf mich wirken. Es war bezaubernd! An den Decken hingen Stalaktiten und Wasser tropfte an ihnen herunter. Sie schimmerten mystisch durch das Licht, das durch den Wasserfall hereinkam. Im vorderen Bereich der Höhle lagen Truhen und Schätze. Lio hatte wahrscheinlich recht, dass sich hier eher Räuber trafen. Aber ich hoffte, dass uns das Glück noch nicht verlassen hatte und sie erst wiederkamen, wenn wir weg waren.

Liam schnappte sich direkt noch ein Hemd, das Lio aus einer der Truhen gezogen hatte.

»Was machen wir jetzt?«, fragte Lio aufgeregt.

»Wir warten«, teilte Liam mit. »Und ich gehe etwas zu essen suchen.«

»Willst du Lio nicht lieber mitne-?«

Er unterbrach mich mit einem Kopfschütteln und zog ein Schwert aus einer der offenen Truhen hervor. »Ich schaffe das schon. Lio und du, ihr bleibt hier.« Liam kniete sich vor den jungen Halbelfen. »Du passt auf Mia auf, ja?«

Lio reckte die Brust und nickte heftig. »Sie ist bei mir sicher!«

Liam grinste und warf mir noch ein Lächeln zu, ehe er sich abwandte und wieder nach draußen ging.

Erschöpft setzte ich mich auf den Boden und betrachtete Lio, wie er sich aufgeregt durch die Truhen wühlte.

Aber wirklich erfreuen konnte ich mich an dem Anblick nicht. Ich musste immer wieder an Oskar denken. Erst jetzt fiel mir auf, dass wir nie eine Richtung abgemacht hatten, in die wir uns wenden würden, sollten wir fliehen können. Er hatte keine Ahnung, wo wir waren! Der Gedanke schnürte mir die Kehle zu.

»Er ist ein Troll, nicht wahr?«, fragte Lio leise und unterbrach meine Gedanken.

»Ja, ist er.«

»Und er ist mit dir verbunden, oder?«

Ich nickte.

»Dann wird er dich finden. Eine Sklavin erzählte einmal die Geschichte von einem Mädchen und einem Troll. Sie hatte ihm einmal das Leben gerettet und seitdem waren sie verbunden gewesen. Als der Troll sie einmal verloren hatte, konnte er sie trotz unglaublich vieler Kilometer Entfernung finden. Das Band wird ihm die Richtung weisen.«

Tränen standen in meinen Augen und ich zog Lio an mich. Es fühlte sich fast an, als hätte ich einen kleinen Bruder gefunden, den ich niemals gesucht hatte. »Danke«, raunte ich in sein Haar.

Seine Hände klammerten sich an mein Oberteil und er drückte mich ebenfalls an sich. »Ich habe zu danken«, antwortete er.

***

Es war bereits Mittag, als Liam wiederkam. In der Hand hielt er drei Fische. Lio half sofort dabei Feuer zu machen, während die Jungen mir verboten auch nur irgendeinen Finger zu rühren.

Ich hatte mich an den Rand des Wasserfalls gesetzt und behielt die Umgebung im Auge. Oskar müsste schon längst da sein. Schmerzhaft zog sich mein Herz zusammen. Die Schuldgefühle wüteten in mir. Hätte ich die restlichen Menschen einfach zurücklassen können, wären wir bereits alle versammelt. Nur wegen mir war er zurückgeblieben.

Vor Sorge knetete ich meine Fingerknöchel, die leise knackten.

»Du solltest das wirklich lassen«, meinte Liam und setzte sich neben mich.

»Ich mache mir Sorgen«, teilte ich ihm mit.

»Ich weiß. Aber Oskar kommt schon.« Er legte seine Hand auf meine und drückte sie leicht. »Du glaubst doch nicht wirklich, dass er zulässt, dass du allein mit mir unterwegs bist?«

Grinsend schüttelte ich den Kopf. »Wir sind nicht allein. Lio ist jetzt dabei.«

Liam verdrehte die Augen. »Als ob er dieselbe Wirkung auf mich hätte wie Oskar.«

Ich sah ihn skeptisch an. »Was hat Oskar denn für eine Wirkung auf dich?«

»Als wäre er dein Vater. In seiner Gegenwart will ich mich benehmen.«

Ich lachte leise. »Du spinnst.«

»Solange ich dich dabei zum Lachen bringe, ist es das wert.«

Die Hitze legte sich auf meine Wangen und ich erwiderte Liams Lächeln. Links und rechts bildeten sich kleine Grübchen auf seinen Wangen und ließen die Schmetterlinge in meinem Bauch unruhiger werden.

Liam legte seinen Zeigefinger unter mein Kinn und mit der anderen Hand fuhr er durch meine Haare. »Er kommt. Versprochen.«

Ich nickte. »Danke.«

»Essen ist fertig!«, rief Lio aus der Höhle.

Liam richtete sich auf und hielt mir seine Hand hin. Noch einmal schwebte mein Blick über die Umgebung, ehe ich Liams Hand ergriff. Gemeinsam betraten wir die Höhle, in der es nach Rauch und Fisch roch.

Nach dem Essen zeigte Lio Liam die ganze Höhle, die wir schon am Vormittag erkundet hatten. Ich legte mich in eine Ecke und versuchte ein wenig zu schlafen. Aber die Sorge um Oskar ließ mich einfach nicht zur Ruhe kommen. Ich versuchte meine Gedanken abzulenken und erinnerte mich daran, dass uns nur noch wenige Stunden von dem Berg trennten. Mein Puls stolperte. Hieß das nicht auch, dass ganz in der Nähe die Soldaten aus Eventyr und Alendia um ihr Leben kämpften.

Ich verstand den Krieg in unserer Welt nicht. Ich verstand nicht, wieso man so viele Leben opfern konnte, wegen eines fadenscheinigen Grunds. Und hier? Hier bekriegten sich die Menschen wegen einer Frau.

Seufzend richtete ich mich auf und betrachtete meine beiden Gefährten. Sie spielten Räuber. Liam ging sorgenfrei mit dem Jungen um, obwohl ich seine Körpersprache mittlerweile deuten konnte. Seine Schultern waren unter dem Hemd angespannt und sein Blick richtete sich öfter auf den Höhleneingang. Er hatte ebenfalls Sorge um Oskar.

Der Troll war schon zu lange weg. Und morgen mussten wir weiter. Wir konnten nicht in der Nähe der Elfen bleiben, die Liam unbedingt besitzen wollten.

Liams Blick glitt über mich, als ich mich aufsetzte. Lio bemerkte es ebenfalls und ein Schatten schlich über sein Gesicht, als er meine Sorge bemerkte. Ich schnappte mir ein neues Hemd und eine neue Hose und verschwand tiefer in der Höhle. Lio und ich hatten weiter hinten einen See entdeckt, in dem klares Wasser war. Komischerweise schimmerte das Licht, das durch den Wasserfall reichte, bis dorthin, sodass ich nicht in vollkommener Dunkelheit laufen musste. Im Halbdunklen zog ich mich aus und tauchte in das eiskalte Wasser des Sees.

Kurz schloss ich die Augen und gewöhnte mich an die Kälte. Der See war nicht so tief, wie ich gedacht hatte. Wenn ich stand, waren meine Brüste gerade eben noch bedeckt.

Ich sah mich in der Höhle um und musste schlucken. Wenn ich meinen Kopf in den Nacken legte, erwartete mich eine atemberaubende Sicht. Als hätte jemand sich die Mühe gemacht, die Sterne vom Himmel zu pflücken, um sie hier willkürlich wieder anzubringen.

Als ich Schritte hörte, zuckte ich zusammen, aber im Schein des Lichtes erkannte ich Liam.

»Wir bleiben noch bis morgen früh«, verkündete er. »Wir können nicht noch mehr Zeit …«

»Ich weiß«, sagte ich. Ich deutete mit dem Kopf nach oben. »Sieh mal.« Ich hoffte, dass der Anblick Liam kurzzeitig von seinen Sorgen um Oskar ablenken konnte – sowie er mich abgelenkt hatte.

»Das ist atemberaubend«, hauchte er.

Ich lächelte. »Ja, das ist es.« Ich tauchte unter und wusch mir meine Haare.

»Ich habe dir ein Leinentuch mitgebracht«, erklärte Liam. »Ich dachte, nass in die neuen Sachen zu schlüpfen, ist auch nicht so toll.«

Schmunzelnd beobachtete ich, wie er das Tuch hinlegte und sich auf dem

Steinboden niederließ. Ich bildete mir ein auf seinen Wangen eine verräterische Röte wahrzunehmen, aber wegen der Lichtverhältnisse konnte ich das nicht genau sagen. »Und was möchtest du noch?«

»Einfach in deiner Nähe sein. Ich ... ich überlege, wie ich etwas sagen soll.«

Ich runzelte die Stirn und trat näher zu ihm. Meine Unterarme legte ich auf den Boden und bettete meinen Kopf darauf. Jetzt erkannte ich, dass seine Wangen wirklich rot brannten. »Was?«

»Als ... als wir gefangen genommen wurden, hatte ich wirklich das Gefühl, es wäre das Ende. Und ich habe bereut, es dir nicht gesagt zu haben.«

»Mir *was* nicht gesagt zu haben?«, hakte ich nach.

Ich konnte beobachten, wie er sich nervös durch die Haare fuhr, seine Augen durch die Höhle wanderten und seine Hand im Nacken liegen blieb. Sein Blick richtete sich wieder auf mich. »Ich habe nie an Schicksal geglaubt. Nie. Und plötzlich fällst du aus dem Himmel, direkt dorthin, wo ich übernachtet habe. Dann sagt die Seherin ebenfalls, dass ich dich nicht gehen lassen darf, weil du der Schlüssel dazu bist, an die Blume heranzukommen. Wegen dir stellt sich alles auf den Kopf. Und ich weiß nicht, ob ich das gut oder schlecht finden soll. Du machst mich wahnsinnig. Du treibst mich an den Rand der Verzweiflung. Und weißt du, was das Schlimmste ist?«

Ich antwortete nicht darauf. Ich wusste, dass das eine rhetorische Frage gewesen war, außerdem war ich selbst auf die Antwort gespannt.

»Es gefällt mir. Als ich mir vorstellen musste, dass du eventuell von den Elfen geopfert werden würdest ...« Seine Stimme klang erstickt, als er weitersprach. »Es hat mich fast umgebracht. Dieses Gefühl, dass ich dir nicht helfen konnte. Es hat mich zerrissen, dass ich nicht stark genug war, um dich zu retten. Ich will das nie wieder fühlen. Ich kann mir einen Tag ohne dein Lachen nicht mehr vorstellen ...«

Mein Herz raste in der Brust. Und ich umfasste sein Gesicht mit meinen Händen, zog ihn zu mir herunter, es war mir egal, was er noch hatte sagen wollen. Ich wusste es. In meinem Herzen war genau dasselbe passiert. Er brauchte nichts mehr zu sagen.

»Er ist wieder da!«, erschallte Lios Stimme durch die Höhle und machte den Moment nur noch perfekter, obwohl Oskar wieder zu einem miesen Timing zurückgekehrt war.

Glück durchflutete mich und ich konnte mir ein Lachen nicht verkneifen. Liam lehnte seine Stirn gegen meine.

»Du kannst mir sagen, was du willst. Er riecht das«, murmelte er. Aber ich hörte die Freude in seiner Stimme. Er gab mir noch einen Kuss auf die Stirn und ließ mich dann allein.

Zittrig stieg ich aus dem See und trocknete mich schnell ab, stolperte in meine Klamotten und rannte in die Haupthöhle. Der Troll stand außer Atem da. Er war mit Blut beschmiert, aber er war da. Und er lebte. Ich jauchzte und warf mich in seine Arme.

»Mach das nie, nie, niemals wieder!«, schluchzte ich und drückte ihn fest an mich.

»Schön, dass ich dir gefehlt habe, Mia«, raunte er und ich hörte, dass es ihm schwerfiel die Tränen hinunterzuschlucken.

»Natürlich hast du mir gefehlt, du Vollidiot!«, meinte ich und drückte ihn noch einmal an mich, bevor ich mich endlich von ihm löste.

»Du warst langsam«, bemerkte Liam und die beiden fielen sich trotz allem um den Hals. Lio betrachtete den Troll zwiegespalten.

»Mia hat dich vermisst und sich Sorgen um dich gemacht. Ich bin froh, dass sie das nicht mehr tun muss.«

Würde mein Herz nicht schon längst dem Halbelfen gehören, hätte ich es spätestens jetzt an ihn verloren.

***

Oskar erzählte uns am Lagerfeuer, während er ein Kaninchen briet, seine Geschichte.

Nachdem wir verschwunden waren, hatte er sich direkt an die Arbeit gemacht, die anderen Käfige zu öffnen. Er war nicht zu allen gekommen, als die Elfen bemerkten, dass etwas nicht stimmte. Er ließ den Schlüssel in einen der Käfige fallen, die er noch nicht hatte befreien können, und rannte mit den anderen Wesen in den Wald hinein. Die Elfen jagten sie alle. Und statt mithilfe des Bandes zu mir zu fliehen, blieb er bei den anderen, um uns die Chance zur Flucht zu ermöglichen.

Als die ersten Menschendörfer in Sicht kamen, fielen die Elfen von ihnen ab. Sie wussten, dass sie gegen ein ganzes Dorf keine Chance haben würden.

Und durch einen Umweg war Oskar uns dann hierher gefolgt.

Ich lehnte mich an seinen Arm und freute mich einfach, dass er wieder hier bei uns war.

»Das Schöne ist: Die Flucht vor den Elfen hat uns so nah an den Berg herangebracht, dass wir ihn gegen morgen Mittag erreichen sollten«, verkündete Liam.

Lio sah uns mit großen Augen an. »Ihr wollt zu ... zu dem Berg?«

Ich nickte. »Ja.«

»Ihr dürft dort nicht hin!«, meinte Lio aufgebracht.

»Warum nicht?«

»Die Soldaten der Königreiche sind dort. Und wir müssten genau zwischen ihnen hindurch«, bemerkte er leise. Seine Augen lagen voller Sorge auf mir.

»Auf dem Berg wächst eine Pflanze, die uns helfen kann, diesen Krieg zu beenden«, erklärte ich Lio und versuchte ruhig und sicher zu klingen, obwohl mir die Erkenntnis wirklich Angst einjagte. »Deswegen sind wir den weiten Weg hierhergegangen.«

In Lios Augen sammelten sich Tränen. »Aber ihr werdet sterben, wenn ihr dort durchgeht!«

Hilfe suchend sah ich mich zu Oskar und Liam um, doch die beiden blickten ebenfalls mich an. »Lio, wir werden nicht sterben«, versicherte ich ihm. Ich wandte mich Liam zu. »Wie lange brauchen wir, wenn wir um die Armeen herumgehen?«

»Tage.«

Ich kniff die Lippen zusammen und sah zu Lio. Um mich machte ich mir keine Sorgen. Aber um ihn. Er war ein Kind.

»Es gibt einen Wald, den die Soldaten größtenteils meiden«, meldete sich Oskar zu Wort. »Dort haben wir früher die Opfer für die Elfen ausgetauscht. Er führt aber durch Elfenland und gleichzeitig durch die beiden Armeen.«

Ich sah zu Lio, dessen kleinen Schultern sich etwas entkrampften.

»Gut«, sagte ich, »dann nehmen wir den Weg.«

Noch hatten wir etwas vom Tag. Liam würde die erste Wache übernehmen und setzte sich bereits vor den Höhleneingang. Als seine Verwandlung einsetzte, berührte die Sonne gerade mal den Boden.

Kurz wunderte ich mich. Entweder ich bildete es mir ein oder seine Verwandlung begann früher und dauerte länger an. Ich versuchte mir nicht den Kopf deswegen zu zerbrechen, während ich auf dem Steinboden lag. Oskar war bereits eingeschlafen.

Lio sah mich mit seinen großen Augen von der anderen Seite der Höhle an.

»Darf … darf ich vielleicht zu dir kommen?«, fragte er unsicher.

Ich schenkte ihm ein Lächeln und hob den Umhang, um ihn ebenfalls damit zudecken zu können. Grinsend eilte er zu mir und kuschelte sich an mich.

Beruhigt schlief ich ein. Morgen. Morgen war es so weit und wir würden endlich unser Ziel erreichen.

Kapitel 16

Oskar hatte uns noch vor dem ersten Sonnenstrahl geweckt und die Nacht in der Höhle hatte überraschend gutgetan, obwohl ich mich wirklich nach einem Bett sehnte. Meine Muskeln schrien bei jedem Schritt, den ich tat, und mein Körper fühlte sich komplett verspannt an. Wie hielten Oskar und Lio das nur aus? Bei Liam wunderte es mich nicht. Durch seine Gestalt war das wahrscheinlich etwas einfacher.

Wir gingen gemütlich durch den Wald. Lio saß noch auf Liams Rücken und ließ sich tragen. Liam hatte mir ebenfalls angeboten auf ihm zu sitzen, aber ich hatte abgelehnt. Ich wollte ihm nicht noch mehr Gewicht zumuten.

Oskar lief stoisch geradeaus. Er schien genau zu wissen, wo wir entlang mussten. Aber selbst von hinten fiel mir auf, wie angespannt er war. Er kannte diesen Weg wahrscheinlich zu gut. Ich verzog die Lippen. Es tat mir leid, dass wir genau dort hinmussten, wo er scheinbar nie mehr hatte sein wollen. Wobei ich ihn verstehen konnte. Ich würde auch ungern dorthin zurückkehren, wo ich über das Schicksal von anderen Menschen und Wesen entschieden hatte.

Mein Bauch begann bei dem Wort »Schicksal« aufgeregt zu flattern und mein Blick wanderte zu Liam. Sein Adlerkopf war stolz erhoben, sein Fell schimmerte noch im restlichen Mondlicht. Ich erinnerte mich an jedes einzelne Wort in der Höhle. Und ich empfand genauso. Doch es durfte nicht sein. Ich konnte nicht zulassen, dass ich mich vollkommen in ihn verliebte. Ich wandte den Blick ab und verbat mir meine Gefühle für Liam. Ich musste meinen Großvater zurückholen. Das war sein Wunsch gewesen. Sein letzter Wille. Wie konnte ich ihm das verwehren? Wie konnte ich so egoistisch sein und mein Glück dem seinen vorziehen?

Wir durften dieses »Wir« nicht zulassen. Es hatte keine Zukunft, selbst wenn Liam glaubte, dass das Schicksal wollte, dass es uns als Paar gab. Ich glaubte nicht daran. Ich konnte nicht daran glauben. Denn das hieß, dass ich nicht zurückkehren konnte – zu meinem Großvater, zu meiner Familie, in meine alte Welt, ohne etwas zurückzulassen. Mein Herz. Und ich wusste, dass ich nicht nur Liam in mein Herz gelassen hatte. Mein Blick wanderte durch die Landschaft. Ich hatte mich in alles hier verliebt. In die Menschen, seien sie noch so rüde. In die Natur. In die Nixen, die Feen und sogar die Elfen! Mein dummes Herz zog sich schmerzhaft zusammen. Ich würde das alles vermissen. Mit allem, was ich hatte. Diese Welt – dieses Abenteuer – würde, wollte und könnte ich niemals vergessen.

»Was ist los, Mia?« Lios Stimme holte mich ins Jetzt zurück.

Ich schenkte ihm ein Lächeln. »Nichts. Es ist alles gut. Ich hoffe nur, dass die Elfen aufgegeben haben uns zu suchen«, versuchte ich meine Gedanken vor dem Jungen zu verbergen, der mir ebenfalls mein Herz gestohlen hatte.

Ich hatte in einer mir vollkommen fremden Welt entdeckt, was ich in meiner nie gefunden hatte. Eine echte Familie. Die aufkommenden Tränen drängte ich zurück. Ich durfte jetzt nicht weinen. Noch war ich hier. Noch hatten Liam und ich nicht herausgefunden, wie ich wieder zurückkam. Und ein kleiner, egoistischer Teil in mir hoffte, dass es niemals so weit kommen würde. Denn ich hatte mich verliebt und ich wusste, würde ich diese Welt jemals wieder verlassen, würde es mich zerstören.

***

Liam hatte sich bereits zurückverwandelt und die Sonne strahlte unnachgiebig. Es war heute verdammt warm.

»Gibt es hier auch unterschiedliche Jahreszeiten?«, fragte ich.

»Natürlich gibt es die«, erklärte Liam und sah mich stirnrunzelnd an. »Die letzten Wochen des Sommers sind gerade angebrochen.«

Ich biss mir auf die Lippe. Genau wie bei uns. Also lief die Zeit genau gleich ab? Die Frage, wie die beiden Welten nebeneinander existierten, stellte sich mir, aber ich glaubte nicht, dass einer unserer Begleiter verstand, was ich meinte. Wahrscheinlich hatten die Nerds der *Big Bang Theory* recht und es gab noch Millionen anderer Welten und Universen. Der Gedanke ließ mein

Herz hüpfen. All diese Welten zu erkunden klang wie ein Traum. Aber zuerst mussten wir diese Welt davon abhalten sich selbst zu zerstören, wegen dieses verdammten Fluchs der Königin.

Der Wald lichtete sich langsam und wir standen der riesigen Grünen Ebene gegenüber. Erst in ein paar Kilometern konnte ich einen weiteren Wald sehen.

»Hier sind also die Soldaten?«, fragte ich.

Die Stille, die uns auf einmal umhüllte, sprach für sich. Hier gab es keine Tiere, keine Menschen.

»Nicht hier direkt. Aber ja. Wir sollten vorsichtig sein, wenn wir zu dem Wald laufen«, erklärte Oskar.

»Wenn sie ihre Position in den letzten Monat nicht geändert haben, sollten sie weiter nördlich sein. Es sei denn …«, Liam stockte kurz in seinen Erklärungen. »Es sei denn, die eventyrische Armee hat die unsrige zurückgedrängt.«

Ich sah zu ihm und konnte sehen, wie Mutlosigkeit und Wut ihn umfing. »Dann sollten wir hoffen, dass sie an ihren Plätzen verwachsen sind«, sagte ich.

Oskar betrat die Ebene als Erster. Mein Puls pochte hart gegen meine Adern und ich nahm Lio bei der Hand. Er drückte sie und sah zu mir auf.

»Wir schaffen das«, murmelte er.

Ich schenkte ihm ein Lächeln und erwiderte den Druck. »Natürlich tun wir das.«

Oskar winkte uns zu sich und wir folgten ihm. Obwohl wir niemanden sahen, liefen wir geduckt über die Wiese. In diesem Moment war ich heilfroh, dass ich in den letzten Wochen meine Ausdauer trainiert hatte.

Genau wie Liam und Oskar sah ich mich immer wieder nach links und rechts um, aber die weite Fläche war leer. Und ich wusste nicht, ob mich das beruhigen oder ängstigen sollte. Ich konnte die Skepsis auf Liams Gesicht erkennen – und wie er die Zähne zusammenbiss.

Außer Atem stolperten wir wieder in den Wald und hielten kurz inne, um nach Luft zu schnappen.

»Wir sollten uns nicht allzu lange ausruhen. Wir müssen weiter, wenn wir den Berg heute noch erreichen wollen.«

Ich stimmte Oskar zu und richtete mich aus meiner gebeugten Haltung auf. Liam schien auch schon wieder genug Luft zu bekommen. Lio hingegen saß auf dem Boden und starrte einfach aufs Gras, während er nach Luft schnappte. Besorgt sah ich zu Oskar und er betrachtete Lio ebenfalls. Sein Gesichtsausdruck drückte etwas zwischen Missbilligung, dass wir den kleinen Kerl mitgenommen hatten, und Verständnis aus. Er ging zu Lio und hob ihn einfach auf seine Schultern.

»Kommt«, befahl Oskar knapp und wir folgten ihm durch den Wald.

***

»Hier haben wir immer die … Ware getauscht«, erklärte Oskar, als wir eine Weile weitergegangen waren. »Wir sollten vorsichtig sein. Ich schätze, sie haben hier ebenfalls Wachen stehen.«

Ich stellte mir die Frage, ob es nicht doch besser gewesen wäre diesen Wald zu meiden. Ob alle Elfen in die Stadt zurückgekehrt waren?

Seit einiger Zeit hörten wir bereits das Rufen der Soldaten und das Wiehern aufgeregter Pferde. Als wir es vernommen hatten, war Liam für einen kurzen Augenblick wie vom Blitz erstarrt stehen geblieben. Alles an seiner Körperhaltung schrie danach zu dem Schlachtfeld zu laufen. Aber er blieb bei uns. Er wusste wahrscheinlich auch, dass ein einzelner Soldat die Schlacht nicht entscheiden würde. Dieses Land musste von dem Fluch befreit werden. Und das konnte nur die Frau erreichen, die den Fluch einst ausgesprochen hatte.

Vorsichtig setzten wir einen Fuß vor den nächsten. Oskar und auch Liam sahen und hörten sich nach allen Seiten um. Ich versuchte es ebenfalls, und auch wenn sich mein Reaktionsvermögen verbessert hatte und ich nicht mehr blind durch die Welt stolperte, hatte ich nicht die Erfahrung der anderen. Ich wusste nicht, worauf ich achten sollte. Vor allem, da es in diesem Wald scheinbar keine Tiere gab. Sie hatten sich wahrscheinlich durch den Kriegslärm zurückgezogen.

»Sh!« Oskar hob die Hand und lauschte. Mein Blick glitt zu Liam, der ebenfalls lauschte. Er riss die Augen auf und sein Blick richtete sich auf mich. Oskar sah uns ebenfalls an. »Lauft!«, schrie er und wir rannten los.

Die Elfen waren scheinbar nicht alle in der Stadt geblieben. Ich versuchte die Gedanken zu verdrängen und einfach zu laufen. Ich hatte keine Lust nach all den Höhen und Tiefen, die ich hier durchlebt hatte, doch noch als Opfer zu enden.

Liam ergriff meine Hand und zog mich weiter. Oskar hatte Lio nach vorn geholt und presste ihn an seine Brust, während er weiterrannte. Der Wald schien nur so an unseren Augen vorbeizuziehen.

Ein Zischen fuhr an meinem Ohr vorbei und ich schreckte zurück, stolperte über meine eigenen Füße und fiel der Länge nach hin.

»Verdammt!«, fluchte Liam und half mir auf.

»Schießen die etwa auf uns?«, fragte ich ihn und konnte die Panik in meiner Stimme nicht unterdrücken.

Wieder zischte etwas an mir vorüber und verfehlte Liams Körper nur knapp. Der Pfeil rammte sich wie ein Mahnmal in die Erde und schien uns gehässig anzulachen.

»Ja. Weiter!« Liam zog mich mit sich.

Mein Puls raste und ich hatte das Gefühl mein Herz würde im Brustkorb zerspringen – wieder einmal.

Wir rannten immer weiter. Durch die Bäume hindurch konnte ich den Berg der Seelen bereits sehen. Und obwohl ich den Anblick kurz genießen wollte, wagte ich es nicht mich ablenken zu lassen. Wir rannten mittlerweile wie Kaninchen im Zickzack durch den Wald, damit die Pfeile uns nicht trafen, obwohl jeder Pfeil haarscharf an uns vorbeiflog.

Die Bäume lichteten sich und Oskar blieb schlitternd am Fuß des Berges stehen. Liam und ich rannten fast in ihn hinein, weil er so plötzlich gestoppt hatte.

Der Troll drehte sich zu den Elfen um, wir taten es ebenfalls und konnten sehen, wie sie in den Bäumen verharrten.

Verwirrt runzelte ich die Stirn. »Wieso kommen sie nicht aus dem Wald?«, fragte ich vollkommen außer Atem.

»Der Berg ist ihnen heilig. Nur die Königin und ihre Priester dürfen ihn betreten. Und auch nur zu bestimmten Zeiten des Mondzyklus«, erklärte Oskar, ließ die Elfen dabei aber nicht aus den Augen, als ob er Angst hätte, dass sie eine Ausnahme machen könnten.

Doch scheinbar hatten wir Glück. Die Elfen blieben, wo sie waren. Sie fletschten bloß gefährlich mit den Zähnen und knurrten uns an. Sie ähnelten mehr wilden Tieren als den Elfen, die sie noch in der Stadt gewesen waren. Eine Gänsehaut überzog meinen Körper und ich sah an dem Berg hoch. Aber selbst wenn ich den Kopf in den Nacken legte, konnte ich die Spitze des riesigen Berges nicht erkennen. Sie war umringt von Wolken verlor sich im Dunst.

»Das ist verdammt hoch …«, stellte ich fest. Die Krallen der Angst fuhren aus und drückten sich in mich. Wie sollten wir es jemals dorthin schaffen? Wir hatten keine Ausrüstung. Keine Vorräte. Wir waren blind hierhergelaufen. Ich fuhr mir durch die Haare, während die Verzweiflung sich in mir festsetzte.

»Keine Panik, wir schaffen das«, versuchte mich Liam zu beruhigen.

Ich lachte schallend. »Siehst du den Gipfel? Nein, gut. Ich nämlich auch nicht! Wie sollen wir dort hochkommen? Weder haben wir Sachen dabei, um zu klettern, noch Vorräte – noch irgendwas!«, fuhr ich aus der Haut.

»Mia, es gibt einen Weg.«

Überrascht weiteten sich meine Augen. »Was?«

»Wir sind quasi am Rücken des Berges. Wir müssen noch weiterlaufen und werden zu einer Treppe gelangen.«

»Trotzdem brauchen wir doch Vorräte und mehr Decken! Da oben wird es saukalt sein.«

Liam schürzte die Lippen, als sei ihm das erst jetzt bewusst geworden. Oskar zuckte mit den Schultern. »Meine Haut ist dick genug. Ich brauche so was nicht. Lio auch nicht. In ihm fließt genug Elfenblut, das ihn schützt. Liam und du … Ihr werdet wirklich Probleme bekommen.«

»Lasst uns erst mal zu der Treppe gehen. Wir … ich überlege mir in der Zeit etwas.«

Seufzend folgte ich Liam. *Wir* mussten dort hoch. *Wir* wollten etwas von dem Berg haben. Nicht Oskar und auch nicht Lio. Das schien auch Liam nachdenklich zu stimmen. Seine Schritte klangen wütend, so, als wüsste er nicht weiter.

***

Die Sonne begann langsam zu schwinden, als wir endlich die Treppe erreichten. Die Rufe waren mittlerweile gut zu vernehmen. Leise hörten wir auch die Waffen klirren, aber ich hatte mir einen Krieg lauter vorgestellt. Auf mich wirkte es, als würde der Kampf pausieren. Vor allem, da wir keine verzweifelten Schreie hörten.

»Ich habe eine Idee«, sagte Liam plötzlich.

Ich zog meine Augenbrauen hoch. »Was?«

»Wir sind hier an einem Kriegslager. Dort gibt es Decken und Vorräte.«

Ich wusste, was er dachte, konnte aber nicht glauben, dass er das wirklich vorschlug. »Du willst in ein Kriegslager schleichen, um Vorräte und Decken zu klauen?«, fragte ich verblüfft.

»Ja. Wir müssten natürlich bis zum nächsten Tag warten.« Er deutete auf die Sonne, die sich bereits hinter dem Berg versteckte und nur noch schwach zu uns durchdrang.

»Ihr könnt nicht tagsüber in ein Lager voller Soldaten laufen und erwarten, dass sie euch nicht erwischen.«

»Was ist, wenn wir uns verkleiden?«

»Ich seh nicht wirklich aus wie ein Soldat. Oskar und Lio erst recht nicht«, warf ich ein.

»Aber ich sehe aus wie ein Soldat und dich ... dich könnte man eventuell als ...« Er zuckte entschuldigend mit den Schultern und traute sich nicht auszusprechen, welche Rolle er sich für mich ausgedacht hatte.

»Was?«, fragte ich lauernd.

»Na ja, wir könnten dich als ... na ja, als Hure ausgeben. Die laufen in einem Kriegslager auch ständig umher.«

Für einen Moment wusste ich nicht, was ich sagen sollte. Mein Kopf war wie leer gefegt. Ich konnte nicht glauben, was Liam vorschlug. Und noch weniger konnte ich glauben, dass ich seinen Vorschlag in Erwägung zog! Aber es war ein vernünftiger Plan, wobei »vernünftig« nicht wirklich das richtige Wort war. »Wie kleidet sich eine Hure?«

»Das kannst du doch nicht wirklich ernst meinen!«, mischte sich Oskar ein und trat zwischen mich und Liam. Sein Blick lag entgeistert auf mir, als hätte ich meine Tassen im Schrank irgendwo bei der Flucht vor den Elfen verloren.

Entschuldigend sah ich zu ihm auf. »Was sollen wir sonst machen? Allein kann ich des Nachts auch nicht ins Lager marschieren und so viel tragen, wie wir brauchen. Liam kann ebenfalls nicht alles allein schleppen. Komischerweise ist das der beste Plan – na ja, der einzige –, den wir haben!«

Oskar fuhr sich mit seiner Hand ungläubig durchs Gesicht. »Ich kann das nicht zulassen, Mia. Wenn du dich als Hure verkleidest, wird dich jeder – wirklich jeder! – Kerl anfassen, oder Schlimmeres!«

Ich musste schwer schlucken. Das hatte ich noch gar nicht bedacht. Wenn ich mich als Hure ausgeben würde, wäre ich Freiwild in dem Lager.

»Meinst du wirklich, dass ich Mia aus den Augen lassen würde?«, fragte Liam aufgebracht.

»Wir sehen Tag für Tag, wie du gedenkst sie zu schützen. Und das Einzige, was du vorzuweisen hast, ist ein Gespinst aus Lügen!«, warf Oskar ihm vor.

Liam stolperte einen Schritt zurück, als hätte der Troll ihm ins Gesicht geschlagen. Das Entsetzen stand ihm ins Gesicht geschrieben.

»Oskar …«, meinte ich und legte meine Hand auf seinen Arm. Ich verstand, dass er mich beschützen wollte. »Lass es gut sein. Ich vertraue Liam. Und wenn er sagt, dass er mich nicht aus den Augen lassen wird, dann glaube ich ihm.«

Oskar schnaufte. »Ich aber nicht.«

»Vertraust du mir?«, fragte ich ihn.

»Nicht, wenn es um ihn geht«, wehrte Oskar sich.

Ich presste die Lippen zu einem schmalen Strich zusammen.

»Ich gehe mit Liam«, erklang ein zartes Stimmchen.

»Was? Auf gar keinen Fall!«, fuhr ich Lio an, der sich heldenhaft anbieten wollte.

»Wieso nicht? Was spricht dagegen? Manche Soldaten haben doch Diener oder Knappen.«

»Nicht diese. Jeder Mann muss dort kämpfen«, erklärte Liam. »Du würdest dort auffallen wie ein bunter Hund. Eine Hure mit einem Soldat eher weniger.« Liams Blick richtete sich auf mich und ich sah zu Oskar auf.

»Es ist unsere einzige Chance«, appellierte ich an dessen Vernunft.

Ein Knurren entstieg seiner Kehle und wäre ich eine Fremde, hätte es mir bestimmt Angst gemacht. So aber brachte es mich zum Grinsen und ich umarmte ihn. »Du wirst es nicht bereuen, Oskar.«

»Doch werde ich«, brummte der sanfte Riese. »Mit großer Wahrscheinlichkeit werde ich das bereuen.«

Ich schenkte ihm ein Grinsen und löste mich von ihm.

Wir hatten einen Plan – pünktlich zu Sonnenuntergang.

Kapitel 17

Am nächsten Morgen standen wir früh auf. Liam war bereits wach und erwartete mich. In der Nacht hatte Oskar einen Soldaten geschnappt, ihn bewusstlos geschlagen und ihm seine Rüstung geklaut. Die hatte Liam jetzt an und hielt mir ein Stück Stoff hin.

Skeptisch nahm ich es entgegen. »Wo ist der Rest?«, fragte ich.

Er zuckte entschuldigend mit den Schultern. »Kein Rest, sie tragen nicht mehr.«

Hitze trat in meine Wangen und ich betrachtete das Kleid noch einmal. »Will ich wissen, wo ihr das herhabt?«

»Sagen wir es so, eine Hure wird nun ein Kleid weniger haben«, bemerkte Oskar. Er hatte die Arme verschränkt und hatte sich an einen Baum gelehnt. Noch immer sah er nicht begeistert aus. Aber wir hatten keine andere Wahl.

Ich drängte mich in die Büsche und zog mir diesen Hauch von Nichts an.

Unglücklich trat ich wieder hervor. Ich vermisste meine Hose schon jetzt. Das Kleid war rot und saß ab der Hüfte sehr locker. Der Rock ging mir nur bis zu den Knien und das Korsett presste meine Brüste hoch, sodass ich Angst hatte, dass sie hinausfallen könnten.

Liams Wangen wurden knallrot, als er mich sah und sogar Oskar wandte beschämt den Blick ab.

»Wir sollten uns beeilen«, meinte ich und ging los.

»Sollten wir definitiv.« Liams Stimme war rau und er räusperte sich anschließend noch einmal.

»Seid vorsichtig. Und Liam? Wenn du ohne Mia oder mit einer verletzten Mia zurückkehrst, breche ich dir alle Knochen«, warnte Oskar ihn.

»Und ich werde dabei helfen!«, rief Lio und drückte mich an sich.

Ich konnte mir ein Lachen nicht verkneifen und erwiderte die Umarmung. »Bis nachher.«

Liam und ich folgten den Rufen und gingen schweigend nebeneinander her. »Tut mir leid, dass du so was anziehen musst«, murmelte er leise, sodass ich erst glaubte, ich hätte mir das eingebildet.

Sein Blick lag sorgenvoll auf mir. Ich nahm seine Hand und drückte sie. »Wir bekommen das schon hin und ich vertraue dir, wenn du sagst, dass du die Kerle abwehren wirst.«

Er schluckte schwer und erwiderte den Druck meiner Hand.

Die Rufe wurden lauter. Hinzu kam mit der Zeit auch das Klirren von Schwertern und Hämmern auf Metall. Mein Herz galoppierte und ich war mittlerweile froh, dass das Kleid so luftig war. Die Nervosität klebte wie eine zweite Haut an mir und ich hatte Dutzende Fragen im Kopf.

Was passierte, wenn wir erwischt wurden? Was passierte, wenn irgendwas schiefging? Wenn auf einmal die Schlacht begann?

Meine Zunge klebte trocken am Gaumen. Das Innere meines Mundes glich der Sahara. Verstohlen sah ich zu Liam. Seine Stirn war in Falten gelegt und ein ernster Zug lag um seine Mundwinkel. Er war genauso angespannt wie ich.

»Wir schaffen das«, raunte ich.

Er sah zu mir herüber und schenkte mir ein Lächeln. »Natürlich schaffen wir das«, erwiderte er.

***

Hand in Hand gelangten wir in das Lager der Soldaten.

Ich musste kurz stehen bleiben, um die Eindrücke zu verarbeiten. Es sah aus, als wären wir in einem Bienennest gelandet. Überall war etwas los. Keiner saß faul herum. Entweder trainierten die Soldaten, unterhielten sich mit jemandem oder schärften ihre Klingen.

Liam zog mich weiter. »Komm. Ich weiß, wo wir hinmüssen.«

Verwirrt runzelte ich die Stirn, folgte ihm aber. »Woher, weißt du das?«, fragte ich und versuchte nicht über meine Beine zu fallen.

»Erinnerst du dich daran, als ich dir erzählt habe, dass mein Vater oft im Schloss ist? Ich war dabei, als er das Lager aufgebaut hat.«

Sein Gesichtsausdruck war verkniffen und ich ging nicht weiter auf die Frage ein, sondern konzentrierte mich auf den Weg, der vor uns lag.

Wir liefen in Schlangenlinien durch das Lager, wählten immer den Weg aus, auf dem am wenigsten los war. Überall lag Matsch, aus dem nur noch selten Grashalme herausschauten, die aber wenn auch platt getreten waren. Der Geruch im Lager rief Übelkeit in mir hervor, obwohl wir uns nie lang irgendwo aufhielten. Doch überall hing der Duft von Schweiß, Metall, Feuer und anderen Ausdünstungen. Die Mischung ließ meinen Magen rebellieren und ich war froh, heute noch kein Frühstück gehabt zu haben.

»Hey! Du scheinst neu zu sein.« Uns trat ein Mann in den Weg, der mich gierig musterte.

Schlagartig versteifte ich mich und ein Kloß setzte sich in meinem Hals fest.

»Ich habe jede Hure im Lager durch. Nur dich kenne ich noch nicht.« Er legte seine Hand unter mein Kinn und bewegte mein Gesicht nach links und rechts.

»Ey!«, mischte sich Liam ein. »Ich habe sie bezahlt. Du kannst sie wann anders haben.«

Der Hüne begann zu lachen. »Du weißt doch noch nicht einmal, was du mit deinem Schwanz anstellen sollst, Jüngling.«

Ich schluckte schwer und sah zu Liam. Dieser erwiderte den Blick des Mannes tollkühn.

Wie würde eine Hure damit umgehen? Bei dem Gedanken wurde mir ein wenig schlecht und ich ließ Liams Hand los.

Fassungslos sah er mich an, während ich auf den Mann zuging und meine Hand auf seinen muskulösen Arm legte. »Wenn ich mit ihm fertig bin, wende ich mir dir zu, mein Schöner.« Ich zwinkerte keck und versuchte mich währenddessen nicht zu übergeben – der Mann hatte schon lange kein Bad mehr genommen. »Versprochen.«

Der Mann grunzte und zog wieder ab.

Liam fasste nach meiner Hand und zog mich weiter. »Du bist unglaublich«, murmelte er.

Ein Grinsen schlich sich auf meine Lippen, während die Hitze in meine Wangen stieg.

Schnell gingen wir weiter – in der Hoffnung, dass uns niemand mehr in die Quere käme.

Wir waren bereits in der Mitte des Lagers angekommen, als Liam erschrocken stehen blieb. »Verflucht!« Er drehte sich zu mir herum. »Es tut mir leid«, raunte er noch, ehe er mich an einen Zeltpfosten presste und seine Lippen über meine Wange strichen.

Ich schnappte nach Luft. Mein erster Reflex war, ihn wegzustoßen, bis mein Körper unter seinen Berührungen nachgab. Mein Blick wanderte durch die Gasse, während Liams Mund zu meinem Ohr wanderte. Mein Herz stolperte. Die Konzentration wollte sich verabschieden, damit ich das Gefühl einfach genießen konnte, aber das ging nicht – leider. Ich sah zwei Männer auf uns zukommen. Liams Finger strichen über meinen Oberschenkel. Mir war heiß und eiskalt zugleich.

Sein Mund hatte mein Ohr erreicht. »Der Mann war mein Schwertmeister. Er wird mich erkennen, egal, welche Haarfarbe ich habe«, raunte er in mein Ohr.

Der Atem auf meiner erhitzten Haut fühlte sich kühl an und ein Schauer rann über meinen Rücken, während sich meine Härchen aufstellten. Ich nickte, um zu symbolisieren, dass ich verstanden hatte, und schlang meine Arme um seinen Nacken.

Liams Hände wanderten unter meinen Po und hoben mich hoch, sodass ich auf seinen Hüften saß. Ich klammerte mich mit meinen Beinen an ihn. Sein Körper drückte mich noch immer gegen den überraschend stabilen Zeltpfosten – die bei mir zu Hause hätten längst nachgegeben – und er hauchte zarte Küsse auf meinen Hals. In dem Moment wünschte ich wirklich, wir wären woanders. Vielleicht in meinem Zimmer. Ungestört. Allein.

Mit meinen Fingern fuhr ich Liam durch das immer noch hellbraune Haar, zog leicht daran und bog meinen Kopf nach hinten, um ihm den Zugang zu meinem Hals zu ermöglichen, den er auch direkt nutzte.

Ein Stöhnen entrang sich meiner Kehle. Die Schmetterlinge flogen in meinem Magen wild umher. Liams Hände lagen noch immer an meinem Po.

Er löste sich von meinem Hals und sah mir in die Augen. Der Hunger blitzte in ihnen auf und der Anblick raubte mir den Atem. Mein Körper kribbelte, als hätte ich an einen Weidezaun gefasst, der unter Strom stand. Ja, ich wollte diesen Kuss.

Doch Liam schüttelte sich und sah die Gasse entlang. »Sie sind weg.«

Ein kleiner Stich der Ernüchterung durchfuhr mich und ich löste mich von ihm. Meine Beine bestanden aus Gummi und ich hatte kurz Probleme zu stehen. Ich war froh, dass Liam mich festhielt.

Er umfasste meine Hand wieder und zog mich in die nächste Gasse herein. »Das ist das Zelt«, sagte er.

Wir sahen uns noch einmal nach allen Seiten um, und als wir niemanden entdecken konnten, huschten wir hinein.

Das Zelt war randgefüllt mit Kisten, in denen Getreide gelagert war. Liam ging zielstrebig durch das Zelt und warf mir drei Decken zu. »Die trägst du, Mia. Ich nehme einen Beutel ...«

»Halt! Was tut ihr da?!«

Ich hatte gar nicht gemerkt, wie die Zeltplane hinter uns geöffnet worden war. Mit großen Augen starrte ich den bulligen Soldaten an, der uns wütend beobachtete. Sein Blick fiel auf mich. Meine Kleider. Er packte mich am Arm. Ich schrie kurz, weil sein Griff fest war und ich ein bedrohliches Knacken in meinem Arm hörte.

»Eine Hure hat hier nichts zu suchen.«

»Lass sie los!«, knurrte Liam und baute sich bedrohlich vor dem Soldaten auf.

Ich sah zu ihm und konnte den roten Schimmer in seinen Augen erkennen. Verdammt! Das war weder ein Gegner für Liam noch der richtige Ort dafür. Hilfe suchend sah ich mich im Zelt um.

»Was willst du? Du hast nicht einmal das Mannesalter erreicht.«

Ich konnte hören, wie Liam mit den Zähnen knirschte. »Lass sie einfach los und dir wird nichts passieren«, grollte er leise.

Verzweifelt riss ich an meinem Arm. »Lass uns bitte gehen! Wir …«

»Ah!«, rief der Soldat aus und musterte uns. Ein Lachen kam über seine Lippen. »Die Hure und der Soldat. Eine tragische Liebesgeschichte. Ihr wollt vor dem Krieg fliehen, hm.«

Ich bekam große Augen. Das ging in eine Richtung, die mir nicht gefiel. Der Soldat zog mich weiter, doch ehe er das Zelt erreichen konnte, rammte Liam seine Faust gegen den Kiefer des Soldaten. Ich klammerte die Decken fest an meinen Körper. Der Mann ließ meinen Arm los und wollte sich Liam zuwenden, der aber nach mir griff und mich zum Ende des Zeltes zerrte. Er hob die Zeltplane und wir schlüpften hindurch. Hinter uns hörten wir, wie der Soldat »Fahnenflüchtige!« schrie.

»Verdammt«, fluchte Liam und rannte weiter. Er zerrte mich mit, nahm mir die Decken ab und gemeinsam liefen wir eilig durch das Lager. Alle hatten den Aufruhr mitbekommen und manche versuchten sich uns in den Weg zu stellen, aber Liam schien ihre Bewegungen vorauszuahnen und wich immer in die richtige Richtung aus.

Wir liefen durch die engen Gassen, machten kleine Umwege, um unsere Verfolger abzuhängen. Mein Puls hämmerte und ich versuchte mich einfach nur aufs Laufen zu konzentrieren und nicht auf diejenigen, die uns verfolgten.

Der Wald kam endlich in Sicht. Erleichterung machte sich in mir breit. Doch selbst als sich die Bäume um uns schlossen, hörte ich das Klirren der Rüstungen und die Rufe der Männer. Sie waren uns noch immer auf den Fersen.

»Wieso verfolgen sie uns?«, fragte ich.

»Sie brauchen jeden Mann für den Kampf.«

Ich warf einen Blick zurück. Dummerweise sah ich dadurch, wie viele Männer uns verfolgten. Es waren mit Sicherheit ein Dutzend. Mein Herz stolperte und ich wendete mich wieder nach vorn. »Wir können sie nicht zu Lio und Oskar führen«, erklärte ich.

»Ich weiß«, stimmte Liam grimmig zu. »Da lang.« Er zeigte nach links.

Ich vertraute Liam und folgte seiner Anweisung.

Vor uns tat sich die Ebene auf. Mit großen Augen starrte ich meinen Begleiter an.

»Was hast du vor?« Ich wollte stehen bleiben, aber er zog mich weiter.

»Wir haben keine Chance gegen sie. Eventyr schon. Sie werden sich um die Soldaten kümmern, damit wir fliehen können«, erklärte Liam.

»Du opferst sie?«, brachte ich hervor.

»Damit wir zum Gipfel kommen? Ja. Lieber ein Dutzend Soldaten als ganz Alendia.«

Ich schluckte schwer, musste ihm aber zustimmen, selbst wenn es mir schwerfiel. Wir verließen den Schutz der Bäume und rannten mitten in einen Trupp der eventyrischen Armee hinein. Etwas zischte hinter mir und ich wollte mich nach hinten umdrehen, um zu sehen, was los war, doch ein Schmerz fuhr durch meine Seite und explodierte in meinem Körper. Ich stolperte, ließ Liams Hand los und rollte mich über die Erde.

Flach blieb ich auf dem Boden liegen. Die Welt drehte sich weiter, nur viel zu schnell. Tränen vor Schmerz standen in meinen Augen. Ich konnte nicht atmen. Die Luft gelangte nur schubweise in meine Lungen und versorgte mein Gehirn.

»Mia!« Liams Stimme klang schrill und sein Gesicht tauchte verschwommen über mir auf. »Bleib bei mir, hast du verstanden? Bleib hier!«

Doch die Dunkelheit rief mich und ich ließ mich hineinfallen.

Kapitel 18

Ich bin tot.

Das war der erste Gedanke, der mir durch den Kopf schoss. Anders konnte es nicht sein. Ich lag auf etwas Weichem, das sich anfühlte wie eine Matratze. Seit Wochen hatte ich nicht mehr so weich gelegen. Etwas Hauchfeines bedeckte meinen Körper, das sich nicht wie mein grober Stoffumhang anfühlte.

Ich öffnete die Augen und wurde kurzzeitig geblendet. Ich blinzelte gegen das Licht und wollte mich aufsetzen. Doch als Schmerz durch meinen Körper schoss, unterließ ich das Unterfangen und legte mich wieder auf den Rücken. Die Decke über mir war aus fein gewobenem Stoff. Irritiert starrte ich weiter darauf, bis in meinem vernebelten Hirn die Info ankam, dass das bloß ein Baldachin war. Ich drehte meinen Kopf nach links und sah einen Spiegeltisch mit einem Hocker davor. Auf dem Tisch standen verschieden geformte Flakons.

Die Wände waren in einem hellen Grün gestrichen und goldene Rahmen waren zur Zierde angebracht. Ich drehte den Kopf nach rechts und wurde von der Sonne begrüßt, die durch die weißen Gardinen schien. Eine Tür war geöffnet, sodass frische Luft ins Zimmer drang und ich bildete mir ein Salz riechen zu können, als würden wir uns am Meer befinden. Der Raum war lichtdurchflutet und ich wünschte mir aufstehen zu können.

Ich hob die Hand an meinen Kopf, der sich noch immer wie benebelt anfühlte. Wo war ich? Wäre ich tot, hätte ich sicherlich keine Schmerzen. Oder?

Vorsichtig versuchte ich mich noch einmal aufzusetzen. Meinen zusammengebissenen Zähnen entkam ein Zischen, als der Schmerz wie eine Welle über mich brandete.

Die Tür wurde leise aufgemacht und ich konnte Liams Gesicht entdecken. Der letzte Rest Farbe war mittlerweile aus seinen Haaren entfernt worden und sie erstrahlten wieder in Dunkelblond. Als er mich wach sah, war die Erleichterung in seinem Gesicht zu sehen.

»Ein Glück!«, rief er, kam zu mir und betrachtete mich besorgt und froh zugleich. »Wie geht es dir, Mia?«

Verwirrt sah ich mich um. »Mein Kopf fühlt sich an wie in Watte gepackt und ich habe Schmerzen in der Seite«, verkündete ich.

Liam strich mir eine verirrte Strähne aus dem Gesicht. Seine Berührung war sanft und ich genoss sie. »Nachdem ein Pfeil deine Seite durchbohrt hat, ist es kein Wunder, dass du Schmerzen hast. Und der benebelte Kopf kommt durch die Schmerzmittel, die die Heiler dir gegeben haben.«

Ich runzelte die Stirn. »Wo sind wir?«

»Im Palast von Eventyr. Du warst fünf Tage bewusstlos.«

Überrascht weiteten sich meine Augen. »Fünf?« Ich verbarg das Gesicht in meinen Händen. »Und ... wieso sind wir in Eventyr?«

»Die alendischen Soldaten haben uns wie kopflos gejagt, erinnerst du dich? Die Eventyrier haben uns beschützt. Ihr General schien dich zu erkennen. Er ist schon älter und hat uns hierhergebracht. Weißt du, wieso?«

Langsam schüttelte ich den Kopf. »Ich habe keine Ahnung. Wo sind Oskar und Lio? Sie werden sich bestimmt tierische ...«

Liam unterbrach mich. »Ich habe sie geholt. Sie sind ebenfalls hier und in Sicherheit.«

Erleichtert atmete ich aus und ließ mich gegen das pompöse Kopfteil sinken. »Und was machen wir jetzt?«

»Jetzt hole ich den König. Der möchte nämlich mit dir sprechen.«

»Mit mir? Wieso? Ich ... ich komme doch nicht einmal von hier.«

Liam zuckte mit den Schultern. »Ich weiß es nicht. Aber als der König dich sah, wurde er blass und hat sofort alles in seiner Macht Stehende getan, um dich zu heilen.« Er sah besorgt aus.

Ich nickte. »Okay, dann hol diesen König.«

Er gab mir noch einen Kuss auf die Stirn und verschwand dann. An der

Tür drehte er sich noch einmal zu mir um. »Ich habe mir Sorgen um dich gemacht«, erklärte er und zog dabei die Augenbrauen zusammen.

»Ich bin wieder da.« Ich lächelte Liam zu und er verschwand hinter der Tür, die er leise zuzog.

Als ich allein war, begannen sich die Gedanken in meinem Kopf zu drehen. Wieso sollte der König zu *mir* kommen, um mit mir zu sprechen? Nervös spielte ich an dem Saum der Decke herum. Wieso schien der General mich zu kennen? Das ergab überhaupt keinen Sinn!

Vorsichtig robbte ich zur Bettseite und ließ die Beine die Kante hinabgleiten, bis ich mit meinen Zehen den Marmorfußboden berührte.

Die Tür wurde aufgerissen. Ich zuckte erschrocken zusammen, was mein Körper mir direkt mit einer Schmerzwelle dankte.

Ein attraktiver blonder Mann erschien in meinem Zimmer. Seine Haare waren durchzogen von grauen Strähnen. Er trug ein feines Hemd und eine leichte Lederhose.

»Mein Gott, dir geht es zum Glück gut!« Er grinste mich an. Mich erinnerte der Mann an einen Wikinger. Seine langen Haare wellten sich und lagen auf seinen Schultern. Ein Bart bedeckte vollständig das Gesicht.

»Ähm ... ja«, meinte ich und betrachtete den mir fremden Mann.

»Entschuldige, ich vergesse immer gern mich vorzustellen. Ich bin König Barthos.« Er deutete eine leichte Verbeugung an.

Ich nickte und versuchte aufzustehen.

»Bleib sitzen! Die Heilerin erhebt sonst die Hand gegen mich. Das ist kein Scherz. Was ihre Patienten angeht, ist sie wirklich pingelig – und bei dir sowieso. Sie sagt, du seist ihr Kunstwerk, weil sie dich wieder zusammengeflickt hat.«

Ich war überfordert. Er war ein König ... und ich ein Niemand und trotzdem tat er so, als würden wir uns ewig kennen. »Entschuldigen Sie ... aber ... ich verstehe nicht ganz?«

»Du bist doch Eriks und Helenas Tochter?«

Meine Welt stand einen Augenblick still. »Enkelin«, berichtigte ich verdattert.

»Enkelin? Dann vergeht die Zeit wahrscheinlich genauso schnell in deinem Teil der Welt wie hier. Das ist interessant zu wissen. Wirklich! Du siehst den beiden aber unglaublich ähnlich, wenn ich das sagen darf.«

Der König drehte sich von mir weg und hatte einen Finger ans Kinn gelegt, als würde er über etwas nachdenken. Für einen kurzen Moment schien er mich vergessen zu haben. Doch dann wandte er sich wieder mir zu. »Also, ihre Enkelin. Wie geht es den beiden? Ich hoffe, sie sind wohlauf!«

Ich musste wirklich dumm aus der Wäsche gucken. Anders konnte ich mir das nicht vorstellen. Der König einer fremden Welt sprach über meine Großeltern, als würde er sie kennen! »Sie … sie sind tot.« Die Trauer um meinen Großvater schnürte mir den Hals zu, aber ich versuchte mich auf das Hier und Jetzt zu konzentrieren.

»Sie sind … tot?« Überwältigt ließ sich der König auf das Bett fallen. Es federte und verursachte mir durch die Bewegung Schmerzen.

Ich verzog das Gesicht und hielt mir die Seite.

»Entschuldige!«, meinte der König. »Ich wollte dir nicht wehtun. Es ist nur komisch. Das letzte Mal, als ich die beiden gesehen habe, waren sie siebzehn!«

»Was?« Ich blinzelte verwirrt.

»Hm?« Der König sah mich so verwirrt an, wie ich mich fühlte. »Weißt du es etwa nicht?«

»Was weiß ich nicht?«

»Du weißt es tatsächlich nicht!«

»Was?«

»Deine Großmutter, Helena, sie war die Schwester des vorherigen Königs von Eventyr, meinem Vater. Und als ich acht Jahre alt war, kehrten Erik und Helena zurück in Eriks Welt, die wohl auch die deine ist.«

Die Welt wurde mir unter den Füßen weggezogen. Meine Gedanken rasten. Ebenso mein Puls. »Das … das kann nicht sein. Sonst … sonst hätte mein Großvater doch niemals …« Ich verstummte. Was war, wenn Opa Erik so ins Buch gelangt war wie ich? Wenn er ebenfalls in einer fremden Welt sein Glück gefunden hatte.

»Du bringst die Puzzleteile zusammen«, erkannte der König.

»Mein Opa kam aus meiner Welt … und entdeckte diese durch das … das Buch …«

»Ja. Er landete quasi direkt vor meiner Tante, als sie im Schlosshof Schwertübungen machte.«

Ich sah zu dem König auf. »Erzählt es mir genauer, bitte!«

Er lächelte. »Es gibt nicht viel zu erzählen. Alles weiß ich auch nicht. Nur dass dein Großvater durch ein Buch in dieser Welt landete. Sie verliebten sich während des Ogerkrieges und er wurde am Ende hier als Held gefeiert. Die Bedrohung war aber noch nicht vollständig gebannt und weil Helena sein Kind erwartete, sind sie in eure Welt zurückgekehrt. Dort war es wohl sicherer.«

»Ist es«, bestätigte ich. Wenn ich daran dachte, wie oft ich in den letzten Wochen dem Tod entkommen war, hatte mir diese Welt hier oft genug bewiesen, dass sie gefährlicher war als meine.

»Wie ist es ihnen ergangen?«, hakte der König nach.

Ich verzog das Gesicht. »Meine Großmutter starb früh. Mein Vater, ihr Sohn, war gerade vierzehn. Und …« Ich wollte Luft holen, um Barthos die Details zu erzählen, aber ich hielt mich zurück. »Vor fünf Wochen ist mein Opa gestorben. Herzinfarkt.«

»Das heißt, sein Herz wollte nicht mehr arbeiten … ein schönes Ende für einen Helden. Weißt du, wie Helena gestorben ist?«

»Sie ist einer Krankheit zum Opfer gefallen«, erklärte ich. »Ich will ihn zurückholen«, rutschte es mir raus, ohne dass ich mir über die Konsequenzen Gedanken machte.

Überrascht sah mich der König an. »Was möchtest du tun?«

»Liam … Er hat von einer Blume gesprochen, die die Toten zurückholen kann. Ich will sie benutzen. Meine Familie zerbricht und der Einzige, der sie zusammengehalten hat, war Opa. Ohne ihn …« Ich ließ den Satz offen.

»Prinz William hat dir von der Blume erzählt?«

»Nein, Li-« Doch die Verneinung blieb in meinem Hals stecken.

Der König betrachtete mich voller Sorge. »Was ist?«

»Liam … Er ist der verfluchte Prinz von Alendia, oder?«, fragte ich, als ich meine Sprache endlich wiedergefunden hatte.

»Du wusstest es nicht?«

Ich biss die Zähne zusammen und schüttelte den Kopf. Er, Liam, war der verfluchte Prinz. Seine Mutter hatte Eventyr und Alendia gegeneinander aufgebracht und sogar ihr eigen Fleisch und Blut verflucht. Ich presste die Kiefer aufeinander. *Von wegen keine Geheimnisse!*

»Ist alles in Ordnung, Mia?«

Ich schüttelte den Kopf. »Nein, es ist gar nichts in Ordnung. Kann ... kann ich bitte kurz allein sein?«

König Barthos nickte erschrocken. »Natürlich. Das«, er deutete in den Raum, »sind die alten Gemächer deiner Großmutter. Fühl dich wie zu Hause.« Eilig verließ er meinen Schlafraum.

Ich stützte mich auf die Knie. Plötzlich ergab so vieles Sinn! Natürlich würden die Alendier ihren Prinzen erkennen, wenn er in ihr Dorf kam. Ich schnaubte. Ich war so blind gewesen! Es hätte mir auffallen müssen. Spätestens, als er sich so gut in dem Lager ausgekannt hatte. Und die Geschichten über den Palast! Und die Soldaten aus Alendia, die uns verfolgt hatten, hatten ihn gar nicht richtig wahrnehmen können, da wir vor ihnen davongerannt waren und uns dann bei den Gegnern verschanzt hatten. Und generell die ganze Geschichte mit dem Fluch ... Ich schüttelte den Kopf. Ich hatte mir da überhaupt keine Gedanken gemacht!

Vorsichtig stand ich auf. Der Schmerz in meiner Seite zog, aber ich konnte stehen. Langsam ging ich zu der Tür und sah nach draußen. Ein weißer Sandstrand lag direkt vor meinem Balkon. Ich lehnte mich auf die Balustrade, die mich von der erschreckenden Höhe trennte und sah hinauf aufs Meer. Unendlich weit und schön zeigte es sich mir und mir wurde bewusst, was der König mir gerade gesagt hatte.

Ich war von hier. Zumindest ein kleiner Teil von mir gehörte hierher. Die Euphorie brauste in mir hoch und für einen Moment ließ ich sie zu. Für einen Augenblick genoss ich die Vorstellung einfach hier zu bleiben. Meiner Welt den Rücken zu kehren und etwas Neues anzufangen. Aber das ging nicht. Mein Großvater wollte wiederkehren, deswegen hat er mir den Brief geschrieben. Damit ich hierherkam. *Oder?* Ich runzelte die Stirn.

»Störe ich?«

Kurz schloss ich die Augen bei seiner Stimme. Ich hatte ihn nicht gehört und ich wusste nicht, wie ich jetzt mit ihm umgehen sollte. Ich drehte mich zu ihm und sah ihn böse an. »Weiß ich nicht, *Prinz William.*«

Er rieb sich mit seiner Hand über den Nacken. »Es tut mir leid.«

»Hatten wir nicht gesagt, dass wir uns nichts mehr verheimlichen? Scheinbar verstehst du die Definition von ›nichts‹ anders als ich.« Ich zuckte bei den Schmerzen in meiner Seite zusammen und wandte mich von Liam ab.

»Mia, ich ... ich wollte es dir sagen. So oft. Aber ich wusste nicht, wie du reagierst und ...« Er stockte.

»Und was?«

»Ich hatte Angst, dass du mich anders behandeln würdest.«

Überrascht sah ich über die Schulter zu ihm. Er sah mich traurig aus seinen grünen Augen an. Die Haare fielen ihm ins Gesicht. Ich schluckte. Wieso war ich ihm nicht böse? Ich sollte ihm böse sein, das wusste ich, aber ich war es nicht. Überhaupt nicht.

»Das war das letzte Geheimnis?«, fragte ich leise und drehte mich wieder dem Meer zu. Ich hörte, wie seine Schritte näher kamen. Er stützte seine Hände neben meinen auf der Balustrade ab und blieb hinter mir stehen. Seine Wärme drang durch das Nachthemd, das ich trug. Ich lehnte mich nach hinten und wurde von seinem Geruch ummantelt.

»Ja. Das war das letzte Geheimnis«, stimmte er zu.

»Wir müssen trotzdem noch zu der Blume«, sagte ich.

»Ich weiß. König Barthos wird uns auch nicht festhalten«, erklärte Liam und legte seinen Kopf auf meine Schulter.

»Ein kleiner Teil von mir kommt aus dieser Welt«, sagte ich leise.

»Was?«

»Meine Großmutter. Sie war die Prinzessin von Eventyr. Die Tante des jetzigen Königs.«

»Dann waren der König und der General deshalb so in Sorge?«, erkundigte sich Liam.

»Ja, scheinbar. König Barthos hat mich auch zunächst für die Tochter meiner Großeltern gehalten. Ich ... ich sehe ihnen wohl sehr ähnlich«, erklärte ich mit belegter Stimme.

»Dann war dein Großvater auch hier?«, fragte der Prinz.

Tränen sammelten sich in meinen Augen, als ich nickte. Opa war hier. Er hat dies alles schon gesehen. Er hatte all die Wunder erlebt, von denen wir immer geträumt hatten. Aber er hatte nicht geträumt. Nicht so wie ich. Er hatte in Erinnerungen geschwelgt. Und mir kein Wort davon gesagt. Er hatte das Buch die ganze Zeit über. Ich verstand ihn nicht. Er hätte zu jeder Zeit zurückkehren können. Wieso hat er es nicht getan?

Liam legte seine Arme vorsichtig um meinen Körper, um nicht an meine Verletzung zu kommen, und zog mich enger an sich. »Bald könnt ihr es gemeinsam erleben.«

»Ja«, hauchte ich.

Tränen liefen über meine Wangen, als das Loch in meinem Herzen sich bemerkbar machte. Als es anfing, mich zu verschlingen. Ich ließ es zu. Dieses eine Mal. Ich drehte mich in Liams Armen und ließ die Tränen laufen. Schluchzte in sein Hemd. Und er war einfach da. Und ich konnte ihm nicht einmal sagen, wie viel mir das bedeutete.

So wie er war keiner je für mich da gewesen. Weder meine Mutter noch mein Vater. Noch meine beste Freundin Lisa. Aber Liam fing mich auf. Hielt mich, beschützte mich.

***

Ich hatte mich beruhigt und keine Ahnung, wie lange ich an seiner Brust geweint hatte. Meine Augen fühlten sich dick an und gereizt. »Danke«, wisperte ich.

Liam legte seinen Finger unter mein Kinn und küsste meine Nasenspitze. »Dafür nicht.«

Mein Herz flatterte. Wir standen nah beieinander. Ich müsste mich nur auf meine Zehenspitzen stellen. Schon könnte ich ihn küssen. Ich biss mir auf die Lippe. Noch immer wollte ich es. Aber es fühlte sich nicht an wie der richtige Moment.

Schweren Herzens ging ich einen Schritt zurück und schaute zu Boden. Meine Gedanken beschämten mich. Liam war toll. Aber er war ein Prinz und auch, wenn ich ihn nicht anders behandeln sollte und es auch eigentlich nicht wollte, passierte es fast automatisch.

»Wo sind Lio und Oskar?«

»Ich bringe dich gern zu ihnen, wenn du etwas anhast.«

Mit heißen Wangen sah ich an mir hinunter. Noch immer trug ich nur das Nachthemd. »Ähm ja. Besser wäre das wahrscheinlich«, gab ich zu und sah wieder in seine Augen.

Und erneut stolperte mein Herz.

»Ich warte vor der Tür.«

Ich folgte Liam in mein Zimmer und ließ ihn erst die Tür hinter sich schließen, ehe ich die Kommode öffnete, die an der Wand stand.

Ich hatte Glück. Vor meiner Nase lagen direkt eine Bluse und eine Lederhose. Ich schlüpfte aus dem Nachthemd, hinein in die Klamotten und ging auf den Flur hinaus.

Liam stand wie versprochen vor meiner Tür und wartete auf mich. Er sah skeptisch zu meinen Füßen. »Hattest du keine Schuhe dort stehen?«

Ich schüttelte den Kopf. »Nein, aber es stört mich auch nicht wirklich. Der Marmor ist überraschend warm«, erklärte ich.

»Na gut, wenn du es so wünschst.« Er bot mir den Arm an, den ich gern annahm, und ich ließ mich durch die Flure führen.

Die Wände des Schlosses waren hoch. Und obwohl die meisten Türen von hier abgingen, war es überraschend hell im Flur. Ich sah nach oben und entdeckte den Grund dafür. Das Dach war aus Glas gemacht worden, sodass hier reinstes Sonnenlicht herrschte. »Wow«, hauchte ich.

»Warte mal ab, bis ich dir den Palast in Alendia zeige. Dagegen ist der eventyrische eine Bruchbude.«

Ich zog die Augenbrauen hoch. »Meinst du? Ich erinnere mich an einen jungen Mann, der in einer Holzhütte gewohnt hat und diese himmlisch fand.«

»Ähm ... ja.«

»Du sagtest ›meine Hütte‹«, erinnerte ich ihn.

»Ja, das können meine Worte gewesen sein. Aber eigentlich war es eine einfache Wildhütte. Sie steht jedem Jäger oder Wanderer frei.«

Ich seufzte. »Dann bist du im Palast groß geworden?«

»Ja, natürlich.«

»Und hast im Palast Feen gefangen?« Ein Grinsen schlich um meine Lippen, weil ich mir den kleinen Liam vorstellte, wie er diese Wesen zu fangen versuchte.

»Ja, das habe ich zum Leidwesen meiner Amme auch getan.«

Ich kicherte und lehnte meinen Kopf an seine Schulter. Es tat gut, einfach mal nichts zu tun. Irgendwie. Ich wusste, dass dies nur eine kleine Pause war, aber ich wollte sie, so gut es eben ging, genießen, ehe wir wieder los mussten. Das Bett fehlte mir jetzt schon.

Liam führte mich nach draußen. Als wir den Palast hinter uns ließen, staunte ich. Das Meer lag zu meinen Füßen. Nichts weiter als das unendliche Blau war zu sehen. Die Sonne schien wärmend auf uns herunter und löschte jeden unangenehmen Gedanken aus.

Ich wurde auf ein Rufen aufmerksam und sah Lio und Oskar den Strand entlanglaufen. Lio hatte mich entdeckt und rannte auf mich zu. Ich ging in die Knie, um ihn in Empfang zu nehmen. Er überrannte mich fast und ich war froh, dass Liam hinter mir stand. Die Wunde schmerzte, als Lio sich in meine Arme warf, aber das war mir im Moment egal. Ich war froh, dass es ihm gut ging.

Oskar stampfte durch den Sand auf uns zu. Er betrachtete mich. »Du hast geweint.« Sein Blick richtete sich zornig auf Liam. »Was hast du getan, Junge? Ich kann dir noch immer jeden Knochen brechen!«

»Nein«, unterbrach ich Oskar. »Ich habe nicht wegen William geweint.«

Oskars Augen weiteten sich überrascht. »Du weißt es endlich?«

Ich nickte und sah zu dem Prinzen hinüber. Über sein Gesicht huschte ein enttäuschtes Flackern und ich fragte mich, was ihn so berührte.

»Ich bin so froh, dass du wieder wach bist!« Lio hatte die Arme um meinen Nacken geschlungen und erdrückte mich fast.

»Es ist alles gut. Ich bin wieder da.«

Er schluchzte und verbarg sein Gesicht an meiner Schulter. Ich rieb mit meiner flachen Hand tröstend über seinen Rücken. »Es tut mir leid, dass du dir Sorgen gemacht hast«, flüsterte ich.

Ich hatte nicht geahnt, dass ich dem kleinen Halbelfen so viel bedeuten könnte. Es freute mich und gleichzeitig erschwerte es mir das Herz. Ich würde gehen. Ich musste Opa Erik zurückholen. Ich biss mir auf die Lippe und versteckte mein Gesicht nun ebenfalls an Lios Körper.

»Verzeiht?« Eine sanfte Stimme riss uns auseinander und wir sahen zu einer stämmigen Frau, die uns sanft anlächelte. »König Barthos erwartet Euch zum Essen«, verkündete sie.

Mein Magen knurrte auffordernd. Liam lachte leise und nickte der Frau zu. »Wir kommen sofort.«

Oskar nahm mir den noch immer schniefenden Lio ab und Liam reichte mir seine Hand, um mir aufzuhelfen.

»Danke«, murmelte ich.

Er schenkte mir ein Lächeln und gemeinsam gingen wir in den Palast zurück.

Die Frau führte uns durch verschiedene Gänge und ein paar Treppen hinauf, bis wir in einem großen Saal landeten, der an der Seite des Palastes erbaut worden war. Alles war aus Glas. Das Dach, die zwei Wände zum Strand und eine Wand, die den Blick auf die Hauptstadt Eventyr freigab.

Automatisch trugen meine Füße mich zu der Glasfront und staunend besah ich mir die bunte Stadt und das Leben, das sich vor meinen Füßen abspielte.

»Aufregend, nicht wahr?«

König Barthos' Stimme ließ mich zusammenzucken. Aber ich stimmte ihm zu. Es war aufregend. Die Menschen eilten wie Ameisen emsig durch die Straßen, unterhielten sich, lachten miteinander. Alles konnten wir von hier sehen. Die ganze Stadt war aus bunt zusammengewürfelten Häusern zusammengesetzt und das Bild war einfach wundervoll. »Eventyr ist wirklich schön«, hauchte ich und sah zu dem Mann mit den grauen Augen hoch, der über diese Stadt regierte.

»Danke. Wir haben vieles deinem Großvater zu verdanken. Die Oger waren wirklich dicht an der Grenze, als er auftauchte.«

Ich umfasste seine Hand und drückte sie leicht. Obwohl wir einander so fremd waren, hatten wir beide jemanden verloren, der uns sehr viel geschenkt hatte. »Er wird es gern gemacht haben. Vor allem, weil er dadurch meine Großmutter kennengelernt hat.« Ich grinste. »Er hat nie viel über sie gesprochen. In ... in einem Brief stand, dass ich ihr sehr ähnlich sei«, fügte ich hinzu.

König Barthos erwiderte den Druck meiner Hand. »Vielleicht kann ich dir noch etwas zeigen. Ich kenne deine Großmutter größtenteils auch nur aus Erzählungen, aber wir haben noch einige Gemälde hängen, die sie zeigen.«

»Das wäre wundervoll«, sagte ich leise. Meine Stimme gab bei dem Angebot nach und ich spürte, wie sich schon wieder Tränen in meine Augen drängten.

»Aber jetzt lasst uns erst mal essen!«, rief er freudig und bat meine Freunde und mich an den Tisch.

»Ich möchte euch noch jemanden vorstellen«, sagte er und grinste übers ganze Gesicht. »Meine Tochter. Cassia.«

Ich drehte mich zur Tür, auf die Barthos' Blick gerichtet war, und blickte auf die schönste Frau, die ich jemals in meinem Leben gesehen hatte. Die blonden welligen Haare und auch die grauen Augen hatte sie von ihrem Vater geerbt. Aber die hohen Wangenknochen, den zierlichen Hals musste sie eindeutig von ihrer Mutter haben. »Cassia, das sind Prinz William von Alendia, Oskar, Lio und deine Großcousine Mia.«

Die junge Frau lächelte den Männern zu, die mir gegenübersaßen. Als ihr Blick auf mich traf, schien es, als müsste sie sich zusammenreißen. Sie betrachtete mich wie ein widerliches Insekt. »Hallo.« Ihre Stimme klang feengleich. Zart und zerbrechlich.

Liam stand auf und verbeugte sich vor der Prinzessin. »Es freut mich, Eure Bekanntschaft zu machen.«

Ein kleiner Stich fuhr durch mein Herz, den ich aber zur Seite schob. Cassia erwiderte die Verbeugung mit einem Knicks und setzte sich neben ihren Vater an den Tisch.

Diener brachten wie aufs Stichwort das Essen und stellten es vor uns ab. Der Duft, der mir in die Nase stieg, regte meine Speicheldrüsen an.

»Das riecht himmlisch!«, schwärmte ich.

Barthos fing an zu lachen. »Du hast auch eine lange Reise hinter dir. Sag, wie lange hast du schon nichts Vernünftiges mehr gegessen?«

Ich biss mir auf die Lippe. »Oskar und ... ähm ... Prinz William haben sich wirklich gut um mich gekümmert, als ich in dieser Welt gestrandet bin. Lio ebenfalls. Aber ... etwas Richtiges ... aus einer Küche ... Das müsste vor über drei Wochen gewesen sein«, rechnete ich zurück.

»Ja, drei Wochen kommt hin. Und ich muss Mia zustimmen, das riecht und schmeckt köstlich.« Liam schob sich noch eine Gabel in den Mund und ich begann auch endlich zu essen.

***

Nach dem Essen unterhielten wir uns noch ein wenig. Wobei Cassia eher die Zuhörerin mimte. Ich spürte ihren Blick auf mir. Es fühlte sich an, als würde man mir ein Messer über die Haut reiben, dort, wo ihr Blick mich traf. Doch wenn ich direkt zu ihr sah, blickte sie immer woanders hin.

Barthos war ein sehr netter Herrscher. Wobei ihm Liam nichts von unseren Plänen, die Königin wiederzubeleben, verriet. Immerhin hatte Barthos sie ebenfalls geliebt, obwohl er sich wohl über sie hinweggetröstet haben dürfte. Cassia war nämlich gerade siebzehn Jahre alt geworden. Aber die Mutter war im Kindbett gestorben.

Bevor die Sonne unterging, verabschiedeten wir uns, und Barthos versprach mir, mich morgen abzuholen, damit er mir ein Gemälde meiner Großmutter zeigen konnte.

Oskar und Lio verschwanden in ihre Zimmer und Liam begleitete mich in meins.

Ich schloss die Tür hinter uns und atmete hörbar aus. Der Tag hatte mich erschöpft. Wobei ich das der Wunde und auch den ganzen Informationen zuschob, die ich heute erhalten hatte.

»Alles gut?«, erkundigte sich Liam. Seine grünen Augen lagen besorgt auf mir.

Ich lächelte ihn an. »Ja, alles gut. Es ist nur irritierend, dass ich hierhergehöre. Zumindest zu einem gewissen Teil. Dass ich noch mehr Familie habe, als ich dachte.«

»Eine äußerst nette Familie, wie ich dazusagen muss.«

Ich schürzte die Lippen. »Barthos in jedem Fall. Bei Cassia weiß ich noch nicht so recht«, gab ich zu und ging auf den Balkon hinaus.

»Was ist mit Cassia?« Liam war mir gefolgt und stellte sich neben mich.

»Sie hat einfach wenig gesagt«, redete ich mich raus und versuchte nicht darüber nachzudenken, was dieser Stich im Herzen noch zu bedeuten hatte.

»Dann lernst du sie mit der Zeit kennen.«

Ich runzelte die Stirn. »Vielleicht sollte ich das nicht tun.«

»Was solltest du nicht tun?«

»Na, Verbindungen knüpfen. So gern ich hierbleiben möchte ... Ich ... ich kann nicht«, kam es gepresst von mir. Ich sah zu Liam. »Mein Großvater hat mich nicht umsonst hierhergebracht. Er will dieses Mittel. Er will zurück, ganz sicher will er das. Ich kann ihm das nicht verwehren.«

Liam wandte den Blick ab und schluckte hart. »Ich weiß. Wir brechen ja bald wieder auf«, murmelte er leise.

Ich fühlte mich mies. Es zerriss mich zu wissen, dass ich gehen musste, obwohl mein Herz hierblieb. Ich legte Liam eine Hand auf den Arm. »Wenn ich könnte ...«

»Sprich es nicht aus«, unterbrach er mich. Seine Augen schimmerten feucht.

»Wieso nicht?«

Die Sonne versank langsam im Meer und der goldene Schein ließ Liams Haar noch mehr strahlen. Er kam auf mich zu und umfasste mein Gesicht mit seinen Händen. »Mia, wenn du es aussprichst, weiß ich nicht, ob ich dich gehen lassen kann.«

Meine Knie zitterten. Das Herz raste in meiner Brust. Doch die Sonne versank und der Fluch entfaltete sich. Vor mir stand nicht mehr der Mann, sondern der Löwenadler.

»Wir haben einfach wirklich immer Pech mit der Zeit«, murmelte ich und strich über seinen Schnabel.

Ein leises, zustimmendes Gurren war die Antwort.

Liam blieb bei mir, bis ich einschlief.

Kapitel 19

Als ich am nächsten Morgen von der alten Heilerin geweckt wurde, deutete nichts mehr daraufhin, dass ich in einem Bett mit einem Löwenadler geschlafen hatte. Doch als ich mich streckte, blitzte etwas Goldenes in meinem Augenwinkel auf. Ich drehte mich und konnte mir ein Grinsen nicht verkneifen, als ich über die weiche Feder strich.

»Wir müssen den Verband wechseln. Kommt hoch«, riss mich die Heilerin aus meiner Glückseligkeit heraus.

Ich verzog das Gesicht bei den Schmerzen, die in mir emporschossen, sobald ich die Muskeln in meinem Oberkörper beanspruchte, doch ich biss die Zähne zusammen und setzte mich auf. Die Heilerin half mir dabei, mein Oberteil auszuziehen, und wickelte den dicken Verband von meinem Körper.

Sie beugte sich über die Wunde. Zum ersten Mal sah ich das Loch in meinem Körper. Es war ein komisches Gefühl, zu wissen, dass da etwas in meinem Bauch gesteckt hatte, das dort nicht hingehörte. Die Wunde war an den Rändern leicht gerötet, aber ansonsten konnte ich nichts Verdächtiges entdecken.

»Hm«, murmelte die Heilerin.

»Hm?«, fragte ich.

Ihr Finger strich über die Wunde und ich zuckte zusammen. »Das tut weh«, meldete ich mich.

»Es scheint gut zu verheilen. Die Magie tut ihr Bestes, um die Wunden zu schließen.« Die Heilerin richtete ihre braunen Augen auf mich. Ihr runzeliges Gesicht erinnerte an eine Bulldogge. »Jede Wunde heilt irgendwann. Sie hinterlässt Narben, aber sie verheilt.«

Sie drückte meine Hand und ich wusste sofort, dass sie nicht auf meine körperliche Verletzung anspielte. Ich wich ihrem Blick aus und versuchte das schmerzhafte Pochen, das sich bei den Erinnerungen an meinen Großvater bemerkbar machte, zu ignorieren.

»Wie lange dauert so was?«, fragte ich leise.

»Das ist unterschiedlich. Aber bei dieser Wunde kann ich dir sagen, dass in einer Woche nur noch eine Narbe zu sehen sein wird.«

Ich kniff die Lippen aufeinander und nickte. Obwohl es kein Grund zur Freude war, war ich auf seltsame Weise dankbar, dass ich ein Andenken aus dieser Welt mitnehmen würde. Etwas, das mich immer an dieses Abenteuer erinnerte. Ich umfasste den Stiel der goldenen Feder fester. Die würde ich auch niemals mehr hergeben. Für kein Geld der Welt.

Die Heilerin schmierte noch eine nach Kräutern riechende Salbe auf die Wunde und umwickelte meinen Oberkörper wieder mit einem neuen Verband.

Danach trat eine Dienerin ins Zimmer, verbeugte sich vor mir und half mir dabei mich anzukleiden. Dieses Mal entschied ich mich für ein Kleid. Wenn ich den ganzen Tag mit dem König verbringen sollte, wollte ich zumindest passend gekleidet sein.

Das Kleid brachte meine grauen Augen zur Geltung. Die Haare waren mir von der Dienerin in einem seitlichen Zopf geflochten worden, der mir jetzt sanft über die Schulter fiel. Noch nie hatte ich solch ein edles Kleid getragen und ich wusste, dass es auch das letzte Mal sein würde. Wir mussten bald wieder los. Wir hatten nicht die Zeit, um auf meine Verletzung Rücksicht zu nehmen.

Aber mich ein einziges Mal in solch einem prunkvollen Kleid zu sehen, das berührte etwas in mir. Doch dann wurde mir schlagartig bewusst, dass Opa Erik es nicht sehen würde. Mein Vater auch nicht. Meine Mutter nicht. Und ich konnte ihnen niemals davon erzählen. Sie würden mich ins Irrenhaus schicken.

Sie würden mich nicht darin sehen. Aber dafür Oskar. Und Lio. Und ... Liam. Die Familie, die ich niemals gesucht, aber gefunden hatte. An einem Ort, der mehr war, als das, was ich mir je hätte ausmalen können.

Ein kleines Lächeln, durchzogen von Trauer, zierte meine Lippen und ich erwiderte den Blick des Mädchens mir gegenüber. Erst jetzt erkannte ich, wie sehr ich mich weiterentwickelt hatte. Seitdem ich in Alendia war, hatte ich mich verändert. War ich zu Anfang noch von Trauer zerfressen und schwach gewesen, blickte mir nun eine selbstbewusste Frau entgegen. Eine, die dafür kämpfte, was sie wollte, und die keine Risiken scheuen würde, um diejenigen zu retten, die sie liebte.

Ich wandte mich vom Spiegel ab und nickte der Dienerin zu. »Kannst du mich zum König führen?«

»Natürlich. Sie sind noch beim Frühstück. Ich bringe Euch dorthin.«

Schweigend gelangten wir in denselben Saal, in dem wir gestern schon zu Abend gegessen hatten. Liam saß bereits am Tisch ... neben Cassia. Sie hatten sich zueinandergebeugt und unterhielten sich. Als ich hereinkam, sah Liam zu mir und versteifte sich. Sein Blick fuhr von meinem Gesicht andächtig über meinen Körper und ich konnte sehen, wie er bei meinem Anblick schluckte. Nervös verlagerte ich mein Gewicht vom rechten aufs linke Bein.

»Mia! Du siehst aus wie eine wahre Prinzessin!«, rief Barthos aus und breitete die Arme aus. »Setz dich an meine Seite.« Er schob den Stuhl neben sich zurück und ich steuerte darauf zu.

»Sie kommt dem Aussehen nach sehr nah an eine Prinzessin heran. Aber das macht sie noch lange nicht zu einer.« Cassias bissige Stimme brachte mich kurz aus dem Gleichgewicht, bis mir einfiel, dass ich gar keine Prinzessin sein wollte.

Ich schenkte ihr ein sarkastisches Lächeln. »Gut, dass ich immer eher danach gedrängt habe die Heldin zu sein«, erwiderte ich und setzte mich neben den König.

Liam biss sich auf die Lippe, um nicht schallend loszulachen.

Ich wusste nicht, was Cassia gegen mich hatte. Und wirklich interessieren tat es mich auch nicht. Ich war keine Gegnerin für sie. Ich würde ihr ganz bestimmt nicht den Thron wegnehmen wollen – oder sonst irgendwas. Ich wollte bloß zu meinem Großvater zurück. Er hatte mir schließlich einiges zu erzählen.

»William, kann ich dir nachher den Schlossgarten zeigen? Dort ist es wirklich wundervoll! Vor allem bei solch einem herrlichen Wetter«, schwärmte Cassia.

»Natürlich. Die Gärten von Eventyr sollen wirklich prächtig sein«, erwiderte Liam und lächelte ihr höflich zu.

Ein erneuter Stich durchbohrte mein Herz, aber ich versuchte ihn zur Seite zu schieben. Liam und mich verband nichts – zumindest sollte es das nicht. *Ich weiß nicht, ob ich dich dann noch gehen lassen kann,* erinnerte ich mich an seine Worte, die mir noch immer eine Gänsehaut bescherten. Ich würde irgendwann gehen müssen. Sobald wir die Blume hatten. Es war meine Aufgabe meinen Großvater zu retten. Er hatte es so gewollt, an diese Sicherheit klammerte ich mich.

Ich biss mir auf die Lippe und wandte mich dem köstlichen Obst zu, das auf meinem Teller lag.

»Wo sind eigentlich Lio und Oskar?«, fragte ich, während ich in einen Pfirsich biss.

»Sie erkunden die Stadt. Ich habe ihnen eine Wache mitgegeben, damit sie keinerlei Probleme bekommen.«

Lächelnd wandte ich mich König Barthos zu. »Das ist wirklich nett von Euch.«

Er nickte mir zu und wir versanken in einer Unterhaltung über die schönen Künste. Cassia spielte wohl fantastisch Violine und wollte heute Abend ein Konzert für uns geben. Als sie das sagte, sah sie aber nur Liam an und ich krallte meine Nägel in meine Handballen, um mich zurückzuhalten und ihr nicht die Augen auszukratzen.

***

»So Mia, wollen wir dann? In der Bibliothek habe ich einiges an Bildern von Helena und Einträge aus ihrem Leben heraussuchen lassen.«

»Sehr gern.«

Wir standen auf und gingen gemeinsam durch einige Flure, ehe wir in einem dunklen Raum ankamen, der bloß durch einige Laternen erhellt wurde.

Unsicher sah ich mich um. Bisher hatte der Palast einen fröhlichen, offenen Eindruck gemacht.

»Wieso sind hier so wenige Fenster?«, fragte ich beklommen und versuchte mir meine Nervosität nicht anmerken zu lassen.

»Das liegt an den Büchern. Zu viel Sonnenlicht schadet dem Leder und wir wollen verhindern, dass das Wissen, das wir über Jahrhunderte angesammelt haben, erlischt.«

Ich nickte. Das klang plausibel und trotz der Dunkelheit kam ich nicht umhin zu staunen. Mein Herz begann wie verzaubert zu stolpern und ich fühlte, wie mir die Spucke bei dem Anblick im Mund zusammenlief. Ich war auf Wolke sieben, als ich mit offenem Mund die vielen Regalbretter betrachtete, die sich meterweit in die Höhe schraubten, bis zum gewölbten Dach, in dem ein Fresko zu sehen war, das einen Wald mit Feen, Elfen, Ogern und Trollen darstellte. Ich kniff die Augen zusammen und konnte eine Nixe in einem See erkennen.

»Wie findest du sie?«, fragte Barthos, der mich schelmisch angrinste, weil er meine Reaktion auf diese Bibliothek schon richtig gedeutet hatte.

»Sie ist ... atemberaubend«, gab ich zu.

Am liebsten wollte ich durch die Gänge schlendern, über die zierlichen in ledergebundenen Buchrücken streicheln und mich in den zahllosen Geschichten verlieren. Aber das ging nicht. Ich wollte wissen, wer meine Großmutter gewesen war. Und das konnte ich nur, wenn ich mich jetzt konzentrierte. Irgendwann würde ich die Zeit haben, um diesen Anblick vollkommen in mich aufzusaugen – gemeinsam mit Opa Erik.

»Komm, die Bücher, die wir für dich haben heraussuchen lassen, liegen hier drüben.«

Ich folgte König Barthos und versuchte mir noch etwas Selbstdisziplin zu bewahren, indem ich nicht losrannte.

Sie hatten eine kleine Insel geschaffen inmitten all dieser Regale. Ein Podest thronte im Zentrum der Bibliothek, darauf standen ein Holztisch, der aussah, als hätte ihn jemand aus dem viktorianischen Zeitalter hergeholt, und zwei passende Sessel mit Fußhockern.

»Der Ort ist himmlisch«, seufzte ich und fuhr voller Ehrfurcht über das polierte Holz.

»Mein Vater hat die Bibliothek gemeinsam mit Erik so herrichten lassen. Dein Opa war immer ein Verfechter des geschriebenen Wortes gewesen.«

Meine Kehle wurde eng. »In unserer Welt war er das ebenfalls«, erklärte ich mit brüchiger Stimme.

Die Wunde, die in der Zeit mit Liam, Oskar und Lio zu einem kleineren Pochen verwachsen war, wurde bei diesem Anblick wieder aufgerissen und brachte meinen ganzen Körper zum Zittern. Ich merkte wieder, wie sehr ich meinen Großvater in meinem Leben brauchte. Mit ihm wäre alles so viel einfacher gewesen.

Barthos legte seine Hand auf meine Schulter und drückte sie. »Komm, ich zeige dir, in welche Frau sich dein Großvater verliebt hat.«

Und mit jedem Satz, den ich über meine Großmutter Helena las, mit jedem Bild, das ich sah, verstand ich, warum Opa Erik diese mutige Frau erwählt hatte, die bereit gewesen war alles zu opfern – für ihre Liebe und ihr Land. Sie war eine Kämpferin gewesen, die sich für ihr Volk eingesetzt hatte und, um dieses zu beschützen, hatte sie trainiert und war – verbotenerweise – zum Schlachtfeld gereist. Mein Großvater war ihr gefolgt, in dem eigentlichen Wunsch, sie davon abzuhalten, aber sie waren auf ein Geheimnis gestoßen, welches den Krieg gewendet und den Menschen den vorläufigen Sieg geschenkt hatte.

***

Gegen Mittag verabschiedete ich mich von Barthos – vorerst. Ich musste die ganzen Eindrücke verarbeiten und zur Ruhe kommen. Ich war aufgewühlt und ich wusste nicht, was ich fühlen sollte. Durch Barthos vermisste ich Helena auf einmal, obwohl ich sie nicht einmal gekannt hatte, und ich verstand, wieso Opa es nie übers Herz gebracht hatte über sie zu sprechen. Ich erkannte mich in ihr wieder. Ich wollte ebenfalls diese Heldin sein, die sie tatsächlich gewesen war. Mir war es bis heute nicht bewusst gewesen, aber ich beneidete die Heldinnen in meinen Büchern. Sie waren mutig, tough und ließen sich durch nichts und niemanden auf ihrem Weg beirren. Seit ich in diese Welt geraten war, ähnelte ich ihnen schon mehr.

Ich eilte aus dem Palast raus an den Strand. Diese Welt schien mich zu fordern, im Gegensatz zu der, aus der ich kam. Was sollte ich tun, wenn es meine Bestimmung war hierzubleiben? Wenn ich hierhergehörte? Wenn dies meine Heimat war?

Ich holte tief Luft, schloss die Augen und ließ meine Gedanken auf den Weiten des Ozeans treiben. Aber konnte ich das? Einfach mit allem abschließen, was mich zu Hause hielt? Alles zurücklassen, was mich doch ausmachte? Denn wenn meine Familie und meine Freunde nicht gewesen wären, wäre ich niemals die Mia, die ich jetzt war. Seufzend öffnete ich die Augen und ging zurück zum Schloss. Ich wusste nicht, was ich tun sollte. Wusste nicht, was ich fühlen sollte. Und doch: Mein Großvater Erik brauchte mich, genauso, wie ich ihn brauchte. Vielleicht würde er mir helfen eine Entscheidung zu treffen.

***

Ich schlenderte durch den Palast. Eine Wache hatte mir mitgeteilt, dass Oskar und Lio noch immer unterwegs waren und seitdem suchte ich Liam. Wir mussten unsere Weiterreise planen. Wenn wir Barthos mit einbezogen, würde er uns sicherlich Geleit geben und genügend Vorräte, damit wir es auf den Gipfel schafften und wieder zurück.

Nachdenklich sah ich mich in dem Schloss um, eventuell konnte Lio hierbleiben. Er war ein Kind und diese Stadt schien ein sicherer Hafen für jemanden wie ihn zu sein. Vielleicht konnte er sogar bei Barthos am Hof leben.

Meine Schritte hallten in dem leeren Gang wider. Leichten Fußes ging ich um die Ecke und verharrte in meinem Schritt. Mein Fuß hing noch in der Luft, als mein Herz aufhörte zu schlagen. Die Welt schien für den Augenblick stillzustehen, während ich zusah, wie Liams Lippen auf Cassias gedrückt waren. Liam hatte sich gegen die Wand gelehnt, die Hände auf ihren Hüften, während sie an seinem Hemdkragen zog, damit sie sich noch näher sein konnten.

Mein Innerstes bebte, während ich nur zusehen konnte, was sich vor meinen Augen abspielte. Ich empfand etwas für Liam. Und ich … ich hatte geglaubt, ihm ging es mit mir genauso. Aber jetzt erkannte ich, dass das alles nur ein Spiel gewesen war. Doch wie konnte ich es ihm verübeln? Ich hatte nie ein Geheimnis daraus gemacht, dass ich wieder in meine Welt zurückgehen würde. Nie!

Dennoch kam ein Schluchzen aus meiner Kehle und ich schlug die Hand vor den Mund. Mit einem Schlag begann sich die Welt wieder zu drehen.

Liam drückte sich abrupt von Cassia ab und sah erschrocken in meine Richtung. Bedauern, Entsetzen und Wut lagen in seinem Blick, doch ich wandte mich ab. Ich wollte keine Erklärung. Keine Ausflüchte. Und so rannte ich.

»Mia! Warte! Bitte!«, rief Liam mir hinterher.

Aber ich stoppte nicht. Ich rannte durch die Flure. Es war mir egal, wohin ich lief. Es war mir egal, wo ich am Ende landen würde. Ich wollte bloß allein sein, weg von ihm.

Tränen liefen mir über die Wangen. Meine Sicht war nur noch verschwommen und ich betete, dass ich niemandem über den Weg lief.

Komischerweise rannte ich in die Bibliothek. Schlitternd kam ich zum Stehen und sah mich um. Ich brauchte einen Platz für mich. Der Schmerz raubte mir den Atem. Es fühlte sich an, als habe mir jemand das Herz aus dem Leib und in Stücke gerissen, um es mir dann wieder einzusetzen. Fehlerhaft und zerbrochen.

Ich sah mich in der Bibliothek um und entdeckte eine Treppe, die nach oben führte. Eilig lief ich darauf zu und wurde in einen Raum geführt, der komplett aus Glas war. Doch gerade hatte ich keinen Blick dafür. Ich lehnte mich gegen die kühle Wand und sah nach draußen. Die Welt schien auf einmal düsterer als noch zuvor.

Ich bekam kaum Luft und ich konnte den Tränenfluss nicht stoppen, der über meine Wangen lief, egal, wie sehr ich es wollte.

Meine Stirn lehnte ich gegen die kalte Fläche. Ich hatte mir eingebildet, dass da etwas zwischen Liam und mir war. Etwas Besonderes. Etwas, das mit bloßen Worten nicht zu beschreiben war. Aber scheinbar hatte ich mich geirrt. Scheinbar hatte nur ich das gefühlt. Das Kribbeln. Das Herzrasen. Die Gänsehaut. *Wenn du es aussprichst, weiß ich nicht, ob ich dich gehen lassen kann.* Die Worte riefen keine Gänsehaut mehr in mir hervor, sondern ein belustigtes Schnaufen – begleitet von dem Gedanken, wie dumm ich nur gewesen war. Niemals war ich etwas Besonderes für ihn gewesen. Er war ein Prinz! Natürlich war ich ein Niemand für ihn.

Ich wischte mir die Tränen von den Wangen, die direkt durch neue ersetzt wurde. Dabei wollte ich nicht weinen. Ich wollte nicht so schwach sein.

Keine Ahnung wie lange ich schon in den Himmel starrte, aber langsam verabschiedete sich die Sonne, um dem Mond Platz zu machen, der schon ungeduldig wartete. Ich badete in ihrem goldenen Licht und der Schein erinnerte mich an Liams Fell, wenn er seine Gestalt wechselte. Ein Schluchzer ließ meinen Körper beben und ich verbat mir den Gedanken an den Prinzen.

Ich hatte keine Lust schon wieder zu weinen. Für heute hatte ich genug Tränen vergossen – wegen eines Mannes. Meine Stirn war noch immer gegen die Scheibe gedrückt und ich versank in dem Anblick.

»Mia?«

Ich versteifte mich, als ich seine Stimme vernahm, und bewegte mich nicht. Ich wollte ihn nicht sehen, wollte nicht hören, was er zu sagen hatte.

»Mia?«

Ich wischte mir mit den Ärmeln des feinen Kleides über die Wangen und versuchte absolut keinen Ton von mir zu geben, als ich hörte, wie sich Schritte über die Treppe näherten.

»Hier bist du!«

Ich presste die Lippen aufeinander und versuchte ihn einfach weiterhin zu ignorieren. Ich konnte das gerade nicht. Ich wollte dieses Gespräch jetzt nicht führen.

»Mia, hör mir bitte zu.« Er hockte sich vor mich und legte seine Hände an meine Wangen.

Ich robbte von ihm weg. »Fass mich nicht an!«

»Dann hör mir trotzdem zu!« In Liams Blick stand die Verzweiflung. In seine Stirn hatte sich eine Steilfalte gegraben, als er mich betrachtete.

»Du bist mir keine Rechenschaft schuldig. Ich verlange nichts ...«

Plötzlich lagen seine Lippen auf meinen. Ich konnte nicht reagieren. Jeder Muskel war angespannt und ich wusste nicht, wie ich reagieren sollte. Ich hatte zugesehen, wie er eine andere geküsst hatte. Und doch ... es fühlte sich so gut an. Liam legte seine Hände wieder auf meine Wangen, zogen meinen Kopf dichter an seinen. Unsere Lippen verschmolzen miteinander und ich gab mich dem hin. Wie konnte sich etwas so gut anfühlen, obwohl es absolut falsch war? Meine Finger krallten sich in sein Baumwollhemd, während ich mich an ihn drückte. Seine Hand fuhr in meinen Nacken, drückte leicht und ich gab mich ihm hin. Gab ihm alles von mir und dachte nicht über die Konsequenzen nach, während die Schmetterlinge in meinem Bauch Loopings flogen und ich mich fühlte, als hätte ich an einen Stromzaun gefasst.

Ein Zittern durchlief Liams Körper und er löste sich langsam von mir. Ein hauchfeiner Dunst von Grün stieg aus seinem Körper. Ich runzelte die Stirn, doch wurde direkt wieder von Liam abgelenkt, der mir einen zarten Kuss auf die Stirn gab, ehe er sie gegen meine lehnte.

»Hörst du mir jetzt zu?«, raunte er leise.

Ich biss mir auf die Lippe und konnte nicht aufhören zu grinsen. »Eventuell«, erwiderte ich und sah noch einmal auf seine Lippen. Ich wollte sie wieder fühlen.

»Ich ... ich habe Cassia nicht geküsst. Sie tat es und ich war im ersten Moment zu überrascht, um zu reagieren. Genau in dem Moment bist du um die Ecke gebogen. Wirklich ... ein absolut grandioses Zeitfenster hast du dir dafür ausgesucht«, rügte er mich und küsste meine Nasenspitze. »Mia, es gibt nur dich für mich. Seit ich dich aus diesem verfluchten See gefischt habe, gibt es nur noch dich.«

Tränen sammelten sich in meinen Augen, obwohl ich gedacht hatte, ich konnte nicht mehr weinen. Mein Herz schwoll an bei seinen Worten.

»Wir hatten schon die ganze Zeit ein mieses Timing, oder?«, wisperte ich gegen seine Lippen und verschloss die Antwort zwischen uns.

Seine Finger strichen mir eine Strähne meines schwarzen Haares aus dem Gesicht. Mit verträumten Augen sah er mich an und fuhr mein Gesicht mit seinen Blicken nach.

»Du meinst mit *Timing* Zeitpunkte, oder?«, fragte er.

Versonnen nickte ich.

»Daran können wir ja jetzt arbeiten«, meinte er mit einem Grinsen. »Und bitte hör auf mich William zu nennen. Das fühlt sich an, als sei ich ein Fremder für dich.«

Seine Bitte entlockte mir ein Grinsen. »In Ordnung, Will- ... Liam.«

Die Sonne war fast nicht mehr zu sehen. »Wir müssen hier raus. Der Raum scheint nicht dafür gemacht zu sein einen Löwenadler zu beherbergen.«

Ich prustete. »Nein, wahrscheinlich nicht«, stimmte ich ihm zu und gemeinsam gingen wir hinunter. Und gerade, als wir die letzte Stufe hinter uns ließen, begann der Glitzer Liam einzuhüllen.

Kurz darauf stand der Löwenadler vor mir, doch sein Blick war auf seine Flügel gerichtet und er schien irgendwie verwirrt zu sein.

»Was ist los?«

Ich ging zu seiner Seite und betrachtete ebenfalls die Flügel. Liam spreizte sie von seinem Körper und plötzlich erkannte ich, was geschehen war.

Sie waren gewachsen. Als wir aus der Elfenstadt geflohen waren, hatten sie klein und schwächlich gewirkt. Doch jetzt? Als er sie streckte, hatten sie bestimmt eine Spannweite von drei Metern. Ich strich behutsam über die Federn und ein Schauer überfiel Liams Körper.

Mit großen Augen sah ich zu ihm auf und ohne dass wir uns absprachen, setzte ich mich auf seinen Rücken und er rannte aus dem Schloss heraus.

Unterwegs trafen wir auf Lio und Oskar, die gerade ins Schloss eintraten. Scheinbar waren sie erst jetzt aus der Stadt zurückgekehrt, aber als wir ohne ein Wort an ihnen vorbeirasten, folgten sie uns wieder hinaus.

Ein Beben durchlief Liams Körper, als er die Flügel draußen im Wind von sich spreizte. Er wandte sich mir kurz zu und ich griff fest in seine Federn, als er langsam begann mit den Flügeln zu schlagen.

»Wie kann das nur sein ...?«, fragte ich leise.

Ich konnte es mir nicht erklären. Konnte nicht verstehen, wieso die Flügel plötzlich verändert waren. Ich erinnerte mich an den seltsamen grünen Dunst, der Liam umgeben hatte, aber war das wirklich der Grund?

Doch als Liam den Schwung des Windes nutzte, hob er tatsächlich ab.

Ein Jauchzen kam über meine Lippen und ich schlang meine Arme sicherheitshalber um seinen Hals, damit ich nicht herunterfiel. Liam stieg höher und höher in die Luft, schien auf dem Wind zu reiten und ich fühlte, wie sehr er es genoss. Euphorie durchfloss mich und ich hörte das Kreischen, das er ausstieß, und freute mich mit ihm.

Endlich konnte er fliegen und das geteilte Glück war nach dem Kuss das Beste, was ich seit Wochen erleben durfte.

Liam überflog die Stadt, in der langsam alle Lichter angezündet wurden. In der Tiefe konnte ich ein paar helle Flecken ausmachen, die erstaunt in den Himmel zeigten, und ich hörte die Rufe unserer Gefährten.

Meine Haare flatterten im Wind, genauso wie das Kleid, das um meine Beine schlackerte. Liams Körper spendete mir Wärme. Die eisige Luft schnitt in meine Wangen, aber ich wollte nichts sagen. Liam wirkte so glücklich, so befreit. Das konnte ich ihm nicht nehmen. Ich war froh, dass ich es mit ihm erleben durfte. Selbst wenn ich danach unbedingt ein warmes Bad brauchte, war ich um diese Erfahrung dankbar.

Diese Erinnerung würde ich für immer in mir tragen. Ich verbarg mein Gesicht in seinen Federn und genoss das Gefühl der Leichtigkeit.

***

Irgendwann, als ich mich vor Müdigkeit kaum noch auf seinem Rücken halten konnte, setzte Liam zum Landeanflug an. Er stolperte, als hätte er die Geschwindigkeit unterschätzt. Durch den Ruck verlor ich den Halt, machte eine Rolle über seinen Hals und fiel direkt vor seine Tatzen.

Mir wurde durch den Aufprall die Luft aus den Lungen gepresst, durch meinen Körper zog sich eine Schmerzwelle, die bei meiner Wunde startete, und ich blieb kurz auf dem Boden liegen, um wieder zu Kräften zu kommen.

Liams besorgtes Gesicht beugte sich über mich und er legte den Kopf schief. Doch das Glitzern in seinen Augen konnte er nicht verbergen. Er wirkte völlig berauscht.

»Mir geht's gut«, beruhigte ich ihn und griff in sein Kopfgefieder, um ihn zu kraulen. »Das war absolut fantastisch!«, sagte ich mit einem Grinsen.

Seine Augen blitzten vor Freude und ein Gurren kam aus seiner Kehle. Er schmiegte den Kopf in meine Hand und kurz verblieben wir so.

»Ich dachte, er kann nicht fliegen?«, fragte plötzlich Oskar.

Er stand mit in die Hüfte gestemmten Armen vor uns. Neben ihm stand Lio, der Liam ehrfürchtig musterte. Cassia und König Barthos waren ebenfalls dazugekommen. Cassia hatte die Arme vor der Brust verschränkt und musterte mich mit vernichtenden Blicken.

»Konnte er auch nicht«, sagte ich zu Oskar und sah wieder zu Liam. »Wir haben keine Ahnung, was sich geändert hat.«

»Darf ich auch mal?« Lios Stimme war leise, sodass ich Mühe hatte ihn zu verstehen.

Liam legte seinen Kopf gegen meinen und richtete sich dann auf, damit Lio auf seinen Rücken klettern konnte. Der kleine Halbelf schrie erfreut auf und rannte auf den Löwenadler zu, der geduldig wartete, bis Lio sicher saß, um sich dann in die Lüfte zu erheben.

Schwerfällig richtete ich mich auf und musterte die beiden. Lio jauchzte und schrie in der Luft und ich vermutete, dass er einige Aufmerksamkeit auf sich zog. Grinsend wandte ich mich Oskar zu, der Liam skeptisch musterte. »Seine Flügel sind ... anders.«

»Ja, das ist uns auch zuerst aufgefallen«, erklärte ich. »Als wären sie plötzlich geheilt oder so.«

»Das ist praktisch«, bemerkte Oskar und sein Blick richtete sich auf mich. »So könntet ihr die Blume schneller pflücken.«

Ich biss mir auf die Lippe, daran hatte ich noch gar nicht gedacht! Aber Oskar hatte recht. Ich vermutete, dass Liam und ich heute Nacht beide zu erschöpft waren. Aber morgen Nacht konnten wir es wagen, zurück zum Berg zu fliegen, um danach direkt zu dem Grab der bösen Königin zu gelangen ... und ich eventuell zurück nach Hause.

Ein Kloß setzte sich in meinem Hals fest, den ich aber niederrang. Wir mussten dieses Land davor retten sich selbst zu zerfleischen und ich musste meinen Großvater zurückhaben, um den Rest der Familie, den ich noch besaß, heilen zu können. Wir durften nicht egoistisch denken.

»Ja, das wäre eine Möglichkeit, Oskar«, sagte ich langsam und versuchte mich an einem Lächeln.

Der Troll musterte mich. »In der Zeit, in der ihr fliegt, werden Lio und ich nach Alendia reisen.«

»Ihr bekommt die besten Pferde von mir, die ich habe«, erklärte König Barthos und legte eine Hand auf Oskars Arm.

»Danke«, erwiderte der und beugte den Kopf.

»Sollte Lio nicht eventuell hierbleiben?«, fragte ich und warf einen besorgten Blick nach oben.

»Er wird dich nicht verlassen«, warf Oskar ein.

Ich schluckte. Mir würde es auch schwerfallen ihn zurückzulassen. Aber ich musste. Ich hatte es von Anfang an gewusst.

Cassias Blick lag immer noch schneidend auf mir. Aber ansonsten hielt sie den Mund, worüber ich heilfroh war.

Kurz darauf landete Liam, dieses Mal etwas vorsichtiger, sodass Lio auf seinem Rücken sitzen blieb.

Der Kleine sah aus, als hätte er in eine Steckdose gefasst. Seine Augen glänzten fiebrig, seine Haare standen wirr in alle Richtungen ab, als er von Liams Rücken runterkletterte und ihm um den Hals fiel.

»Das war gigantisch! Dankeschön«, sagte Lio.

Gurrend legte Liam seinen Hals auf Lios Schulter und erwiderte damit seine Umarmung.

»Wir sollten jetzt zur Ruhe gehen. Und morgen besprechen wir alles Weitere«, erklärte König Barthos.

»Darf ich ein paar Diener fragen, ob sie uns Vorräte einpacken können, damit Lio und ich aufbrechen können, sobald die Sonne aufgeht?«, fragte Oskar. »Ich will den Mia und Prinz William nicht zu viel Vorsprung lassen, sobald sie in Alendia sind.«

Barthos nickte freundlich. »Natürlich, ich werde es veranlassen, du brauchst dich nicht darum zu kümmern.«

Liam lehnte sich an mich und rieb seinen Kopf an mir. Das Gefühl, dass er dies vor Cassia tat, berauschte mich und ich konnte nicht verhindern ihr ein Grinsen zu schenken, das eher wölfisch auf sie wirken musste.

Sie schnaufte sehr undamenhaft. »Ich gehe zu Bett. Bis morgen früh. Eine angenehme Nachtruhe, wünsche ich«, vermerkte sie bissig und drehte sich um.

König Barthos winkte uns zu und folgte ihr.

Oskar sah zu Liam. »Lio und ich werden morgen nach Alendia aufbrechen. In der Nacht fliegt ihr auf den Gipfel und kommt dann ebenfalls in die Hauptstadt. Alles klar?«

Liam nickte und schubste mich sanft in Richtung Schloss. Sein Atem ging schneller als zuvor und ich vermutete, dass er so dringend ins Bett wollte wie ich.

»Lasst uns schlafen gehen«, sagte ich und wandte mich zum Gehen. »Wir sehen uns morgen früh noch?«

Oskar nickte und gemeinsam gingen wir in den Palast zu unseren Zimmern.

Liam begleitete mich durch den Flur. Die anderen hatten sich schon verabschiedet.

Ich wusste nicht einmal, wo Liams Zimmer lag, aber als ich die Tür aufmachte, drängte er sich an mir vorbei und legte sich ins gemachte Bett.

Grinsend quittierte ich sein Verhalten. »Also willst du über Nacht bleiben?«, fragte ich.

Gespannt legte er den Kopf auf seine Tatzen und betrachtete mich.

Ich schüttelte belustigt den Kopf. »Mach die Augen zu. Ich will mich umziehen.«

Ein schweres Seufzen erklang vom Bett und ich wandte mich noch einmal dem Löwenadler zu, um sicherzugehen, dass er die Augen geschlossen hatte.

So schnell es ging, schälte ich mich aus dem Kleid – ich hatte das Gefühl, dass es Stunden dauerte – und schlüpfte in ein zu großes Hemd, das mir bis zu den Knien reichte.

Ich kroch unter die Decke und kuschelte mich an mein überdimensionales Kuscheltier, das leise gurrte.

»Weißt du, wieso du auf einmal fliegen kannst?«, fragte ich schläfrig.

Ich fühlte, wie Liam den Kopf schüttelte, um die Frage zu verneinen. Aber eigentlich war es auch nicht wichtig. Es spielte uns geradewegs in die Karten, dass seine Flügel nun intakt waren. So konnten wir schnell zum Berg und nach Alendia gelangen.

Ein freudiges Kribbeln breitete sich in meinem Bauch aus, als ich daran dachte, dass ich endlich Liams Zuhause kennenlernen würde.

Mit einem Lächeln im Gesicht schlief ich, gekuschelt an einen Löwenadler, ein.

Kapitel 20

Die hellen Sonnenstrahlen schienen mir ins Gesicht und ein warmer Körper presste sich an meinen Rücken. Liams Arme hielten mich fest und wäre ich eine Katze, würde ich zu schnurren beginnen.

Mein Herz fing an zu rasen, als würde ich einen Marathon laufen, und kurz versteifte ich mich. Bis die Freude überwog. Liam. Er war noch da. Lächelnd drehte ich mich zu ihm und blickte direkt in seine grünen Augen, die mich glücklich anfunkelten.

»Guten Morgen«, murmelte ich und kuschelte mich noch enger in seine Umarmung.

Er drückte mich an sich und gab mir einen Kuss auf die Stirn. »Guten Morgen, du Langschläferin. Lio und Oskar haben bestimmt schon dreimal an deine Tür geklopft, weil sie wollen, dass du endlich aufstehst.«

Überrascht sah ich ihn an. »Wieso hast du mich nicht geweckt?«

Er zuckte unschuldig mit den Schultern. »Eventuell habe ich es genossen, dich in meinem Armen zu halten.«

Ich spürte die Hitze, die mir in die Wangen schoss, und starrte auf Liams nackte Brust. Mein Puls stolperte bei dem Anblick, doch ich versuchte diese Tatsache zu ignorieren. »Vielleicht sollten wir dann …«

Weitersprechen konnte ich nicht, weil Liam meinen Mund mit seinen Lippen versiegelte. Ich schmolz in seinen Armen dahin wie weiche Butter.

Als er sich von mir löste, legte er seine Stirn an meine.

»Ich glaube auch, dass wir aufstehen sollten. Obwohl ich am liebsten den ganzen Tag hierbleiben würde.«

Lächelnd nickte ich. »Mir geht es ähnlich. Wir kön-« Mir blieb der Rest des Satzes im Hals stecken und Trauer legte sich um meine Gedanken wie ein Mantel. Wir können das nicht noch einmal machen. Heute Abend würden wir zum Berg der Seelen fliegen. Dann nach Alendia und dort würden wir die Königin erwecken und ich würde nach Hause gehen, damit ich meinen Großvater zurückholen konnte.

»Hey, wir genießen einfach die Zeit, die wir haben. In Ordnung? Sei nicht traurig.«

Ich schenkte ihm ein Lächeln und versuchte es so positiv zu sehen wie er. Doch es fiel mir schwer. Ich wandte mich ab und stand auf. Hastig warf ich mir irgendwas über und drehte mich zum Bett um. Liam hatte seine Blöße mit der Decke bedeckt, worüber ich heilfroh war. Das war wirklich ein Nachteil, wenn er sich verwandelte. Die Kleidung fiel einfach von ihm ab und bei der Verwandlung zum Mensch blieb er nackt zurück.

»Ich komme gleich nach«, meinte er und ich ging wortlos aus dem Zimmer.

Als ich die Tür hinter mir geschlossen hatte, blieb ich einen Moment stehen und wagte es nicht einen Schritt weiter zu gehen. Ich war neben Liam aufgewacht. Liam und ich hatten uns geküsst. Bei der Erinnerung fing mein Körper an zu prickeln.

Ich musste feststellen, dass mich kein anderer Gedanken in den letzten Wochen, seit mein Großvater gestorben war, so strahlen ließ. Ich schüttelte mich. Ich konnte mich nicht darauf einlassen. Nicht jetzt. Wer wusste denn schon, ob das Buch, das *einmal* einen Eingang für mich bereitgehalten hatte, noch einmal die Schleusen öffnen würde? Allerdings wusste ich ja noch nicht einmal, ob ich überhaupt nach Hause zurückkehren konnte und wenn, wie.

Ein Schauder lief mir über den Rücken. Ich musste irgendwie zurück in meine Welt gelangen. Ich fuhr mir aufgewühlt durch die Haare. Es musste einen Weg geben. Opa und Oma waren ... Ich schlug mir mit der Hand gegen den Kopf. Barthos musste wissen, wie es funktionieren konnte.

Ich warf noch einen Blick auf meine Zimmertür, hinter der sich Liam wahrscheinlich gerade anzog, und wandte mich dann ab. Das schlechte Gewissen meldete sich, doch ich schob es beiseite. Ich hatte von Anfang an gesagt, dass ich zurückkehren würde. Das wusste Liam. Trotzdem tat es weh, dass ich dieser Welt – hoffentlich nur vorübergehend – den Rücken kehren musste.

***

Meine Schritte führten mich durch das Schloss und ich landete in dem Raum, in dem wir die anderen Tage auch schon gefrühstückt hatten. Barthos, Cassia, Oskar und Lio saßen bereits da.

»Du bist endlich wach!«, rief Lio und grinste mich mit breitem Lächeln an.

Ich gab ihm das Lächeln zurück. »Ja. Tut mir leid, dass ich erst so spät aufgewacht bin«, entschuldigte ich mich und setzte mich auf meinen Platz neben den König.

»Mein Großvater und Helena sind doch von hier aus in die andere Welt gekommen. Wisst Ihr zufällig, wie?«, fragte ich und nahm mir etwas Brot.

Barthos sah mich überrascht an. »Du willst gehen?«

Ich zuckte mit den Schultern und sah zu Lio. Ich hatte ihm noch nichts davon erzählt. »Ich muss, wenn ich meinem Großvater das Heilmittel geben möchte.«

»*Was?*« Lio fuhr in seinem Stuhl hoch. »Du kannst uns nicht zurücklassen!«

»Lio, ich werde nicht für immer gehen …« Das hoffte ich zumindest.

Selbst Oskar sah mich zweifelnd an. Unwohl biss ich mir auf die Lippe. »Es war niemals geplant gewesen für immer hier zu bleiben«, sagte ich leise und hoffte, dass Lio verstand, was ich meinte.

»Aber du hast doch *uns*!«

Ich sah zu ihm und sog erschrocken die Luft ein, als ich den Schmerz in seinen Augen sah. »Ich weiß. Aber in der anderen Welt … da habe ich eine Mutter, einen Vater und sie brauchen die Hilfe meines Großvaters.« Ich stand auf, ging zu dem kleinen Halbelfen und nahm seine Hände in meine. »Lio, wenn ich hierbleiben könnte, würde ich bleiben. Aber … aber ich werde noch gebraucht.«

Ich hörte Schritte hinter mir und drehte mich zu Liam um. Seine Augen spiegelten denselben Schmerz, der sich in Lios Augen und in meinem Herzen zeigte.

»Ich werde mein Möglichstes tun, damit ich zurückkommen kann«, versprach ich und gab ihm einen Kuss auf die Hände.

Tränen liefen über Lios Wangen und ich wischte sie weg.

»Versprichst du, dass du wiederkommst?«

Ich nickte. »Das mache ich.«

Er kniff die Lippen zusammen, um den Tränen Einhalt zu gebieten, die ungehindert über seine Wangen strömten. Ich schloss ihn in meine Arme.

»Ich denke, es ist gut, dass du gehen willst«, ließ Cassia verlauten. »Es ist nur natürlich, dass du in deiner Welt gebraucht wirst. Und du solltest dich darum kümmern.«

Ich kniff die Lippen zusammen und sah zu der Prinzessin hinüber. Sie saß auf ihren Stuhl, als hätte sie einen Besen verschluckt, und ihr Blick lag eiskalt auf mir.

Liams Hand legte sich auf meine Schultern und drückte sie kurz. »Mia wird wiederkommen. Weil sie nicht nur dort gebraucht wird, sondern auch hier.«

Seine Worte ließen mein Herz schneller schlagen und ich sah zu ihm auf. »Danke«, formte ich nahezu lautlos mit meinen Lippen.

Er zwinkerte mir zu und setzte sich neben Lio auf den Stuhl.

»Also … Helena und Erik sind damals auf den Berg der Seelen geklettert. Die Lichter sind nicht nur die Seelen der Verstorbenen, sondern auch Tore in andere Welten.«

Überrascht sah ich auf. Das hieß, dass meine Reise heute Nacht enden würde. Ich würde nicht mehr nach Alendia kommen.

Mit großen Augen sah ich zu Liam, der mitten in der Bewegung innegehalten hatte. Ihm schien dasselbe bewusst geworden zu sein.

Schwer schluckte ich die Informationen hinunter.

»In Ordnung, dann weiß ich Bescheid«, brachte ich hervor und stand mit zittrigen Beinen auf. Ohne ein weiteres Wort ging ich aus dem Saal hinaus. Meine Beine trugen mich selbstständig aus dem Schloss, hinein in die Stadt. Ich fühlte mich, als sei ich in einer Blase aus Worten gefangen, die mir immer wieder in Erinnerung riefen, dass ich gehen *musste*. Dass ich nicht hierhergehörte. Dass meine Familie mich brauchte. Mich und Opa Erik.

Die Tränen ließen den Weg vor mir verschwimmen, aber ich stakste unbeirrt weiter. Ohne auch nur einen Blick an die Stände zu verschwenden, die in der Stadt aufgebaut worden waren. Blind ging ich durch die Gegend und ließ mich von der Menschenmenge treiben und führen.

Ich hatte gewusst, dass diese Reise irgendwann ihr Ende hat. Aber nicht schon so früh. Damit hatte ich niemals gerechnet. Wir würden heute Abend am Berg der Seelen sein. Und wir würden beide die Blume finden.

Kurz sah ich mich zwischen den bunten und freundlichen Häusern um und verschwand in einer Gasse, die zwischen den Bauten lag. Erschöpft ließ ich mich an der Wand herabsinken und starrte in den blauen Himmel, der mich zu verspotten schien.

Wieso konnte es jetzt nicht regnen? Wieso musste sich selbst das Wetter gegen mich wenden?

Seufzend zog ich die Knie an und versuchte meine Gedanken zu ordnen. Mir würden Lio, Oskar und vor allem Liam fehlen. Unglaublich. Ich hatte in ihnen so viel mehr gefunden als Weggefährten.

»Hey.«

Ich zuckte erschrocken zusammen und erkannte Oskar, der mir gefolgt war. Er zwängte sich neben mich. Für einen Troll war die Gasse nicht wirklich breit.

»Hallo, Oskar«, antwortete ich mit gepresster Stimme.

»Du kommst wieder. Ich weiß es.«

Ich presste die Lippen aufeinander. »Ich weiß es auch. Aber was ist, wenn ich meinen Großvater nicht wiedererwecken kann? Wenn die Blume in unserer Welt nicht hilft? Wenn das Tor, das ich genommen habe, nicht noch ein zweites Mal funktioniert?« Die Panik ließ meine Stimme schrill klingen.

Oskar legte seinen Arm um mich und zog mich zu sich. »Es wird funktionieren. Du musst daran glauben.«

»Aber was ist, wenn nicht?«

»Dann soll es nicht sein. Obwohl ich daran nicht glaube. Du hast deinen Platz hier. Du bist zu einem Teil dieser Welt geworden. Bist mit ihr verschmolzen. Es wäre grausam vom Schicksal, dir das wieder zu nehmen.«

Ich starrte auf den Boden. »Das Schicksal hat mir auch meinen Großvater genommen«, gab ich zu bedenken.

»Aber sieh doch, was du dafür bekommen hast! Alendia, Eventyr, Liam, Lio und mich. Ist das nichts?«

»Das sollte nicht herablassend klingen«, entschuldigte ich mich. »Ich habe bloß Angst.«

»Du wärst dumm und naiv, hättest du keine. Es ist immer ein großer Schritt etwas zu verlassen, das man liebt. Das wird auch mit dem Alter nicht besser. Es gibt auch keine Medizin dagegen. Aber ich und auch Liam wissen, dass du das schaffst. Und dass du zu uns zurückkehrst.«

Ich schürzte die Lippen. Er hatte recht. Ich würde hierher zurückkehren und ich würde es schaffen. Daran musste ich glauben. Ich seufzte leise und kuschelte mich eng an den Troll. »Danke.«

Er zuckte mit den Schultern. »Das wird schon.«

***

Gemeinsam gingen wir zurück zum Schloss. Lio erwartete uns bereits. Als er uns kommen sah, rannte er auf mich zu und warf mich fast um, als er mich umarmte. Ich presste den kleinen Mann an mich und sog seinen Geruch tief ein. »Ich komme wieder«, versprach ich abermals und hoffte, dass er mir glaubte.

»Ich weiß«, antwortete er und sah zu mir hoch. »Wenn nicht, komme ich dich holen. Gemeinsam mit Liam und Oskar.«

Grinsend sah ich zu den Dreien und mein Herz schwoll an – von all der Liebe, die sie mir entgegenbrachten und die ich für sie empfand.

»Danke«, hauchte ich.

»Bis bald«, sagte Lio und wandte sich schnell dem Pferd zu, das für ihn bereitstand.

Ich umarmte Oskar noch einmal. »Pass auf dich und Lio auf. Ja?«, fragte ich ihn.

»Natürlich. Bis du wieder da bist. Ab dann kümmerst du dich um die kleine Nervensäge.«

Das Lachen kam ungehemmt über meine Lippen und ich sah dankbar zu meinem Freund auf. »Mach ich.«

Er nickte zufrieden, legte die Hand auf Liams Schulter und bedachte ihm mit einem bedrohlichen Blick. »Du weißt, das mit den Knochen gilt noch immer«, warnte er ihn.

»Wie könnte ich das vergessen«, erwiderte Liam und lächelte den Troll an.

Oskar half Lio auf sein Pferd und saß dann selbst auf seinem auf. Ich hob die Hand zum Abschied und folgte den beiden mit meinem Blick, bis ich sie nicht mehr sehen konnte.

Es war bereits Mittag. Sie waren viel zu spät losgeritten. Wenn alles gut ging, würden sie innerhalb weniger Tage in Alendia sein. Liam hatte ihnen einen Brief geschrieben, dass sie mit Erlaubnis des Prinzen in die Stadt kamen.

Liams Arm lag auf meinen Schultern und ich hatte mich an ihn gelehnt. Jetzt hatten wir nur noch wenige Stunden, ehe er sich verwandeln und wir zu dem Berg reisen würden. Ein Moment der gleichzeitig unser letzter, unser Abschied sein würde.

Um meinen Hals zog sich ein Band zu. Ich presste mich an Liam und unterdrückte ein Schluchzen.

Er legte seine Arme um mich und hielt mich einfach fest.

Ich wollte nichts lieber tun, als den ganzen restlichen Tag hier zu stehen und seinen Geruch aufzunehmen.

»Komm.« Liam löste sich von mir und nahm meine Hand. »Du solltest die Stadt kennenlernen, in der Helena großgeworden ist.«

***

Dieses Mal war ich nicht blind, als wir durch die Straßen gingen und alles in uns aufsogen. Die bunten Häuser, die sich dicht an dicht drängten. Die lauten Rufe, als die Marktschreier ihre Waren anboten, Waren, die mein Herz höherschlagen ließen.

Wie gebannt blieb ich vor einem Schmuckstück stehen. Es war eine Kette, silbern glänzte sie im Sonnenlicht und der Anhänger war herzförmig. Ein Stein war mit filigranem Silber ummantelt worden.

»Sie ist wunderschön«, murmelte ich und strich sanft über den Stein.

»Man sagt, dass dieser Stein einem immer den Weg leuchtet, wenn man im Dunklen feststeckt«, erklärte der Verkäufer.

Ich lächelte ihn an. »Danke.«

»Ich biete ihn euch für einen Sonderpreis an«, versuchte er nun mich zu überzeugen.

»Nein, danke«, wehrte ich ihn ab.

Liam trat neben mich. »Wie viel kostet die Kette?«

»Dreißig Silberstücke.«

Ich runzelte die Stirn.

»Abgemacht.«

»Was?«, fragte ich Liam. »Du brauchst doch ni-«

Er unterbrach mich. »Ich will aber.«

Der Verkäufer hob die Kette an und Liam suchte das Geld aus seinem Beutel.

Liam öffnete den Verschluss und drehte sich zu mir, um mir die Kette umzulegen. Ich hob mein Haar an, damit es sich nicht verfing.

Die Kette lag leicht auf meiner Brust, direkt neben der Feder, die ich an einem Lederband befestigt hatte. Ich sah zu Liam auf. »Danke, sie ist ... einfach wundervoll.«

Er zwinkerte mir zu und nahm meine Hand. »Damit du den Weg hierher zurückfindest. Das war ein komplett eigennütziger Kauf.«

***

Als die Sonne unterging, kehrten wir zum Schloss zurück, damit wir uns noch von König Barthos und Cassia verabschieden konnten, solange Liam in seiner menschlichen Gestalt war.

Sie standen schon auf dem Platz. König Barthos lächelte mich warm an. »Mia, wenn du zurückkommst und jemals einen Platz zum Leben suchen solltest ... Du bist hier herzlich willkommen. Ich hoffe, du weißt das.«

»Danke, es ist schön das zu hören.«

Cassia betrachtete mich nur herablassend. »Komm gut nach Hause.«

Ich nickte. »Das werde ich.«

Die Sonne versank im Meer und Liams Körper wurde in den Glitzer eingehüllt.

Als die Verwandlung zu Ende war, setzte ich mich auf seinen breiten Rücken und klammerte mich fest. Ich hatte den dicken Umhang von Melina um meine Schultern geschlungen und eine kleine Tasche mit Proviant hing an meiner Hüfte, die uns die Diener gerade noch gebracht hatten.

Liam breitete seine Flügel aus und rannte los, bis er abhob. Das Hochgefühl des Vorabends setzte wieder ein und ich konnte den Schmerz der Kälte ignorieren.

***

Die Landschaft zog an uns vorbei. Die verbliebenen Menschen unter mir sahen aus wie Ameisen.

Meine Finger krallten sich in Liams Gefieder. Er krächzte, aber nicht vor Schmerz. Es war ein Krächzen voller Lebensfreude. Ich konnte mir nicht einmal im Ansatz vorstellen, was es für ein berauschendes Gefühl sein musste, nach all den Jahren, die man mit nutzlosen Flügeln an den Boden gefesselt gewesen war, endlich fliegen zu können.

Wir flogen noch nicht lange, als ich das alendische Lager unter uns sah. Die Soldaten eilten noch immer emsig umher und brüllten sich Sachen zu.

Aber bald würden sie nicht mehr gebraucht werden. Eventyr und Alendia würden endlich im Frieden miteinander leben können. Ein feines Lächeln schlich sich bei dem Gedanken auf mein Gesicht.

Liam krächzte noch einmal und plötzlich veränderte er den Winkel, sodass ich mich noch fester in sein Gefieder krallen musste, um nicht abzustürzen.

Immer höher stieg der Löwenadler, bis wir irgendwann auf die Spitze des Berges gelangten.

Dieses Mal landete Liam sanfter und ich fiel nicht über seinen Kopf auf die Erde.

Mein Blick war sofort von den Abertausenden Blumen gebannt, die auf dem Gipfel wuchsen. Atemlos beobachtete ich das Schauspiel. Die Blumen streckten ihre bunten Köpfe den schillernden Lichtern entgegen, die alles in ein buntes Schauspiel verwandelten. Durch diese Lichter waren mein Großvater und Helena zurück in meine Welt gereist und eben diese Lichter würden auch mich heute zurückbringen. Ein Stein in der Größe eines Felsens legte sich auf mein Herz und ich hatte Mühe, die Tränen zurückzuhalten. Trotzdem faszinierte mich der Anblick und ich ließ mich langsam von Liams Rücken gleiten. Es war unglaublich. Noch nie hatte ich so etwas Wundervolles gesehen. Und ich glaubte auch nicht, dass es auf dieser oder meiner Welt so ein ähnliches Schauspiel noch einmal gab.

»Damit hatte ich nicht gerechnet«, gab ich leise zu, um die Stille, die den Berg umfing, nicht zu stören.

Liam gurrte leise und schien dasselbe wie ich zu denken. Vorsichtig ging ich tiefer in das Blumenmeer hinein und sog den Moment in mich auf.

»Es ist atemberaubend«, rief ich staunend.

Ich lief weiter. Vollkommen berauscht von meiner Umgebung folgte ich meiner Intuition und ließ mich in den Bann der Blumen und Lichter ziehen.

»Was wollt ihr in meinem Reich?«

Erschrocken zuckte ich zusammen und sah mich zu Liam um, der ebenfalls nach der Sprecherin suchte.

»Wir ... ähm ... wir brauchen zwei Blumen«, sagte ich und hoffte, dass die Wahrheit die Frau beruhigen würde.

Ein Schnaufen kam von der Stimme und vor uns erschien eine Rose. Sie wuchs, bis sie so hoch war wie ich. Erschrocken wich ich zu Liam zurück.

Statt einem Stiel hatte die Rose einen Frauenkörper, doch ihr Gesicht war von satten roten Blütenblättern verhüllt. »Wieso wollt ihr zwei meiner Blumen rauben?«

Ihr Anblick verwirrte mich und für einen kurzen Moment vergaß ich, was ich sagen wollte.

»Mein Großva-« Kurz schloss ich die Augen. *Zuerst Liam. Das ist wichtiger.* »Die ... die Länder sind im Krieg und ... Und wir brauchen die Königin, damit sie den Fluch aufhebt«, stotterte ich.

»Die böse Königin, die den Fluch sprach, gibt es nicht mehr und es wäre besser, wenn sie nicht zurückkehrt.«

»Sie ist aber die Einzige, die diesen Krieg stoppen kann!«, hielt ich dagegen.

Die Rose legte den Kopf schief. »Mädchen, du bist jung. Du hast noch viel zu lernen. Ein einzelner Mensch ist niemals an einem Krieg schuld. Und niemals kann nur ein einziger Mensch einen Krieg verhindern«, belehrte sie mich.

Ich sah Hilfe suchend zu Liam, aber in dieser Version seiner Selbst konnte er nicht sprechen.

»Aber es ist die einzige Möglichkeit ...«, versuchte ich es noch einmal.

»Wieso braucht ihr eine zweite Blume?«, fragte die Rose.

Ich wusste nicht, ob sie dem Gespräch über den Krieg in ihrem Land aus dem Weg gehen wollte.

»Ich habe meinen Großvater verloren, er ist gestorben – in meiner Welt. Erik, er kam damals mit Helena hierher auf den Berg, um in die andere Welt, in die Welt, aus der auch ich komme, zu flüchten.«

Ich starrte auf den Boden. Mein Herz zog sich schmerzhaft zusammen und ich ballte meine Hände zu Fäusten, als sein Gesicht vor meinem inneren Auge erschien. Die blauen Augen, die grauen Haare, die trotz seines Alters noch füllig gewesen waren. Das Grübchen auf seiner linken Wange.

Stopp! Ich konnte mich jetzt nicht von meinen Gefühlen übermannen lassen.

Mein Blick glitt wieder zu der Blume.

Erschrocken wich ich zurück. Ich konnte nicht glauben, wer plötzlich vor mir stand. Ich keuchte und schlug die Hände vor meinen Mund. Tränen liefen über meine Wangen und all die Gefühle, die ich gerade noch unterdrücken wollte, kamen mit einer Wucht ans Licht und ließen meinen Körper erzittern.

Mit jeder Erinnerung, mit jedem Gefühl, das durch mich hindurchfloss, schien sein Körper präsenter zu werden.

Ich kniff die Augen zusammen, schüttelte den Kopf. Das konnte nicht wahr sein. Wie sollte das gehen?

»Mia ...?«

Selbst die Stimme der Halluzination klang genauso wie seine. Ich öffnete meine Augen wieder und starrte vollkommen perplex auf den grauhaarigen

Mann, der mich mit einem Schmunzeln musterte. Wie er es immer getan hatte, wenn er mich überrumpelt hatte.

»Opa?«, fragte ich leise und konnte das Beben in meiner Stimme nicht verbergen.

»Ja, meine Kleine. Ich bin hier.«

»Wie …? Wie …?« Ich konnte keine Worte finden. Mein Blick war von der Erscheinung gebannt.

»Das ist der Berg der Seelen. Die Lichter der Verstorbenen berühren hier die Erde. Deine Gefühle haben mich gerufen. Sie haben mich hier festgehalten. Und ich hatte mir gewünscht, dass du hierherfindest.« Er kam näher auf mich zu und umarmte mich.

Ich fühlte ihn. Seine Wärme. Und für einen kurzen Moment bildete ich mir ein seinen Geruch wahrzunehmen. Ich klammerte mich an ihn. Es war mir egal, wie verzweifelt es wirken mussten.

»Damit ich die Blume hole. Ich weiß. Opa, ich kann dich …«

»Moment. Die Blume? Mia, was redest du da?« Er schob mich von sich weg.

Verblüfft sah ich ihn an. »Ich … Wir sind auf der Suche nach den Blumen«, erklärte ich. »Die Blumen, die das Mittel gegen den Tod sind. Ich will dich zurückho-«

»Nein! Mia, daran darfst du niemals denken! Ich weiß, wie sehr mein Tod dich aus der Bahn geworfen haben muss. Aber Kleines, es war an der Zeit. Ich hatte ein erfülltes Leben. Ich war glücklich und ich war glücklich sterben zu dürfen, als es mir gut ging.«

Ich presste die Lippen zusammen. »Wieso bin ich dann hier? Wieso hast du mich hergeschickt?«, fragte ich und runzelte die Stirn. Sein Verhalten verwirrte mich und gleichzeitig fühlte ich mich komischerweise erleichtert.

Mein Großvater sah zu der Frau hinter sich. »Dürfen wir eine Weile gehen? Deinen Blumen wird nichts passieren. Versprochen.«

Die Rose war einverstanden. Ich sah zu Liam, der mir zunickte und sich an Ort und Stelle niederließ.

Noch immer fühlte sich mein Körper wie Wackelpudding an. »Wieso das alles?«, fragte ich.

»Damals habe ich dieses Buch gefunden. Der Mann auf dem Flohmarkt hatte mir die Wörter eingeflüstert. Ich sollte sie sagen, wenn ich in dem Buch las und verschwinden wollte. Meine Familie und das Land waren zu der Zeit nicht lebenswert. Und eines Nachts war es so weit ... und ich fiel Helena vor die Füße.« Ein Grinsen umschmeichelte seine Lippen, als er an die Frau dachte, die er vom ganzen Herzen geliebt hatte. »Sie trainierte im Hof und hätte mich fast erstochen. Hat sie zum Glück nicht und ich verliebte mich nicht nur in das Land, in die Menschen, sondern auch in Helena. Aber wir mussten fliehen. Dieses Land wäre zu dem Zeitpunkt kein Ort für ein Kind gewesen.« Mein Großvater senkte seinen Blick. »Wir hatten uns vorgenommen wieder zurückzukehren. Wenn Bernd alt genug war. Aber ... wir waren glücklich und Bernd zeigte nie, dass er sich fehl am Platz fühlte. Erst als Helena starb, sah ich, dass er ebenso hierhergehörte wie deine Mutter. Aber danach war es zu spät. Ich ... ich war egoistisch. Ich habe es verpasst meinen Sohn hierherzubringen, weil ich es nicht geschafft hätte diese Welt ohne deine Großmutter zu betreten ... Es hat sich einfach falsch angefühlt. Bernd lernte dann auch irgendwann Lydia kennen und sie wurde schwanger. In dir erkannte ich sofort, dass du eine Eventyrerin bin. Mit jeder Faser deines Seins gehörst du hierher. Deswegen habe ich dir das Buch vermacht. Damit du deinem Schicksal folgen konntest. Wegen nichts anderem. Ich bin glücklich darüber tot zu sein, mein Schatz. Du bist hier zu Hause. Dein Herz, deine Seele gehört nach Mediocris. Du hast zu viel von deiner Großmutter mitbekommen, als dass du in der Welt, in der du geboren wurdest, jemals glücklich sein könntest.«

Ich wusste nicht, was ich sagen sollte. Mein Blick war auf meine Fußspitzen gerichtet. »Wir brauchen dich ...«, hauchte ich leise. »Mama und Papa ...«

Seine schwere Hand legte sich auf meine Schulter. »Nein. Mia, du brauchst mich nicht. Deine Eltern müssen ihren Weg finden und du den deinen. Dein Vater weiß, dass du hier bist. Dass diese Welt die deine ist.«

Ich hob meinen Blick und sah zu meinem Großvater auf. Die Tränen standen in meinen Augen. Es war zu viel. All die Zeit hatte ich Liam begleitet, in dem Glauben, dass ich zurückkehren musste, um meinen Großvater wiederzubeleben. Und jetzt sagte er mir, dass ich meinetwegen hier war. Dass ich hierhergehörte.

Mein Opa sah über seine Schulter. »Ich glaube sogar, dass du hier schon ein Stück weit angekommen bist.« Er zwinkerte mir zu.

Meine Wangen wurden heiß und ich wandte den Blick ab. »Er heißt William, Opa. Er ist der Prinz von Alendia.«

Direkt sah ich gespielte Missbilligung auf dem Gesicht meines Großvaters. »Ein Alendier? Kind, das kann ich nicht gutheißen!«

Ich schmunzelte. Doch die Freude konnte die Trauer nicht verhindern, die nach mir griff.

»Hey ...« Opa beugte sich zu mir und nahm mich in den Arm. »Tot zu sein ist gar nicht so übel. Es ist leicht. Leichter, als zu leben.«

Ich presste die Kiefer aufeinander. »Ich vermisse dich«, flüsterte ich an seine Brust.

Er drückte mich an sich und ich wünschte mir, es wäre die Realität. Dass wir uns immer wieder sehen konnten. Dass er nicht mehr tot sein musste.

»Ich weiß. Ich vermisse dich auch, aber ich habe gelebt. Nun bist du dran. Lebe ein echtes Leben. Meistere die Aufgaben, die das Schicksal dir in den Weg legt, und versuche zu siegen.«

»Und wie soll ich das ohne dich schaffen?«, raunte ich mit tränenerstickter Stimme.

»Indem du du bist. Mia, du kannst alles schaffen. Du brauchst mich nicht. Genauso wenig wie Lydia oder Bernd mich brauchen.«

Ich sah zu ihm auf und versuchte seine Worte zu akzeptieren. Alles in mir wehrte sich dagegen.

»Was hat es mit diesem Buch auf sich?«

Mein Großvater begann zu grinsen. »Kannst du dir vorstellen, dass ein Elf der Welt, in der er lebte, müde wurde und es sich zur Aufgabe gemacht hat, andere Welten zu bereisen? Doch zur Sicherheit, dass er immer wieder an seinen Geburtsort zurückkehren konnte, wenn ihn die Sehnsucht plagte, erschuf er ein Buch, das die Geschichte seiner Heimat beinhaltete und ihn jederzeit – mit den Worten *Domum me adduc!* – zurückbringen konnte.«

Ich wusste nicht, ob er sich diese Geschichte ausgedacht hatte oder ob sie wirklich wahr war, aber es war eine schöne Geschichte.

»Danke«, murmelte ich und legte meinen Kopf wieder an seine Brust. »Ich habe dir keine Blume ins Grab geworfen ...«, gab ich leise zu. »Ich bin weggerannt.«

Seine Finger strichen über meinen Kopf. »Das ist mir egal. Ich weiß, dass du mich liebst.«

»Ich will mich nicht verabschieden.«

»Müssen wir aber. Mia, du hast dieses ganze Leben noch vor dir. Ich habe dir niemals die Aufgabe gegeben mich zurückzuholen. Das ist der Kreislauf des Lebens. Wir leben – eine Zeit lang – und dann sterben wir. Und jetzt musst du leben. Versprich es mir.«

Seine blauen Augen musterten mich streng.

Mein Kinn bebte und meine Finger krallten sich in sein T-Shirt. »Ich verspreche es«, sagte ich leise und kniff die Augen zusammen.

»Ich liebe dich, Kleines. Und ich bin unheimlich stolz auf dich.«

»Ich liebe dich auch«, erwiderte ich und versuchte ihn zu halten. Aber sein Körper wurde durchscheinender. »Geh nicht. Bitte!«, flehte ich.

»Lass los, Mia«, bat er.

»Ich kann nicht. Lass mich nicht allein!«

Doch seine Erscheinung schwand immer mehr. Meine Beine gaben unter mir nach. Ich schrie. Die Wunde, die in der letzten Zeit zu einer erträglichen Narbe verwachsen war, riss auf. Doch anstatt alles zu verdrängen, ließ ich alles auf mich einstürmen. Der Schmerz überrollte mich. Alles fühlte sich intensiver an. Alles prasselte auf mich ein. Das Leid, der Schmerz, der Verlust. Aber auch die Freude. Ich erinnerte mich an die schönen Momente. Ich erinnerte mich daran, wie wir gemeinsam gelacht hatten. Und ich erinnerte mich daran, dass mein Großvater nur das Beste für mich gewollt hatte.

Ich fühlte einen Stupser gegen meinen Arm und sah zu Liam auf, der sich zu mir gesellt hatte. Sein schwerer Körper lag hinter mir und stützte mich, während er mich besorgt musterte.

»Er ist jetzt für immer fort, oder?«, fragte ich leise.

Liam bettete seinen Kopf auf meinen Schoß.

»Ja, ist er. Er klammert sich nicht ans Leben. Das hat er nie getan. Er hat jeden Moment gelebt. Selbst im Tod. Er war ein großartiger Mann.«

Ich sah zu der Blume auf. Sie schien mich skeptisch zu mustern.

»Mia, du hast gelernt loszulassen. Du hast akzeptiert, dass der Tod zum Leben gehört. Es ist kein schöner, aber ein notwendiger Aspekt. Ich möchte, dass du dir eine Blume aussuchst. Eine einzige und dann müsst ihr von hier verschwinden.«

Überrascht wischte ich die Tränen von meinen Wangen. »Ich darf mir eine Blume aussuchen? Irgendeine?«

Die Rose nickte und wartete auf meine Wahl.

»Ich brauche die Blume, die den Tod besiegt. Nicht für mich. Aber ... das, was ich am Anfang sagte, stimmt noch immer. Wir brauchen die Königin.«

»Bist du dir wirklich sicher? Keiner weiß, wie sich die Königin im Strudel der Seelen verändert haben könnte.«

Ich sah zu Liam, der mich unsicher musterte. Doch das bekräftigte mich in meiner Meinung und ich nickte. »Wir brauchen sie.«

Die Rose hob ihre Hände und formte eine Schale. Ihr Kopf fiel nach hinten und als sie ausatmete, wuchs eine Blume aus ihren filigranen Fingern.

Ein Schimmer umhüllte die Pflanze, als sie sich in die Höhe schraubte. Noch nie hatte ich solch eine Pflanze gesehen. Sie war schwarz und an den Rändern schien Glut zu haften, die herabrieselte auf die Hand der Rose.

»Ihr solltet sie eiligst nehmen. Sobald die Glut erlischt, ist die Blume wirkungslos.«

Vorsichtig nahm ich die Pflanze und packte sie behutsam in meinen Beutel.

Noch einmal sah ich zu den Lichtern – zu meinem Weg nach Hause. Doch es gab keinen Grund mehr für mich zurückzukehren. Ja, ich vermisste meine Eltern. Ich vermisste Lisa. Aber ... mein Blick richtete sich auf Liam. Noch wurde ich hier gebraucht.

»Wir sollten los«, sagte ich und kletterte auf Liams Rücken.

Die Blüte der Rosen-Frau zerfiel und mit jedem Blütenblatt, das den Boden berührte, schrumpfte sie, bis nichts mehr von ihr übrig war.

»Lebewohl, Opa«, flüsterte ich und stieg auf Liams Rücken.

Kapitel 21

Wir hatten keine Ahnung, wie viel Zeit uns noch blieb, ehe die Sonne aufging. Aber immerhin schien noch nichts darauf hinzudeuten, dass dies in nächster Zeit passieren würde.

Liam flog dennoch schneller als zuvor. Ich traute mich nicht in dem Beutel nach der Blume zu sehen. Der Wind könnte sie dazu bringen schneller zu erlöschen. Vor lauter Sorge legte sich ein Brocken in meinen Magen. Mein Herz raste und endlich kam das Schloss in Sicht. Es war aus Stein erbaut, nicht so prachtvoll wie das von Eventyr, aber es hatte seinen eigenen Charme, auf den ich mich gerade nicht einlassen konnte, weil sich die Angst um mein Herz drückte wie eine Faust.

»Liam, wir müssen landen«, rief ich und klammerte mich an sein Gefieder. »Ich kann das Licht der Sonne bereits sehen!«

Liam sank und wir steuerten auf einen prachtvollen Garten zu, in dem ein riesiger Springbrunnen stand. Aus dem Schloss kamen Menschen gerannt. Ein paar sahen aus wie Wachen, doch ein anderer starrte sorgenvoll nach oben. Sein Haar war dunkel, doch ich konnte nicht mehr als die feine Kleidung ausmachen.

Nur noch ein paar Meter trennten uns vom Boden, als die Sonne Liam erreichte. Ich schrie auf, als er sich unter mir verwandelte und der Boden sich auf einmal rasch näherte.

Ich kniff die Augen zu, wollte nicht sehen, wie wir an dem Boden zerschellten wie Apfelmus, und klammerte mich an Liam fest.

Doch plötzlich hörte unser Fall auf. Überrascht öffnete ich die Augen und stellte fest, dass uns etwas langsam zu Boden sinken ließ. Ich runzelte die Stirn und sah mich zu den Menschen um, die unser Kommen gesehen hatte. Unter ihnen stand eine Elfe, die sich auf uns konzentrierte und ihre Hände nach uns ausgestreckt hatte. Sie war noch nicht alt.

Vorsichtig ließ sie uns auf dem Erdboden aufsetzen und ich nahm meinen Umhang, damit ich ihn Liam umlegen konnte.

»Danke«, murmelte er.

Ich nickte ihm zu.

»Was bist du eigentlich für ein vollkommener Idiot!«, schrie die Elfe ihn an, als sie auf uns zumarschiert kam. »Seit drei Monaten bist du weg und plötzlich ...«

»Wie geht es der Blume?«, erkundigte sich Liam bei mir und ignorierte dabei die Elfe, die mit zusammengezogenen Augenbrauen auf uns zumarschierte und dabei wüste Beschimpfungen auf den Prinzen hageln ließ.

Die Blume hatte ich vor Schreck vollkommen vergessen und angelte sie aus meinem Beutel. Sie hatte den Sturz überstanden, aber es war nur noch wenig von der Blüte übrig. Die Glut fraß sich weiter und weiter.

»Wir müssen zum Grab«, hauchte ich.

Liams Gesichtsausdruck war verkniffen und er fasste nach meiner Hand. Gemeinsam rannten wir durch den Garten, ignorierten das Empfangskomitee, das empört aufschrie und sich an unsere Fersen heftete. Wir überquerten eine Brücke und stoppten vor einem kleinen Haus, das mich an eine Gruft erinnerte.

Liam machte sich an der Tür zu schaffen, während ich die Blume im Blick behielt.

»Wir müssen uns beeilen«, erinnerte ich Liam.

Er fluchte und trat gegen die Tür, wieder und wieder, bis das Holz nachgab und unter seinen Tritten zerbrach.

»William, was ist hier los? Wo warst du?« Der Mann mit den dunklen Haaren und der feinen Kleidung war uns gefolgt. Sein Atem ging schwer.

»Gleich, Vater«, erwiderte Liam kurz angebunden und zerrte mich in die Gruft hinein.

Ich warf dem Mann einen Blick zu, dem König von Alendia. Mir fielen die Gemeinsamkeiten zwischen Vater und Sohn auf. Sie hatten dasselbe markante Kinn und dieselben Wangenknochen.

Ich richtete meinen Blick wieder nach vorn. Ein Sarg stand in der Mitte des Raumes. Er war wunderschön. Weißes Holz, das mit feinen Verzierungen ausgestattet war, die teilweise vergoldet waren. Liam ließ meine Hand los und beeilte sich, den Sarg zu öffnen. Ich sah auf die Blume hinunter. Nur noch wenig war von der Blüte zurückgeblieben. Mein Herz schlug mir bis zum Hals. Meine Finger wurden schwitzig.

»Willst du etwa deine Mutter schä-?«

»Halt den Mund, Vater! Ich erwecke sie wieder zum Leben.«

Ich zuckte zusammen, als ich Liams barschen Tonfall hörte. Er schien kein gutes Verhältnis zu seinem Vater zu haben.

Die Elfe erschien ebenfalls im Eingang der Gruft und beobachtete Liam. Ihr Blick fiel auf mich und dann auf die Blume in meiner Hand.

»Du hast sie«, brachte sie hervor und sah verwundert zwischen Liam und mir hin und her. Sie schüttelte den Kopf und stellte sich neben mich. Das Mädchen hob die Hände, wie sie es zuvor im Garten getan hatte, und mit einem Ruck löste sich der Deckel vom Sarg.

Ich wich ein Stück vor ihr zurück. Meine letzte Begegnung hatte nicht dafür gesorgt, dass ich dem Volk der Elfen übermäßig vertraute.

Eine Staubwolke wurde aufgewirbelt, die nach süßlicher Verwesung roch. Ich verzog das Gesicht und reichte die Blume Liam. Er umfasste meine Hand.

»Gemeinsam?«, fragte er leise und suchte nach meinem Blick.

Ich versuchte ihm ein aufmunterndes Lächeln zu schenken und nickte. »Gemeinsam.«

Wir richteten unseren Blick auf den Leichnam der Königin. Ihr Kleid hing in Fetzen an dem Skelett hinunter. Ich schluckte schwer und holte tief Luft. »Es wird funktionieren«, raunte ich.

Liams Hand bebte auf meiner und ich führte unsere miteinander verschlungenen Finger zum Sarg. Sanft legten wir die brennende Rose auf dem Körper ab und traten einen Schritt zurück.

Der Prinz von Alendia ließ meine Hand keine einzige Sekunde los, während wir gebannt zusahen, wie die Glut Feuer fing und sich über den Körper der Königin fraß. Der König hinter uns war verstummt. Die Elfe gesellte sich zu uns und ergriff Liams freie Hand. Ein Stich der Eifersucht durchfuhr mich, aber ich schob ihn beiseite.

Das Feuer fraß sich weiter, doch anstatt zu heilen, fiel der Körper in sich zusammen.

»Nein«, keuchte Liam.

Er wollte sich losreißen, aber ich ließ ihn nicht gehen. Ich hielt seine Hand fest umklammert.

»Es funktioniert nicht!«, schrie er und seine Beine gaben nach.

Fassungslos schaute ich auf das Schauspiel. Meine Gedanken rasten. Wieso funktionierte es nicht? Wieso verbrannte sie?

»William ... Phönixe!«, murmelte die Elfe leise und sah weiterhin gebannt auf das Schauspiel.

Verwirrt musterte ich sie und plötzlich erkannte ich es: Phönixe gingen in Flammen auf, um aus der Asche auferstehen zu können. Ich hockte mich neben Liam auf den Boden. Gab ihm meine Wärme, meinen Halt, wie er es all die Zeit mit mir getan hatte.

Sein Körper zitterte, während er zerrissen zwischen Hoffnung und Trauer in die Flammen starrte, die das Skelett seiner Mutter vernichteten.

»William, was soll das?«, fuhr der König seinen Sohn an. Doch der ignorierte seinen Vater. »Holt Wasser, sofort!«, befahl er den Menschen hinter uns.

Ich hörte, wie sich eiligen Schrittes entfernten. Und auf einmal erlosch das Feuer schlagartig. Mein Herz setzte einen Moment aus. All meine Muskeln waren zum Zerreißen gespannt, als ich auf die Asche sah, aus der sich plötzlich etwas erhob. Der Kopf der Frau, die der Asche entstieg, war in den Nacken gelegt, ihre blonden Haare fielen ihr wie ein Wasserfall am Körper hinab. Ihr Kleid aus schwarzem Stoff schmiegte sich an sie wie eine zweite Haut.

Es dauerte nicht lange, vielleicht dreißig Sekunden, doch für mich dauerte es eine Ewigkeit, bis die Königin ihre Augen aufschlug und tief Luft holte.

Ihr Blick glitt verwirrt über die Menschen, die sich um dieses Schauspiel versammelt hatten. Doch ihr Blick fixierte jemanden hinter mir.

»Mariella.« Sebans Stimme war nur ein Wispern, das hinter mir erklang.

Sie kniff die Augen zusammen. Hass loderte in ihrem Blick auf, als sie ihren Gatten erkannte. Eiseskälte breitete sich in meinen Adern aus. Gänsehaut rannte über meinen Körper.

»Ich will, dass du all deine Flüche zurückziehst, Mutter«, sagte Liam und seine Hand schlang sich fest um meine.

»Mariella ... du ... du bist wieder da«, keuchte der König.

Er stolperte an mir vorbei und ging vor seiner Königin auf die Knie.

Die Königin verzog verächtlich das Gesicht. Sie hob die Hand und mit ihr erhob sich gleichzeitig König Seban. Angst erschien in seinem Blick.

»Meine Königin!« Seine Stimme klang erstickt und während sich die Hand der Königin weiter und weiter erhob, tat es Seban ebenfalls, bis seine Füße den Boden nicht mehr berührten. Erst jetzt erkannte ich, was die Königin vorhatte.

»Nein!«, schrie ich und stolperte nach vorn.

Die grünen Augen, die sie ihrem Sohn vererbt hatte, huschten zu mir. Mariella hob die andere Hand ebenfalls hoch und richtete sie auf mich. Ich spürte den Druck, der sich um meinen Hals legte. Spürte, wie sich meine Atemwege verengten, während ich in die Luft gehoben wurde. Tränen stiegen in meine Augen, als ich mich aus ihrem Griff zu befreien versuchte.

Liam sprang auf und stellte sich vor die Königin. »Hör auf!«, schrie er und panisch sah er zu mir. Ich konnte die Angst in seinen Augen sehen.

Kurz huschte Unsicherheit über die Züge seiner Mutter. Sie schleuderte mich gegen die nächste Wand.

Ich schrie und kniff die Augen zusammen, als ich gegen das Gemäuer krachte. Die Luft wurde aus meinen Lungen gepresst. Sterne funkelten vor meinem Blickfeld. Ich klammerte mich an mein Bewusstsein und versuchte die Szene zu fixieren.

Die Königin hatte den König noch immer im Griff. Er hatte die Hände um seinen Hals gelegt und versuchte den unsichtbaren Händen zu entkommen, die ihn festhielten. Er lief blau an und strampelte mit den Füßen.

»Mia!« Liam kam zu mir und half mir auf. Hustend stützte ich mich auf ihn. Sein Blick richtete sich wieder auf seine Mutter. »Hör auf, Mutter! Lass ihn los!«

Sie sah zu uns. Kurz bildete ich mir ein, Trauer in ihren hasserfüllten Augen sehen zu können.

»Ich kann nicht. Es war ein Fehler, mich zurückzuholen«, sagte sie.

»Mariella«, stöhnte der König und auf einmal erschlaffte sein ganzer Körper.

Wie Abfall ließ sie den König fallen und wandte sich ihrem Sohn zu. »Das Königreich wird zugrunde gehen. Für all das Leid, das ich ertragen musste, wird das Königreich zehnfach leiden.«

Sie hob die Arme und ein grüner Blitz schlug in sie, der sie verschwinden ließ.

Ich war erstarrt. Liam neben mir ebenfalls. Wir hatten alles erwartet. Dass die Königin nicht erweckt werden könnte. Dass sie einfach gehen würde. Dass sie uns sanft lächelnd helfen würde. Aber das? Damit hatte keiner gerechnet.

Ein Kloß bildete sich in meinem Hals.

Was hatten wir nur getan?

Kapitel 22

Liam fasste sich als Erstes wieder, während wir anderen noch immer wie erstarrt waren. Mit unsicheren Schritten stolperte er auf seinen Vater zu, der noch immer leblos dalag.

Er schüttelte ihn.

»Papa!« Tränen liefen über seine Wangen. »Wach auf!«, schrie er ihn an.

Mit einem Mal wurde mir bewusst, dass der König von Alendia nie wieder aufwachen würde. Er war tot. Wie in Zeitlupe ging ich auf den Prinzen zu, der keiner mehr war. Von nun an würde er der König von Alendia sein.

Ich umarmte ihn von hinten. »Es tut mir leid«, raunte ich und zog ihn an mich.

»Nein«, keuchte er und schüttelte sich in meinen Armen.

Er versuchte sich zu befreien, aber ich hielt ihn. »Das kann nicht sein.« Seine Stimme war rau und gepresst vor Tränen.

»Es tut mir leid«, wiederholte ich und sein Widerstand erstarb. Er wurde weich in meinen Armen und ich fühlte, wie er gegen die Tränen ankämpfte. Wie er versuchte die Fassung zu bewahren. Langsam wiegte ich ihn und er ließ los.

Schluchzer ließen seinen Körper erbeben und die Tränen durchnässten mein Oberteil, aber es war mir egal. Ich wollte bloß für Liam da sein, wie er für mich da gewesen war. Jede Minute wollte ich ihm zurückgeben und noch mehr, wenn er es brauchte.

***

»Wir müssen sofort hier weg!«

Die Stimme riss mich aus meiner Lethargie. Ich wusste nicht, wie lange wir schon in der Gruft knieten. Die Leiche des Königs lag noch immer vor uns. Doch die Wachen hatten uns allein gelassen. Hinter uns stand bloß noch die Elfe und in der zerbrochenen Tür Melina.

Die Seherin musterte mich traurig, aber auch außer Atem. »Ich habe es gesehen ... ich ... ich wollte euch warnen«, erklärte sie, als sie den König sah. »Aber wir müssen hier fort. Sofort!«

Ich schüttelte den Kopf. Liam lag noch immer in meinen Armen. »Du kannst nichts dafür«, beruhigte ich ihn und strich über Liams Rücken. Ich ignorierte ihre Worte, dass wir hier fortmussten. Ich konnte Liam nicht jetzt von seinem Vater fortreißen.

Sein Beben war verklungen, doch noch immer konnte er sich nicht aufraffen. Aber wie auch? Er hatte gerade zusehen müssen, wie seine eigene Mutter seinen Vater umbrachte.

Ein Stein legte sich auf mein Herz und ich drückte den zukünftigen König an mich.

»Seherin, wie ... wie kann ich sie aufhalten?« Liam richtete sich in meinen Armen auf. Seine Stimme war heiser und tonlos, als hätte er alle Gefühle abgeschaltet. Doch die Wut in seinen Augen zeigte etwas anderes. Er fühlte. Und zwar zu viel.

»Erst mal müssen wir hier weg!«, wiederholte die Seherin und sah sich ängstlich um.

Plötzlich rumpelte es um uns herum. Die Leiche des Königs zuckte und ein grünes Leuchten ging von ihr aus.

Erschrocken wich ich zurück und prallte mit meinem Rücken gegen die Wand.

»Was passiert hier?«, herrschte Liam die Seherin an.

»Es ist *ihre* Magie. Sie hat die Herrschaft übernommen und die Leichen hören ihren Ruf! Wir müssen hier weg. Sofort!«

Die Elfe half mir auf die Beine, mit ihrer anderen Hand schnappte sie Liam und zerrte uns aus der Gruft heraus.

Ich sah zurück und konnte nicht glauben, was ich erblickte. Der alte König Alendias erhob sich. Seine Bewegungen waren ruckartig, als würden die Bewegungsabläufe nicht richtig vom Gehirn an die Nerven und Muskeln gesendet werden – aber er bewegte sich!

»Weiter!«, zischte die Elfe und zerrte an mir.

Mein Blick richtete sich wieder nach vorn und ich rannte hinter Melina her, die schnurstracks aufs Schloss zuhielt – ich hatte nicht gedacht, dass die alte Frau noch so schnell rennen konnte.

Wir liefen durch den Garten, den wir vorhin schon in Eile durchquert hatten, und noch immer hatte ich keinen Blick für die Blütenvielfalt übrig.

Kurz sah ich über meine Schulter zurück und stolperte fast über meine eigenen Beine.

Seban folgte uns. Mit anderen Leichen. Woher kamen die? »Gibt es hier einen Friedhof?«, fragte ich keuchend.

Die Elfe sah nun ebenfalls zurück und fluchte. »Nur die Könige liegen hier begraben.«

Ich runzelte die Stirn, wollte aber keine Fragen stellen. Wir mussten ins Schloss gelangen, schnellstmöglich.

Ein markerschütterndes Schreien brachte mein Herz zum Stolpern. Diese Leichen hörten sich grauenvoll an.

»Sie haben mehr gerufen«, erklärte Melina. Sie klang außer Atem und ihre Schritte wurden langsamer, sodass ich fast in sie hineinrannte.

Liam hatte dies scheinbar auch gemerkt und nahm die alte Frau an der Hand. »Wir haben es fast geschafft«, murmelte er und hatte seinen Blick stoisch geradeaus gerichtet.

Außer Atem polterten wir in einen Raum hinein und verbarrikadierten die Tür hinter uns. Liam sah sich um, während ich mit dem Rücken an dem Holz lehnte und mich darauf konzentrierte Luft zu bekommen. Melina hockte neben mir auf dem Boden.

»Ich gehe den Wachen Bescheid sagen. Bleib du hier«, sagte die Elfe und war verschwunden.

Liam hatte die Kiefer zusammengepresst und starrte auf Melina herunter. »Wie kann ich sie aufhalten?«

Wir wussten beide, dass er nicht die Leichen meinte, die über den Schlosshof zu uns kamen.

»Du? Gar nicht. Dafür ist sie zu mächtig«, gab die Seherin zu. »Zumindest nicht allein. Aber es gibt jemanden, der das kann.«

»Wen?«

Die Seherin sah unsicher auf den Boden. »Lasst uns nicht hier darüber sprechen.« Sie raffte sich auf und ging zielsicher durch das Schloss.

Unsere kleine Gruppe war still und folgte der Seherin in die kühlen Hallen des Schlosses. Ich bemerkte, dass Liam recht gehabt hatte. Im Gegensatz zu Alendia sah Eventyr bloß nett aus. Hier war alles prunkvoll und erhaben.

Meine Hand umfasste Liams und drückte sie kurz. Er erwiderte den Druck.

Die Seherin führte uns in einen kleinen Raum und ließ sich an einem Tisch nieder. Erschöpft stützte sie ihre Stirn auf die Handflächen. »In Mediocris gibt es zu jedem Part ein Gegenstück. Tag – Nacht. Glück – Pech. Oger – Feen. Gut – Böse. So gibt es die böse Königin und die gute Fee. Sie ist die Einzige, die die Macht ihres Gegenparts eindämmen kann.«

Ich sah, wie sich die Elfe neben mir versteifte. »Die gute Fee ist verschollen.«

Melinas trübe Augen richteten sich auf die Elfe. »Ich weiß.«

»Die gute Fee?«, fragte ich überfordert.

»Ja, das Gute in dieser Welt – die Frau, die seit Jahren verschollen ist und nach der jedermann sucht.« Der Spott in ihrer Stimme war nicht zu überhören.

»Sie kommt nicht von hier. Sie ist aus einer anderen Welt«, nahm mich Liam in Schutz und begann den Raum auf und ab zu laufen.

Die Elfe betrachtete mich auf einmal überrascht, ging jedoch nicht weiter darauf ein.

***

Wir überlegten stundenlang hin und her. Obwohl ich nicht wirklich etwas zu der Diskussion beitragen konnte, versuchte ich verschiedene Hinweise zusammenzupuzzeln. Aber es gelang nicht. Die gute Fee war verschollen und keiner hatte eine Ahnung, wo sie sein könnte.

Liam schien in einem Delirium festzustecken. Ich wusste nicht, was ich tun sollte. Einerseits wollte ich ihm die Zeit geben, die er brauchte. Er hatte seinen Vater verloren. Aber anderseits brauchten wir ihn. Nicht nur ich. Sondern auch Eleny, wie sich die Elfe vorgestellt hatte. Sie war Liams Leibwächterin und zurückgeblieben, weil er sie darum gebeten hatte Augen und Ohren am Hof offen zu halten. Sein ganzes Volk brauchte ihn. Sie hatten ihren König verloren. In einer schlimmen Zeit. Und nun war da draußen noch eine Gefahr, die wir nicht einschätzen konnten.

Ich biss mir auf die Lippe. Mein Kopf pochte und ich stocherte lustlos in dem Essen herum, das uns gebracht worden war. Die Sorge um Oskar und Lio zerrte zudem an meinen Nerven. Sie waren irgendwo dort draußen und keiner wusste, wo genau. Ich hoffte, dass sie von den aufmarschierenden Leichen nichts mitbekamen und ihnen nicht in die Finger gerieten.

»Ich brauche Luft.« Liam stand auf und ließ den Raum hinter sich.

Ich wollte ihm nach, aber Eleny hielt mich zurück. »Lass ihn. Er braucht das.«

Unentschlossen sah ich zur Tür, musste ihr aber recht geben. Ich fühlte mich so unnütz! Momentan konnte ich nichts Sinnvolles beitragen. Ich verbarg das Gesicht in meinen Händen und seufzte.

»Du hast ihm schon geholfen«, versuchte Eleny mich zu beruhigen.

Ich linste zwischen meinen Fingern zu ihr. »Inwiefern? Ich bin gerade in etwa so nützlich wie Fußpilz.«

Sie schmunzelte, doch das Lächeln erstarb schnell wieder. Sie litt ebenfalls an dem Tod des Königs. »Doch, du warst für ihn da. Keiner von uns konnte das so wie du.«

»Du kennst mi-«

Sie schnitt mir das Wort ab. »Ja, ich kenne dich nicht. Aber ich bin nicht blind. Er mag dich und du ihn. Ihr seid euch auf dieser Reise nähergekommen und es ist gut, dass du da bist.«

Ich sah auf die Tischplatte vor mir und versuchte über ihre Worte nachzudenken.

»Seit er es sich zum Ziel gemacht hatte, seine Mutter wiederzuerwecken, war er wie ein Besessener. Es scheint, als hättest du ihn von diesem Wahn befreien können«, fuhr sie fort. »Also verzweifle nicht. Du bist genau da, wo du gebraucht wirst.«

Ich schenkte ihr ein dankbares Lächeln. »Danke. Aber was machen wir mit der guten Fee? Wie sollen wir die böse Königin aufhalten? Und was ist mit den Leichen vor dem Schloss?«

Eleny ließ die Schulter hängen. »Das weiß ich leider auch nicht. Die Königin ist mächtig. Ich weiß nicht, wie wir ihr Einhalt gebieten sollen.«

Der Fels in meinem Bauch wurde schwerer. Ich richtete mich ebenfalls auf. »Ich muss mich bewegen«, sagte ich und verließ den Raum.

Ich sah mich um und versuchte herauszufinden, wohin mich die Wege führen wurden. Doch als ich keine Anhaltspunkte fand, merkte ich mir bloß die Flure, durch die ich gegangen war. Ich ging eine Treppe hinauf und landete auf einem Wehrgang. Mein Blick richtete sich nach unten.

Die Leichen standen einfach vor dem Schloss und warteten. Ich wusste nicht, worauf, aber mir graute vor dem, was ich sah. Hätten sie uns angegriffen, wäre es noch mal etwas anderes gewesen. Aber dieses stille Starren war unheimlich.

»William! Nein, das kannst du nicht machen!«

Überrascht horchte ich auf, als ich Melinas Stimme vernahm.

»Das ist der einzige Weg, wie ich sie schützen kann. Melina, ich darf sie nicht auch noch verlieren.«

Ich runzelte die Stirn. Mit schnellen Schritten lief ich in die Richtung, aus der die Stimmen gekommen waren. Die beiden standen auf dem Wehrgang und lieferten sich ein Blickduell.

Mein Herz machte einen Satz, als ich Liam wieder etwas lebendiger und nicht in seinem Kokon aus Wut sah.

»Das kannst du nicht tun!«, beharrte Melina. »Das würde ganz Mediocris in den Abgrund reißen!«

»Lieber ganz Mediocris als sie.«

»Worum geht's?«, mischte ich mich ein.

Die beiden zuckten erschrocken zusammen.

»Nichts«, beeilte Liam sich zu sagen.

Ich runzelte die Stirn und warf Melina einen Blick zu. Die wandte sich aber ab und ging weg.

»Was ist los?«, fragte ich und kam Liam näher.

»Sie ist mit meiner Entscheidung nicht einverstanden«, erklärte Liam und lächelte mich an.

»Mit welcher?«

»Ich werde heute Nacht nach Eventyr reisen und Barthos ein Friedensangebot machen und ihn gleichzeitig um Hilfe bitten.« Seine grünen Augen sahen mich flehentlich an.

»Ich komme mit«, sagte ich. »Ich bin doch mit ihm verwandt. Vielleicht hilft er uns eher, wenn ich dabei bin«, sagte ich und fühlte mich endlich einmal nützlich.

»Danke«, murmelte Liam und nahm meine Hand.

»Okay, wie wollen wir uns …?«

Ich kam nicht dazu meine Frage zu stellen, weil die Leichen zu kreischen anfingen. Erschrocken liefen Liam und ich zu der Mauer und schauten nach unten.

Sie schrien alle gemeinsam, die Köpfe in den Himmel gestreckt. Mein Blick glitt in die Ferne und ich entdeckte Rauch im hinteren Bereich, dort, wo die Stadt war, über die Liam und ich geflogen waren.

»Liam …?«, fragte ich.

»Diese verdammte Hexe«, keuchte er.

Die Leichen hatten nicht abgewartet. Sie hatten aufgepasst, während ihre Mitstreiter die Stadt angegriffen hatten.

Liams Hand umfasste meine und er zog mich fort von der Wand. Wir liefen die Treppe hinunter, einen Flur entlang, den ich nicht kannte.

Wir rannten gemeinsam in eine Horde Soldaten, die uns überrascht ansahen.

»Mein Herr, die Leichen … Wir haben Nachricht bekommen, dass sie die Stadt zerstört haben und nun auf dem Weg hierher sind. Wir haben alle Wachposten abberufen und hier versammeln lassen.«

»Wann werden sie da sein?«, fragte Liam mit gepresster Stimme.

Sein Körper wirkte angespannt. Ich wusste nicht, wie ich helfen sollte oder konnte. Mein Herz raste vor Angst und ein wilder Strom Adrenalin wurde durch meine Adern gepumpt.

»Wenn sie das Tempo beibehalten, heute Abend, Prinz William.«

»Wir benutzen die Gänge. Ruft alle zusammen und schleust sie hinein in die Berge.«

Überrascht sah der Soldat ihn an. »Wir … wir geben das Schloss auf?«

»Willst du lieber dein Leben aufgeben?«, fuhr Liam ihn an. »Wir wissen gerade nichts über diese Wesen. Wir wissen nicht, was sie tötet. Oder wie viele sie sind. Es wäre dumm hierzubleiben.«

Ich schluckte schwer, meine Hände waren schweißnass, doch noch immer umklammerte ich Liams.

Der Soldat nickte und gab die Befehle an seine Leute weiter.

»Komm«, sagte Liam und zog mich weiter.

Wir rannten nicht mehr, aber unsere Schritte waren eilig.

Liam führte mich in den Thronsaal, wo Melina und Eleny schon auf uns warteten.

»Was sollen wir tun?«, fragte Liams Leibwächterin und sah ihn abwartend an.

»Ihr geht durch die Tunnel in die Berge.« Er ließ meine Hand los und ging zu Eleny. »Du wirst als Letzte durchgehen und dann die Gänge sprengen. Hast du verstanden?«

»Was hast du vor?« Eleny durchbohrte den Prinzen mit ihrem Blick.

»Ich habe mit Mia noch etwas zu erledigen und werde dann zu Barthos reisen. Wir können das nicht ohne Hilfe schaffen.«

»Ich kann dich nicht schon wieder allein lassen!«, brauste die Elfe auf.

»Du musst! Ich befehle es dir.«

»William, du darfst das nicht tun!«, beschwor Melina ihn noch einmal.

Ich runzelte die Stirn. Wieso sollte er Barthos nicht um Hilfe bitten? Melina hatte die Leichen vor den Toren doch auch gesehen! Sie hatte doch selbst gesagt, dass Liam das allein nicht schaffen würde und solange wir die gute Fee nicht gefunden hatten, war Barthos die beste – die momentan einzige – Lösung. Ich wusste, dass er uns helfen würde. Er würde nicht zulassen, dass die Länder wegen einer alten Fehde auseinanderbrachen. Ich kannte Barthos nicht gut, aber ich vertraute auf mein Gefühl.

»Eleny, mach es! Bitte!«, beschwor Liam die Elfe erneut.

Sie wandte den Blick ab. Es fiel ihr schwer, ihren Prinzen erneut allein zu lassen. Es war ihre Aufgabe ihn zu beschützen und sie musste diese Aufgabe vernachlässigen.

Ich trat auf sie zu und nahm ihre Hand. »Ich bleibe bei ihm. Bis zum Schluss«, versprach ich ihr.

Sie lächelte mich schief an. »Kannst du überhaupt ein Schwert mit deinen mickrigen Ärmchen halten?«

Ich schüttelte den Kopf. »Nein, aber Liam hat mir beigebracht den Dolch zu benutzen und ich habe einen guten Tritt drauf«, ging ich auf ihren Scherz ein.

Liam neben mir bibberte gespielt bei der Erinnerung.

Eleny sah zu ihm. »Gut, mein Prinz. Ich werde deinen Befehl ausführen.«

»Danke. Wir werden zu euch stoßen, wenn ich Antworten habe.«

Sie nickte und wandte sich ab.

»Liam ... denk bitte ...«

»Nein«, unterbrach er die Seherin rüde.

Sie schüttelte wieder den Kopf und ging Eleny hinterher.

»Was hast du nur gegen Melina?«, fragte ich ihn.

Liam sah weg. »Nichts. Sie ist mit meinem Plan nur nicht einverstanden.«

Es hatte keinen Sinn aus ihm etwas herauszubekommen. Ich seufzte und wir bereiteten unsere Reise nach Eventyr vor.

Kapitel 23

»Sie hat mir von dem Fluch erzählt«, sagte er plötzlich und riss mich aus meinen Gedanken.

Wir standen im Schlosshof und warteten darauf, dass Liams Verwandlung einsetzte. Wir hatten uns gerade schon von Eleny verabschiedet, die mich daran erinnerte hatte mein Versprechen zu halten.

»Was?«

»Der Fluch, den meine Mutter auf mich gelegt hatte. Melina sagte, dass nur ein Kuss der wahren Liebe mir meine Flügel wiedergeben konnte.«

Ich runzelte die Stirn, verstand im ersten Moment nicht, worauf er hinauswollte.

Sein Blick wurde weich und ein Lächeln schlich sich trotz der momentanen Situation auf seine Lippen. »Mia, dein Kuss hat mir die Kraft gegeben zu fliegen.«

Mir blieb die Luft weg und Tränen traten in meine Augen.

»Was?« Ich war vollkommen überrumpelt und wusste nicht, was ich sagen sollte.

»Egal, was passiert, heute oder morgen, ich will, dass du weißt, dass du meine wahre Liebe warst und immer sein wirst.«

Seine Stimme klang belegt, während er die Worte sagte und mit seinem Daumen über meine Wange fuhr.

»Es wird nichts passieren«, sagte ich und presste meine Lippen auf seine.

Ich lehnte mich gegen ihn und meine Finger krallten sich in sein Hemd. Sein Kuss schmeckte nach Verzweiflung. Ich konnte ihn verstehen. Er hatte Angst um das Land, dessen König er nun war. Hatte Angst, dass ihm alles, was er liebte, entrissen werden würde. Aber er brauchte sich nicht fürchten und das versuchte ich ihm zu vermitteln. Ich würde an meinen Aufgaben wachsen – an seiner Seite. Für immer.

In diesem Moment verschwand die Sonne und Liam verwandelte sich. Ich schwang mich auf seinen Rücken. Aber ich hatte kein gutes Gefühl. Irgendwas stimmte nicht. Nur wusste ich nicht, was es war.

Liam flog schnell. Wenn wir Glück hatten, konnten wir noch heute Nacht zu den Bergen zurückkehren, zu denen Liam seine Leute geschickt hatte.

***

Ich runzelte die Stirn, als ich den Berg sah, den Liam ansteuerte. »Was hast du vor?«, fragte ich und Panik erfasste mich, weil ich eine dunkle Ahnung bekam, was er plante.

»Liam!«, schrie ich über den Wind hinweg warnend.

Ein Krächzen, erfüllt von Schmerz, kam als Antwort. Und in dem Augenblick wusste ich, wovon Melina ihm hatte abraten wollen.

Ich krallte mich in Liams Fell fest, während er höher und höher stieg. »Nein, Liam, ich werde nicht gehen. Wir schaffen das gemeinsam!«, schrie ich über den peitschenden Wind hinweg. »Ich lasse dich nicht allein!«

Die schwebenden Lichter kamen in Sicht und somit die Tore zu meiner Welt. Die, durch die mein Opa geflohen war, um seine Frau zu schützen. Mir drehte sich der Magen bei dem Anblick um. Ich vermisste mein Zuhause, aber ich konnte – wollte – jetzt nicht gehen.

Wir flogen direkt über die Lichter und auf einmal drehte sich Liam auf den Rücken. Ich verlor den Halt und fiel.

Fiel durch das Licht zurück in meine Welt.

ENDE von Band 1

Danksagung

Im Laufe der Zeit, die ich nun schreibe, habe ich viele Menschen kennengelernt. Dabei habe ich auch gelernt, dass manche Menschen nicht dazu bestimmt sind in meinem Leben zu bleiben. Doch jeder von ihnen hat mich geprägt. Jede Begegnung verändert etwas in mir. Sei es meine Meinung zu etwas oder auch meine Art.

Und das ist gut so. Denn wir werden nicht geboren, um so zu bleiben, wie wir sind. Wir werden geboren, um zu werden, wer wir *eigentlich* sind.

Gerade der Abschied von Menschen, die wir lieben, ist schwer. Es zerreißt uns und manchmal fällt es schwer weiterzumachen.

Ich hoffe, dass Mia zeigen konnte, dass uns selbst so ein Verlust, obwohl er uns innerlich zerstört, stärker macht. Ihr dürft nur nicht den Willen verlieren weiterzugehen – und den Glauben daran, dass ihr stark seid. Und denkt daran: Jeder einzelne von euch ist stark. Auch wenn das manchmal schwer zu glauben ist.

Deswegen möchte ich denen danken, die an mich glauben. Die mich stark machen, selbst wenn ich mich verkriechen will.

Brian, was soll ich zu dir noch sagen? Du bist das Beste, was mir in meinem Leben geschehen konnte. Du unterstützt nicht nur mein Lesen, sondern auch mein Schreiben. Du akzeptierst es, dass ich öfter mal Zeit mit dem Computer brauche, und bringst mich dazu die Zeit zu genießen, die wir zu zweit haben. Danke, dass du bei mir bist.

Dana, seit ich neun Jahre alt bin, begleitest du meinen Weg. Du bist die beste Freundin, die ich habe, selbst wenn wir uns wochenlang nicht hören. Keine Kilometer, die uns trennen, können die Bindung zerstören, die wir in all den Jahren aufgebaut haben. Ich lieb dich!

Mama, du glaubst an mich, seit ich existiere, selbst wenn ich es dir manchmal echt schwer gemacht habe. Ich liebe dich!

Claudia, was habe ich bisher nur ohne dich gemacht? Du bist wie die große Schwester, die ich mir immer gewünscht habe.

Carolin, danke für diesen genialen Titel! Für all die Stunden, die ich dir von meinen Ideen erzählen durfte, für all den Zuspruch und den Mut, die du mir gegeben hast, um neue Wege zu gehen.

Nicole, du liest alles, was ich dir vorsetze, und sagst mir deine ehrliche Meinung, das bedeutet mir viel.

Lena, danke für dein offenes Ohr, für das Brainstorming. Ohne dich wäre keine meiner Geschichten so genial, wie sie nun sind.

Christin, dank dir sind meine Exposés ansehnlich und du bringst mich dabei noch zum Lachen.

Danke dir. Dem Leser. Du verbringst deine Zeit mit meinen Charakteren, du gibst mir die Chance, dass all die Geschichten, die in meinem Kopf umhergeistern, einen Platz finden.

Danke!

Aurelia

Tauch ein in
romantische Geschichten.
HOL DIR
BITTERSÜSSE
STIMMUNG
AUF DEINEN
E-READER!
E-BOOKS VON IMPRESS HIER:
CARLSEN.DE/IMPRESS
im. pre ss
impress IST DAS DIGITALE LABEL DES CARLSEN VERLAGS FÜR GEFÜHLVOLLE
UND MITREISSENDE GESCHICHTEN AUS DER GEHEIMNISVOLLEN WELT DER FANTASY.

Wenn Schönheit auf Grauen trifft und Furcht zu Liebe wird …

Jennifer Alice Jager
Being Beastly.
Der Fluch der Schönheit
Softcover
272 Seiten
ISBN 978-3-551-30076-8

Als die schöne Valeria erfährt, wen sie heiraten soll, ist ihr wohlbehütetes Leben auf einen Schlag vorbei. Um den jungen Grafen Westwood ranken sich Schauergeschichten von einem Fluch und ihr neues Heim gleicht eher einer Ruine als einem herrschaftlichen Herrenhaus. Auch Westwood selbst benimmt sich ihr gegenüber mehr wie ein eiskaltes Biest und nicht wie der Mann von Stand, der er eigentlich sein sollte. Doch dann stößt Valeria in einem verstaubten Raum auf magische Windlichter, die jedes für sich ein Geheimnis bergen. Sie zeigen Valeria einen ganz anderen Grafen, voller Freundlichkeit und Güte …

www.impress-books.de

im.
pre
ss

Impress
Tauch ein in romantische Geschichten

Impress
Ein Imprint der CARLSEN Verlag GmbH
Juni 2019

Lektorat: Julia Feldbaum
Umschlagbild: shutterstock.com / © Valua Vitaly / © Melkor3D / © Siriporn-88 / © ra2studio / © solarseven
Umschlaggestaltung: formlabor
Satz und Umsetzung: readbox publishing, Dortmund
Druck und Bindung: CPI Books GmbH, Birkach
ISBN 978-3-551-30174-1
Printed in Germany
www.carlsen.de/impress

Alle Bücher im Internet: www.carlsen.de